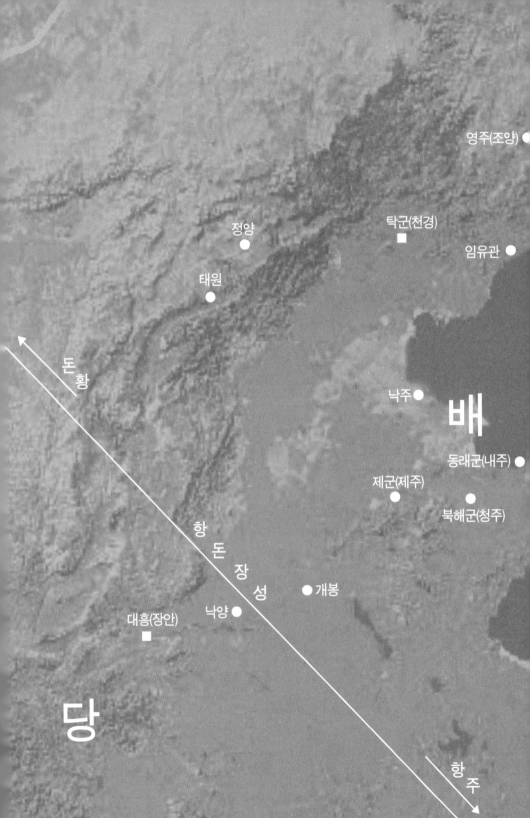

요동성

원산

비사성(대련)

장안성(평양)

남포

부소갑(개성)

익현현(속초)

칠중성(파주)

달 국

만노군(진천)

당성(화성)

국원성(충주)

웅진성(공주)

중천성(부여)

서라벌(경주)

기벌포(장항)

월나(영암)

대마도(두섬)

이도성

탐라

국지성

섬의
나라

신의 나라
신영진 장편소설 ④

초판 인쇄 | 2012년 12월 27일
초판 발행 | 2013년 01월 01일

지은이 | 신영진
펴낸이 | 신현운
펴내곳 | 연인M&B
기 획 | 여인화
디자인 | 이희정
마케팅 | 박한동
등 록 | 2000년 3월 7일 제2-3037호
주 소 | 143-874 서울특별시 광진구 자양로 56(자양동 680-25) 2층
전 화 | (02)455-3987 팩스 | (02)3437-5975
홈주소 | www.yeoninmb.co.kr
이메일 | yeonin7@hanmail.net

값 13,000원

ⓒ 신영진 2013 Printed in Korea

ISBN 978-89-6253-126-8 04810
ISBN 978-89-6253-122-0 04810(전5권)

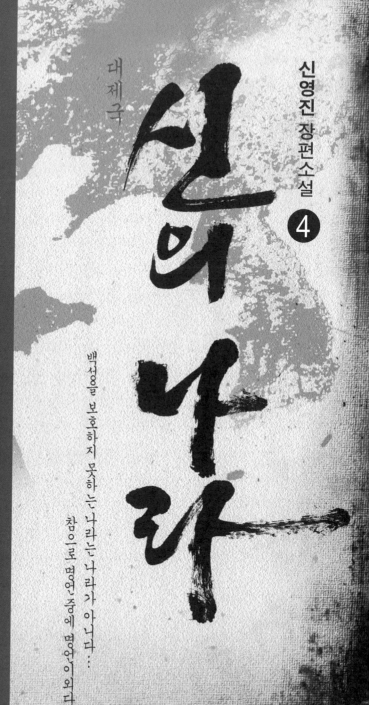

신영진 장편소설

4

대제국

신의 나라

백성을 보호하지 못하는 나라는 나라가 아닙니다…

참으로 명언중에 명언이외다.

대륙의 혼란

왕이 무능하면 관리들이라도 제 구실을 해야 하는데 모두 갈루에나 욕심을 내고 있었으니…… 다 자업자득이오. 그렇다고 해도 신라를 곧바로 배달국에 흡수할 수는 없을 것 같소.

연인M&B

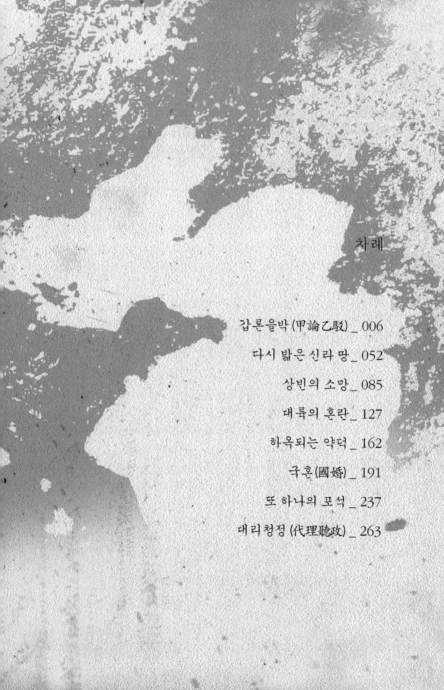

차례

갑론을박(甲論乙駁)

대동강과 보통강이 양팔처럼 감싸 안은 평양 금수산에는 봄꽃들이 이미 져버린 남쪽 지방과는 달리, 이제야 진달래와 철쭉들이 제 자태를 뽐내며 흐드러지게 피어 있었다. 금수산 자락을 둘러 성을 쌓고, 대동강과 보통강을 해자 삼아 천혜의 요새를 구축한 장안성의 위용은 신라와 백제 그리고 왜국까지를 두루 호령해 온 대국의 면모를 여실히 보여 주고 있었다.

성안 가장 깊숙한 곳에 지어진 웅장한 장안궁 역시, 환한 아침 햇살을 받으며 면면이 이어 온 6백 년 사직을 말없이 대변하고 있었다. 이런 바깥 풍경과는 달리 국사를 논의하는 정전 안에서는 조회가 열리자마자 시작된 격론이 아직도 계속되고 있었다.

"그래서 기껏 불가침조약이라는 알량한 문서 하나를 받아 오면서 매년 철괴 오십 수레와 유연탄 이백 수레를 가져다 바치기로 했다는 말인가? 쿨럭! 쿨럭!"

또다시 영양태왕인 고대원은 고건무와 약덕이 배달국에서 받아 온 불가침 문서를 흔들어 대며 역정을 내고 있었다.

그도 나이를 속일 수는 없는지, 근래에 들어 좋아하던 사냥도 못 나갈 정도로 기력이 쇠해지고 병색까지 깃든 초췌한 얼굴에 심하게 기침까지 해 대고 있었다. 단 아래에 서서 태왕의 기침이 멈추기를 기다린 고건무가 태왕을 쳐다보며, 부끄러울 것이 없다는 듯 당당한 태도로 말을 받았다.

"폐하! 소신이 막상 사신단을 꾸려 가 보니, 우리 고구려의 힘으로는 저들을 도저히 당해 낼 수 없다는 판단이 들었사옵니다. 하여 저들의 능력을 확인한 소신은 불가침 약조에 대한 대가로 그 정도의 희생은 감내할 수밖에 없다고 생각했던 것이옵니다. 하옵고, 저들도 우리에게 매년 소금 오십 수레를 주기로 했사오니, 이 점 또한 헤아려 주시옵소서."

고건무의 말에 득달같이 장안성 대모달인 고승이 언성을 높였다.

"아니? 철괴는 당장 우리 군사들의 무기를 만들고 수선하는 재료라는 것쯤은 왕제께서도 모르실 리는 없으실 터, 더욱이 여러 번에 걸친 수나라와의 전쟁에서 망가지고 잃어버린 무기가 적질 않은데 철괴를 다 내주면 어쩌자는 말씀이요?"

도성 방위를 책임지는 고승은, 배달국이 사신으로 갔던 을지문덕 등의 식솔들을 데려가면서 성문까지 부숴 놓은 사건이 일어난 이후 영양태왕으로부터 줄곧 미움을 받아 왔다. 적들이 출몰했는데도 장수가 늑장 출동을 해서 막지 못했다고 생각한 영양태왕은 꼬투리만 있으면 번번이 그를 호통 치기가 일쑤였다. 이런 이유로 그동안 기를 펴지 못하고 살아왔는데, 고건무가 배달국과 체결하고 온 협상 조건에 대해 태왕이 불같이 화를 내자 옳다구나! 생각한 고승은 이번 기회에 태왕의 환심을 사 보려고 앞장서서 성토에 나서고 있는 것이었다. 이러한 고승의 속셈을 눈치챈 고건무는 한심스럽다는 표정을 지으며 그 말에 대꾸를 했다.

"고승 장군! 다른 사람이라면 몰라도 장군이 본장에게 뭐라고 할 자격이 있으시오? 본장이 왜 배달국을 가게 되었소? 여러 이유 중에 특히 저들의 천병기가 우리 궁성을 제집 드나들 듯이 들어와서, 을지문덕 장군들의 식솔을 데려간 것이 가장 큰 이유가 아니겠소? 저들과의 협상에 그토록 자신 있으셨으면 장군이 직접 사신으로 다녀오시지 그러셨소이까?"

"……."

되로 주고 말로 받는 격으로 고건무의 신랄한 반격을 받은 고승은 순간적으로 반박할 말을 찾지 못하고 어물거렸다. 고승의 그런 모습을 비웃듯이 쳐다보던 고건무는 다시 정면 옥좌에 앉아 있는 영양태왕에게 눈길을 돌려 말을 했다.

"폐하! 소신이 배달국에 가서 저들이 비조기라고 부르는 천병기를 타고 하늘을 날아다녀 보았사온데, 저들이 마음만 먹는다면 그 천병기만으로도 우리 장안성은 하루도 안 걸려 쑥대밭이 될 것이옵니다."

"뭐라? 하루도 안 걸려 우리 도성이 그들 손에 쑥대밭이 된다고? 쿨룩! 쿨룩! 쿨룩!…… 쿨룩!"

"그렇사옵니다. 소신이 그곳에서 만나 본 자들 중에는 백제 국주이던 부여장과 신라 국주이던 김백정도 있었사옵니다. 그들 중에 김백정은 자신의 도성에 앉아 있다가 영문도 모른 채, 순식간에 배달국에 납치를 당했고 부여장은 몰래 염탐을 갔다가 포획되었다고 하옵니다. 하오나, 그들은 며칠 동안 배달국의 문물을 살펴본 후에 하늘에서 내려온 천족장군이라는 자들을 만나 보고 나서는 스스로 투항을 하였다고 하옵니다."

"허면 부여장과 김백정이 모두 배달국에 귀부하였단 말인가?'

"그렇사옵니다. 지금은 그들 모두 배달국의 장수가 되어 있었사옵니다. 신라 국주이던 김백정도 이번 불가침을 논의하는 자리에 참석하였기 때문에 두 눈으로 확인한 사실이옵니다."

"허어! 별일이로고. 도대체 믿을 수가 없도다. 쿨룩! 쿨룩! 쿨룩!'

"……!"

조정 대신들도 어이가 없는지 입을 다물 줄을 몰랐다.

"허허!…… 참, 알다가도 모를 일이로고! 수백 년 내려온 사직을 버리고 나라를 바쳤다? 쿨룩!'

"그렇사옵니다. 소신도 처음에는 무슨 얼토당토한 소린가 여겼지만, 그들을 만나 보고는 믿지 않을 수가 없었사옵니다."

"음…… 신라야 아직 나라가 무너진 것은 아니니 그렇다 쳐도, 백제는 나라가 무너질 정도라면 큰 전쟁이라도 있었을 터! 그런데도 우리가 까마득히 몰랐다는 것은 제대로 된 전쟁도 없었다는 말인데…… 쿨룩! 쿨룩!…… 쿨룩!'

"그렇사옵니다, 폐하! 백제 국주는 스스로 나라를 바쳤다고 하옵고, 오히려 신라가 서너 차례나 대군을 몰아가 그들과 전쟁을 벌였다고 하옵니다."

"그런데도 우리는 어떻게 까마득히 모르고 있었단 말인가? 쿨룩! 쿨룩!"

"그럴 수밖에 없었던 것은 당연한 일이옵니다. 사만 군사가 창검 한번 못써 보고 단 반시진 만에 모두 포로가 되는 판국이니, 전쟁이 있었는지 없었는지 알 수가 있었겠사옵니까?"

"허! 과인은 도무지 무슨 말인지 믿을 수가 없도다. 쿨룩! 쿨룩! 왕제는 그게 말이 된다고 생각하는가? 쿨룩!"

"신 역시도 듣기만 한 일이라 진위(眞僞)를 분간할 수는 없사오나, 분명한 것은 그들과 대적한다는 자체가 불가능하다고 사료되옵니다."

"음…… 그것은 또 무슨 말인고? 쿨룩!"

왕은 나오는 기침을 억지로 눌러 참으며 물었다.

"아뢰옵기 황공하오나, 그들이 하늘에서 가져왔다는 천병기 중에 벼락을 때리는 무기도 보았사옵니다. 그것으로 벼락을 치면서 부지불식간에 사람들의 목숨을 빼앗는 것을 보고, 소신조차도 크게 두려움을 느끼지 않을 수가 없었사옵니다. 하늘을 자유자재로 날면서 벼락을 때리는 데야 군사가 많다 한들 무슨 소용이고, 명장(名將)이 있다 한들 무엇에 쓰겠사옵니까?"

"……?"

"폐하! 신이 아뢴 말씀은 이 자리에 있는 약덕 공도 보고 겪은 것이라 한 치의 보탬도 없는 사실이옵니다. 배달국에 망명한 을지문덕 장군이나 이문진 공도 만나 보았사온데, 그들의 말로도 반나절이면 충분히 우리 장안성을 취할 수 있다고 공언하는 정도였사옵니다."

"뭐라? 반나절? 으…… 쿨룩! 쿨룩! 쿨룩!"

고건무의 말에 영양태왕도 크게 놀랐는지 되물었고, 그의 말을 들으며 낮은 소리로 웅성거리던 조정 신료들도 반나절이라는 말에 웅성거림이 높아졌다.

"예, 소장은 조금 전에 넉넉잡아 하루라고 아뢰었지만, 그들은 반나절이라고 하였사옵니다."

이때 듣고만 있던 울절인 강이식이 어이없다는 듯이 따지고 들었다.

"아니? 왕제께서도 그 말을 믿는다는 말씀이요?"

비록 왕의 동생인 고건무였지만, 지략과 용맹이 뛰어날 뿐 아니라 수차례의 전쟁에서도 적의 간담을 서늘케 했던 강이식에 대해서만큼은 그도 전부터 존경스러운 마음으로 깍듯이 대해 왔다.

"그렇습니다, 울절! 소장 역시도 처음에는 허무맹랑한 소리라고 치부했지만 지금은 그렇게 생각지 않습니다. 이번에 배달국에서는 대마도를 토벌하여 복속시켰는데, 그 전쟁에 약덕 공과 소장도 함께 참전하였습니다. 배달국에서는 백제의 도성이던 사비성을 중천성이라고 부르는데 그곳에서 출발하여 단 이틀 만에 대마도를 토벌하고 돌아왔다면 믿으시겠습니까?"

"대마도를 이틀 만에 토벌하였다는 말씀이요?"

"그렇습니다. 이틀이라는 것은 군사를 움직인 시간까지 포함한 것이고, 실제 싸움은 반나절도 걸리지 않았습니다."

왼쪽 줄에 서 있던 대대로인 고식이 물었다.

그는 고건무가 배달국으로 떠날 때만 해도 2등관인 울절 직관에 있었으나, 배달국을 다녀오는 동안 대대로인 연태조가 죽자, 국무총리격인 그 자리에 승직이 된 것이었다.

"원래 대마도는 백제국이 관할해 오지 않았소?"

"그렇소이다. 국왕이 항복하여 백제국 영토는 모두 배달국 땅이 되었으나 대마도에는 배달국의 힘이 미치지 못하고 있었소이다. 그런 참에 마침 대마도에 있는 해적들이 남쪽 땅에 상륙하여 약탈을 자행하자 화가 난 배달국에서 토벌을 간 것이외다. 그런 이유로 남의 땅을 쳐들어가는 정벌이라고 하지 않고, 자신의 땅에 있는 불순세력을 없앤다는 토벌이라는 말을 쓴 것이라 하더이다."

"……!"

강이식과 고식의 질문에 고건무가 하는 답변을 들은 조정 신료들은 입을 딱 벌린 채 할 말을 잃었다. 바닷길을 오가는 시간까지 포함해서 이틀 만에 대마도를 귀속시키고 돌아왔다니 도무지 믿어지질 않았다. 그렇지만, 고건무가 직접 참전을 했다는 데야 믿지 않을 수도 없었다. 그렇게 미루어 본다면 이곳 고구려 도성도 반나절이면 저들의 수중에 떨어질 수 있다는 말이 전혀 허무맹랑한 소리는 아니었다.

영양태왕은 그렇지 않아도 불편한 몸에 벌써 두어 시간 동안이나 자리에 앉아 있는 것이 힘든지 안면을 찌푸리며 입을 열었다.

"왕제의 말을 들고 보니, 그들은 우리가 알지 못하는 힘을 가진 것이 분명한 것 같으나, 아무리 그렇더라도 그들에게 주기로 했다는 철괴와 유연탄만큼은 재고해 봐야 할 것 같소. 쿨룩! 쿨룩! 쿨룩!"

왕의 말이 떨어지기가 무섭게 고건무가 말을 받았다.

"폐하! 그것은 아니 될 말씀이옵니다. 신이 사신으로 가기로 했을 때, 협상에 대한 전권을 부여하시지 않으셨사옵니까? 만일 그들과 맺은 약조를 파기한다면 그들은 기만을 당했다고 생각하고, 무슨 짓을 저지를지 모를 일이오니 이 점 통촉하여 주시옵소서."

또다시 대전 안은 시끄러운 갑론을박이 시작되었다. 사신이 타국에 가서 약조한 것은 지켜져야 한다는 의견과 비록 사신이 약조를 하고 왔더라도 최종 국왕의 재가가 없었으니 파기할 수 있다는 주장이 팽팽하게 맞섰다. 그러나 조신(朝臣)들 대다수는 약조를 파기하는 쪽으로 기울고 있었다.

옥좌에 팔을 괸 채, 신하들 사이에 오가는 설전을 가만히 듣고만 있던 영양태왕이 이윽고 입을 열었다.

"자! 자! 쿨룩! 쿨룩! 이제 그만들 하시오. 오가고 있는 신료들의 말을 들어 보니 결론이 난 듯하오. 왕제에게 협상에 대한 전권을 부여한 바가 있지만, 약조한 내용이 우리로서는 도저히 받아들일 수 없다는 의견들인 것 같소. 과인 또한 같은 생각이요. 쿨룩! 쿨룩! 다만, 이미 약조까지 하고 왔는데 일방적으로 그 약조를 파기하는 것도 대국으로서 체모가 서지 않는 일이라고 보오. 하여 일단 올해 분량은 보내는 것으로 하고, 일 년간의 시간을 벌어 놓고 다음 대책을 마련하는 것이 좋을 것 같소. 물론 내년에는 약조를 파기하는 것으로 하되, 그동안 우리는 약조 파기 이후를 대비해야 한다는 말씀이요. 아시겠소?"

"영명하신 분부시옵니다."

"그리고 기왕에 첫해 분을 보낼 양이면 가능한 빨리 보내 저들의 경계심을 풀게 하는 것도 한 방법일 것이요. 쿨룩! 쿨룩!"

"지당하신 말씀이옵니다."

태왕의 말에 신료들은 옳다는 듯이 고개를 끄덕이며 대답하였지만, 고건무와 약덕은 불안한 표정을 감추지 못하고 있었다. 그나마 다행인 것은 올해 분의 물량을 보내기로 한 것과 늘 강경파로 분류되는 강이식 장군이 예상을 뒤엎고, 적극적으로 약조를 지켜야 한다는 주장을 펼쳤다는 점이었다.

그는 왕제인 고건무를 사신으로 보낼 때 배달국을 살펴보고 군사를 내든지 말든지 결정하기로 해 놓고선, 그들이 무서운 힘을 가졌다는 것을 알고 나서도 분란을 만드는 것은 어리석은 짓이라고 생각한 것이었다.

결국 3년 약조에 대해 우선 첫해는 약속을 지키는 선에서 결론이 났지만, 연개소문을 보내는 것과 한글교육에 대해서는 아직 거론조차 되지를 않았다. 뒤늦게 그 사실을 깨달았는지 영양태왕이 다시 말을 이었다.

"그리고 이유는 모르겠으나 이미 고인이 된 동부대인의 장자를 보내 달라고 한다니, 일단 일 년 동안은 저들과 약조를 지키기로 한 마당에 그를 보내지 않을 수가 없다고 생각하오. 동부대인 겸 대대로인 연태조 공이 타계하고 나서, 연 가문에서는 전통대로 장자인 개소문에게 동부대인 직을 승계시켜 달라고 요구하고 있다고 들었소. 그러나 다른 대인들의 반대로 아직 결론이 나지 않은 것으로 알고 있소…… 쿨룩! 쿨룩!…… 쿨룩!"

그러자 듣고 있던 연태조의 동생인 연휘만이 나서서 대답했다.

그는 고구려 벼슬 중에 3등급인 주부(主簿)의 직에 있었다.

"폐하, 그러하옵니다."

"흠, 그렇다면 배달국을 다녀오는 조건으로 그에게 동부대인 직을 승계시켜 주면 어떠할지……? 쿨룩! 쿨룩! 제가회의에서 쿨룩! 쿨룩! 잘 논의해 보도록 하오. 쿨룩! 쿨룩!…… 쿨룩!"

영양태왕이 이렇게 부탁하는 투로 말하는 이유가 있었다. 고구려에는 국회에 비견될 수 있는 제가회의라는 제도가 있었다. 그 회의의 구성원은 대가(大加) 또는 대인이라고 부르는 고구려에서 가장 큰 다섯 개의 부족 대표들이었다. 그리고 만약 그들 중에 누군가가 죽으면 해당 부족의 장자가 제가회의에서 승인을 받아 승계해 왔다. 뿐만 아니라 제가회의는 왕이 죽으면 후임 왕을 선출하는 권한까지 있을 정도로 막강했고, 여기서 결정되는 사항에 대해서는 왕도 함부로 거부할 수가 없었다.

물론 개국 초기와는 달리 지금은 힘이 많이 약해진 제가회의였지만, 아직도 대인의 승계를 인준하는 권한은 제가회의에 있었기 때문에 영양태왕도 부탁하듯이 말을 한 것이다.

"알겠사옵니다. 서부대인을 비롯한 각부 대인들께 그리 전하겠사옵니다."

연휘만의 대답을 들은 태왕은 이번에는 한글에 대해 언급했다.

"쿨룩!…… 쿨룩! 그리고 한글이라는 문자와 말을 교육하는 문제는 태학(太學)에 맡겨 교육을 시키든지 말든지 왕제가 알아서 하라.

쿨룩!…… 쿨룩!'

태학은 고구려의 국립대학에 해당하는 학교였다.

"알겠사옵니다."

고건무의 대답을 끝으로 태왕은 잦은 기침과 불편한 몸을 더 이상 지탱하기가 힘들었는지 서둘러 조회를 끝마쳤다.

고건무나 약덕은 한 달 이상 먼 길을 다녀왔기 때문에 태왕에게 결과를 고하고 나면 3일 동안은 조정에 나가지 않고 집에서 쉴 수가 있었다. 그러나 아무리 그렇다 하더라도 보통 때 같으면 조정에 남아 일을 봤겠지만, 오늘은 더 이상 궁에 있기가 싫다는 생각이 든 그는 조회가 끝나자마자 퇴청을 해 버렸다.

막상 집으로 돌아오기는 했지만, 무거운 마음은 가눌 길이 없었다. 생각하면 할수록 고구려의 앞날이 걱정스러웠기 때문이었다.

이때 밖에서 손님들이 오셨다는 집사의 전갈이 있자 누구일까? 궁금해하면서 안으로 뫼시라고 명했다. 찾아온 사람은 강이식과 연개소문 그리고 함께 배달국을 다녀온 약덕이었다. 평소에 강이식을 존경해 왔던 그는 상석을 강이식에게 양보하고 방문한 일행들과 함께 마주 앉았다.

고건무가 먼저 입을 열었다.

"소장이야 앞으로 삼 일 동안은 휴가 기간이니 일찍 퇴청을 했다지만, 울절께서는 국사가 바쁘실 터인데, 어떻게 이 시간에 발걸음을 하셨습니까?"

"아! 왕제께서 약덕 공과 함께 원로에 고생하셨는데, 인사도 제대로 차리지 못하여 아쉬운 마음이 있던 차에 폐하의 명이 있으셔서 나올 수 있었소이다."

"고마우신 말씀입니다. 헌데 폐하께서 무슨 명을요?"

"아! 연 공자에게 배달국을 다녀올 준비를 하라는 명을 전하기 위해 동부대인 댁에 들렀던 길이었소이다. 기왕 나온 김에 잠시 왕제 댁에 들른 후에 입궁하겠다고 했더니, 연 공자도 와 보겠다고 하기에 동행하였소이다. 약덕 공은 대문 앞에서 만난 것이고……."

"하하하! 그러셨군요. 잘 오셨습니다."

서로 인사말이 오가고 난 다음 강이식이 표정을 굳히며 말머리를 꺼냈다.

"아시다시피 본관이야 일개 장수로서 전쟁터나 누벼 온 사람이니 뭘 알겠소마는 참으로 궁금한 것이 있소이다."

"무슨 겸사의 말씀을……! 하온데 궁금한 것이라니요?"

그러자 강이식은 손사래를 치면서 대꾸를 했다.

"사실 말씀이 나왔으니 말이지만, 나보다야 왕제께서 훨씬 형세 판단에 뛰어나다는 것쯤은 잘 알고 있소이다. 그렇지만, 오늘 조회에서 왕제의 말씀을 듣자 하니, 잘못하면 우리 고구려가 진퇴양난에 빠질 수도 있겠다는 생각이 들었소이다. 그래서 잠시 인사도 나눌 겸 허심탄회한 말씀도 듣고 싶어서 이렇게 찾아뵌 것이외다."

강이식의 말에 고개를 끄덕인 고건무는 대꾸를 했다.

"네에, 그러셨군요. 잘못하면 진퇴양난에 빠지는 것이 아니라, 오늘 결정으로 이미 고구려는 풍전등화의 위기에 처했다고 봐도 과언이 아닙니다."

"허허! 이미? 이미라고 하셨소? 그 이유를 소상히 좀 말씀해 보시오."

 강이식이 채근하자, 고건무는 배달국에 가서 만난 을지문덕 장군과 배달국 총리대신인 강철이 했던 말들을 자세히 설명해 주었다. 모두 침을 삼키며 귀를 기울였고, 강이식은 가끔씩 '허어!' 하는 탄식을 토해 내는 것이었다. 고건무의 말 중에 연태조의 죽음에 대한 얘기가 나오자, 한 귀퉁이에서 듣고만 있던 연개소문이 조심스럽게 물었다. 듬직한 체구의 연개소문이었지만, 아직은 어린 티가 가시지 않은 열여덟의 호기심 많은 청년에 불과했다.

 "수군 대모달 어른! 그렇다면 그들은 이미 저의 가친께서 천수를 다하시고 돌아가신다는 것까지 알고 있었다는 말씀입니까?"

 "그렇다네. 그들의 말에 반신반의하던 나도 돌아오자마자, 자네 부친께서 타계하셨다는 소리를 듣고는 소름이 끼칠 정도로 크게 놀랐다네. 그들에게는 하늘에서 가져왔다는 신책이라는 것이 있는데 거기에는 전에 일어났던 일들과 앞으로 일어날 일들이 낱낱이 적혀 있다더군."

 "……?"

 연개소문의 물음에 답변을 한 고건무는 시선을 돌려 강이식을 향해 물었다.

 "울절께서는 수나라 사정을 잘 아시니, 혹시 이연이라는 이름을 들어 보셨습니까?"

 "이연이라 하셨소?"

 "예, 수나라에 이연이라는 자가 있다는데 그 이름을 들어 보셨는지?"

고건무의 물음에 청라 조우관을 쓴 강이식은 머리를 갸웃거리며 기억을 더듬는 듯 중얼거렸다.

"이연이라……? 이연……?"

"……?"

"아! 이제야 어렴풋이 기억이 났소. 그자가 맞는지는 모르겠으나 내 기억에 의하면 그자는 당국 공(唐國公)에 봉해진 자인데, 아마 수 양제와 이종사촌 간이 된다던가 하여튼 그렇게 들은 것 같소 만……."

"당국 공이라 하셨습니까?"

"그렇소!"

"역시! 그렇다면 그자가 틀림이 없을 것입니다. 저들이 말해 준 신 책의 내용에 의하면 수나라는 곧 망하고, 그 이연이라는 자가 당(唐) 이라는 나라를 세운다고 합니다. 그자의 작위가 당국 공이라니 그 말도 딱 맞아떨어지는 것 같습니다."

"수나라가 망해요?"

"그렇게 들었습니다."

"하긴……! 지금 수나라는 각지에서 한다하는 영웅들이 일어나 스 스로를 대장군이라 자처하면서, 중원 천하를 놓고 서로 먹겠다고 각 축전을 벌이고 있다는 말을 듣기는 들었소."

"그런 사정을 어찌 아시게 되셨습니까?"

"그들이 언제 또다시 우리 땅을 범접할까 싶어 본장이 은밀히 세 작(細作)*들을 풀어 수나라의 동태를 살펴보게 했던 것이요."

---

* 세작(細作): 간첩, 염탐꾼, 정보원, 간자.

"아하! 그러셨군요. 흐흠, 그렇다면 그 당국 공이라는 자가 수나라를 이어받는 패자(覇者)가 되는 것이 확실한 모양입니다."

"그거야 수나라가 망한다면 누군가가 새로 나라를 여는 것은 당연할 터, 헌데 그 이연이라는 자를 거론하신 연유는 무엇이요?"

"허참! 이런 말을 입에 담기가 두렵지만, 그자가 새로 창업할 당이라는 나라가 우리 고구려를 집어삼킨다고 합니다."

그러자 강이식이 놀랐는지 자리에서 들썩거리며 되물었다.

"그게 도대체 무슨 말씀이요? 그들이 우리나라를 무너뜨린다는 말씀이요?"

"예, 여기 계신 약덕 공도 함께 들었으니, 그 얘기는 약덕 공에게 들어 보시는 것이 더 나을 것 같습니다만……."

혼자만 계속 말을 한다는 것이 계면쩍었는지 슬며시 약덕에게 말할 기회를 넘겨주자, 옆에 앉아 있던 약덕이 알겠노라는 뜻으로 고개를 끄덕하곤 배달국에서 자신들이 들었던 말들을 상세하게 설명하기 시작했다.

역시 외교 업무를 담당해 온 사람답게 듣는 사람이 쉽게 이해할 수 있도록 부연 설명까지 곁들여 가면서 하는 말은 더욱 긴장감을 고조시켰다.

물론 고건무가 1, 2년 안에 왕에 오른다는 말은 입 밖에 내지 않았음은 물론이었다. 혹시라도 와전이 된다면 무슨 오해를 받을지도 모르는 일이었기 때문이었다.

약덕의 말이 끝나자, 강이식이 심각한 얼굴로 되물었다.

"그렇다면 우리나라가 망하는 것이 하늘의 뜻이라는 말씀이요?"

"……."

강이식의 물음에 고건무나 약덕은 차마 '그렇다' 고 대답할 수가 없어 고개만 끄덕였다. 그때 한쪽 편에서 듣고만 있던 연개소문이 머뭇거리면서 조심스레 입을 열었다.

"저…… 그렇다면 그 말씀을 들으시고 우리 고구려가 살아남을 묘책은 물어보지 않으셨습니까?"

연개소문의 말에 고건무는 묵묵부답이고 약덕도 역시 말을 할 듯 하더니 도로 입을 다물어 버렸다. 두 사람이 똑같이 그런 행동을 보이자, 물었던 연개소문보다 강이식이 오히려 참지를 못하고 대답을 재촉했다.

"표정을 보아 하니 분명 얘기가 있었던 것 같은데, 어째서 말씀이 없으시오? 혹시 우리가 못 미더워서 그러시는 게요?"

"……."

그래도 아무 말이 없자 더욱 궁금해진 강이식이 채근을 했다.

"어허! 여기서 하신 말씀은 절대 못들은 것으로 할 것이니, 답답하게 그러지 마시고 툭 터놓고 말씀을 좀 해 보시구려."

그때서야 눈치를 보던 약덕이 마지못한 듯이 입을 열었다.

"실은 왕제께서 천족장군 중에 으뜸인 총리대신이라는 자에게 물으셨는데, 그자의 말이 신료들과 백성들이 편안해질 유일한 방법은 신라나 백제처럼 배달국과 합치는 길뿐이라고 하였습니다."

"음…… 합치는 길뿐이라……?"

강이식은 신음 소리에 가까운 침음(沈吟)을 내었다.

역시 아직 치기(稚氣)를 채 벗지 못한 연개소문이 더 이상 참기가 어려웠는지 툭하고 한마디를 내뱉었다.

"그들이 하늘에서 내려온 것이 확실하다면 우리를 괴롭히던 저들에게 나라를 뺏기느니, 차라리 하늘의 뜻을 행하는 쪽에 합치는 것이 백번 옳은 일이 아닐는지요?"

그 말이 끝나자마자 고건무가 눈을 부라리며 나무라듯이 말을 했다.

"허어! 닥치시게! 아무리 바른 말이라 하더라도 섣불리 입 밖에 내면 반역의 누명을 쓸 수도 있네. 조심하시게."

"예……."

고건무가 연개소문을 나무라자 듣고 있던 강이식이 연개소문을 비호하듯이 거들었다.

"연 공자의 말이 아주 그른 것도 아니질 않소?"

"그렇기는 합니다만 그렇다고 덥석 배달국에 나라를 바치자고 한다면 뉘라서 그 말에 귀를 기울이겠습니까? 오히려 백이면 백 나라 팔아먹으려는 역적이라는 소리를 듣지 않겠습니까?"

"흠, 그거야 그렇지만…… 그렇다고 이대로 가만히 있자는 말씀이요?"

"소장도 그 점이 답답할 뿐입니다."

"제가회의에서 한번 거론해 보면 안 되겠소?"

"그것도 안 될 말씀입니다. 누가 감히 그 말을 꺼낼 수 있겠습니까? 설사 누군가 말을 꺼낸다 하더라도 어느 대가가 동의를 하겠습니까?"

강이식이 고개를 끄덕였다.

"하긴…… 그렇다면 참으로 걱정스러운 일이요. 게다가 오늘 왕제께서도 보셨겠지만, 요사이 태왕 폐하의 옥체가 국정을 돌보시기조차도 어려울 지경에 이르렀소이다. 조정을 떠나 계셔서 모르시겠지만, 벌써 여러 번 혼절까지 하시는 바람에 그때마다 조정회의도 걸렀었소. 신료들 모두 쉬쉬하고 있지만 폐하께서 올해를 넘기기가 어렵다는 것이 중론이외다."

고건무는 문득 중신들이 모인 조당회의에서 영양태왕이 심하게 기침을 해 대며 힘들어하던 모습이 머릿속을 스쳐 지나갔다.

이때 고건무의 호통을 듣고 뻘쭘하게 앉아 있던 연개소문이 입을 열었다.

"울절 어른, 왕제께서 계신데 그것이 무슨 걱정입니까? 태왕께는 왕자가 없으시니 다음 대의 보위는 이 자리에 계신 첫째 왕제께서 이으시는 것이 당연하지 않겠습니까?"

연개소문의 말에 강이식이 고개를 가로저으며 대꾸를 했다.

"그것이 그렇게 쉬운 일이 아닐세. 태왕께는 후사가 없다고는 하지만, 왕제가 또 한 분 계시지 않는가? 오늘 조정에서도 의견이 분분했던 것은 바로 그런 이유도 숨어 있는 것이라네. 첫째 왕제께서 배달국을 다녀오시는 동안에 태왕께서 환후가 깊어지시자, 둘째 왕제인 고대양 공 쪽에 사람들이 더 많이 모인 것이네."

연개소문이 고개를 끄덕거리며 대꾸를 했다.

"저도 그런 얘기를 들은 바가 있습니다."

강이식이 빙그레 미소를 띠며 연개소문을 쳐다보았다.

"사실 말이 나왔으니 하는 소리네만, 실은 고대양 공이 조정에서 힘을 얻게 된 것은 대대로이신 자네 부친께서 타계하시기 전에 그분과 그래도 가까이 지냈기 때문이기도 하네. 본장 역시도 마찬가지만……."

연개소문의 부친인 연태조는 평소에 유화책을 주장하던 고건무보다는 끝까지 싸우자고 주장하는 고대양과 더욱 가까이 지냈었고, 그런 이유로 연태조를 따르던 많은 장수들과 신료들 역시도 고대양을 지지하고 있었던 것이다.

연개소문은 고건무가 있는 자리에서 그런 말이 나오자 어색한 표정을 지으면서 대꾸를 했다.

"저도 잘 알고 있습니다. 저희 선친께서 둘째 왕제 어른과 가까이 지내신 이유는 이 자리에 계신 첫째 왕제께서 평소에 불구대천지 원수인 수나라와 화친을 주장하셨기 때문에 그런 것으로 알고 있습니다."

연개소문의 말이 끝나자, 이번에는 고건무가 입을 열었다.

"뭐 하기야 그런 이유로 동부대인을 비롯해 여러 신료 분들이 나를 가까이하지 않으셨지만, 나라고 전쟁이 두렵거나 수나라가 좋아서 화친을 주장했던 것은 아니네. 수차례의 전란에 나라가 피폐되고 백성들이 굶주리는 것이 안타까워서 그랬던 것이지."

강이식이 고개를 끄덕였다.

"그것은 본장도 이해를 하오. 수나라가 쳐들어왔을 때 수군을 지휘해 혁혁한 전공을 세우신 왕제께서 전쟁이 무서워서 화친을 주장한다는 것은 어불성설이 아니겠소이까?"

그 말에 연개소문이 결연히 대꾸를 했다.

"비록 저희 선친께서 둘째 왕제분과 가까이 지내셨다고는 하지만, 제 생각에는 이 자리에 계신 첫째 왕제께서 다음 대 보위를 이으셔야 마땅하다고 생각합니다."

연개소문의 말에 강이식이 심각한 얼굴로 물었다.

"그렇다면 앞으로 연씨 가문에서는 이 자리에 계신 왕제분을 지지할 것이란 말인가?"

"그렇습니다. 연씨 문중을 대표하는 가문의 장자로서 저는 그렇게 할 것이라는 것을 이 자리에서 분명히 말씀드리겠습니다."

"흠……."

강이식이 아무런 말도 없자 연개소문은 다시 말을 이었다.

"수나라가 망하고 새로 들어서는 당이라는 나라가 우리 고구려를 집어삼킨다는데, 저는 차라리 그럴 바엔 배달국이란 나라에 의탁하는 것이 낫다고 생각하기 때문입니다. 그러자면 그들과 편하게 대화가 가능한 수군 대모달 어른께서 후사를 잇는 편이 옳지 않겠습니까?"

그 말에 한참 동안 말이 없던 강이식이 입을 열었다.

"연 공자 생각이 일리가 있네. 본장도 동부대인이 생존해 계실 때는 그분과 뜻을 함께했었지만, 이제 주변 상황이 크게 바뀌었으니 본장도 생각을 달리해야 할 것 같군."

강이식의 말이 끝나자, 고건무가 깊숙이 머리를 숙이면서 대꾸를 했다.

"울절께서 그렇게 생각해 주시니 소장은 감사할 따름입니다. 기왕지사 그렇게 말씀하시니 소장이나 약덕 공도 그렇게 하겠지만, 울절께서 먼저 배달국에서 데리고 온 한글 박사들에게 문자와 말을 배우시는 것이 우선일 듯싶습니다."

"알겠소이다. 태왕께서도 그 문자를 배우지 말라고 물리치지 않으셨으니 뭔 문제가 되겠소이까?"

강이식의 대답이 있고 나자, 약덕은 태학박사들에게 우선 한글을 가르친 다음 그들이 군사와 백성들에게 가르치게 하는 것이 가장 빠른 방법이 될 것이라고 말했다. 얼마 동안 대화는 계속되었고 특별히 예정되지 않았던 그날의 대좌가 훗날 어떤 의미로 그들 앞에 다가올지는 그 순간 아무도 몰랐다.

배달국 중천성에서는 강철과 조영호가 특전군 부장인 설계두를 대동하고 편전으로 들어가 있었다. 지난번에 있었던 대마도 토벌에 대한 마무리를 짓기 위해 태황제를 배알하고 있는 것이다.

이미 나누던 대화가 있었는지 태황제가 강철에게 물었다.

"호오, 설 대위의 활약이 그토록 대단했단 말씀이요?"

"그렇사옵니다. 소장도 설 대위가 활약하는 모습을 이번에 처음 본 것이지만, 판단력과 순발력이 눈에 띌 정도였사옵니다."

"흠, 총리대신!"

"예, 폐하!"

"총리대신께서 건의한 대로 대마도 토벌에 참전한 장군들에게는 이등 무공훈장을, 나머지 영관급 이하에는 삼등 무공훈장을 수여토록 하시오. 특히, 설계두 대위는 삼등 무공훈장에 해당하지만, 전공을 참작해서 훈격을 높여 이등 무공훈장을 수여코자 하오. 다음 달

조회 자리에서 이들에 대한 훈장 수여식을 가질 수 있도록 준비해 주시오."

"예, 폐하! 알겠사옵니다."

태황제는 특전군 부장인 설계두를 쳐다보면서 입을 열었다.

"설계두 대위는 들으라."

"예, 태황제 폐하!"

"과인은 조영호 장군이 그대를 극구 칭찬하기에 한 번 보고자 했었다. 헌데 이번 토벌 작전에서 대단한 활약까지 보였다니, 더욱 흐뭇하기가 이를 데가 없구나. 그동안 골품제도 때문에 뜻을 펼칠 수 없다는 생각에 마음이 아팠을 것이나, 우리 배달국은 능력만 있다면 무한히 뜻을 펼칠 수가 있으니 더욱 노력하도록 하라. 짐은 앞으로 그대가 배달국의 훌륭한 장군이 될 것이라고 굳게 믿고 있겠다."

태황제의 말을 들은 설계두는 서러움 반, 감동 반으로 자신도 모르게 눈물이 두 볼을 타고 주르르 흘러내렸다.

"폐하! 감읍하옵고, 소장 설계두 이 목숨 다 바쳐 태황제 폐하와 배달국에 충성을 다하겠사옵니다."

"암, 그래야지! 헌데 대장부의 눈물이 그렇게 흔해서야 되겠는가?"

"……."

역사 기록에서 보면, 신라에서 6두품으로 태어난 설계두는 골품의 한계를 깨닫고 당나라로 건너가 당나라 장수가 될 운명이었다. 그렇지만 역사에도 없던 배달국이라는 나라가 삼한 땅에 들어서게 되고, 장수로 기용이 된 설계두는 자신의 능력을 유감없이 발휘할 기회를 갖게 된 것이다.

조영호와 설계두가 먼저 물러가고, 강철과 마주앉은 진봉민은 빙그레 웃으며 물었다.

"총리대신! 요사이 신혼 재미가 어떠시오?"

"폐하! 신혼 재미가 있을 턱이 있겠사옵니까?"

"아니? 그것이 뭔 말씀이요? 밤이 너무 짧다고 안타까워해야 할 신혼에 재미가 없다니……?"

"땅거미가 질 무렵이면 천족장군들이 몰려와서 늦도록 놀다 가곤 하니, 그렇다고 내쫓을 수도 없고, 하하하! 그러니 언제 신혼 재미를 느낄 시간이 있겠사옵니까?"

"허어! 그래요? 흠, 하기는 그렇기도 하겠지. 다들 혼자이니, 외로워서 그런 것이 아니겠소? 얼른 장가들을 가야 할 텐데……."

"그래서 소신도 그러려니 하옵니다."

"총리대신은 그래도 나보다는 낫소. 천족장군들이 찾아가기라도 하니 말씀이요. 과인은 그렇지도 못하니……."

태황제가 울적한 표정을 짓자, 강철이 눈치를 보면서 가슴에 품었던 말을 슬며시 꺼냈다.

"폐하! 소신에게 청이 하나 있사옵니다."

"청이라니? 말씀해 보시오. 원한다면 이 자리라도 내주겠소."

그러자 강철은 손사래를 치면서,

"그게 아니라, 꼭 들어주신다고 약조를 하시면 말씀드리겠사옵니다."

"알겠소, 약조하리다. 어서 말씀해 보시오."

"전날 말씀드린 을지문덕 장군의 여식을 황후로 맞으시지요."

"허어! 그게 청이었소?"

"그렇사옵니다. 어차피 이 시대로 왔으니 격식은 갖춰야 하고, 그러자면 국모가 있어야 하지 않겠사옵니까? 약조하셨으니 그렇게 하시옵소서."

"꼭, 그래야만 하겠소?"

"예……."

"허어 참! 이거야 원! 약조를 하였으니 못한다 할 수도 없고…… 이래서 지난날 왕들이 신하들 등쌀에 싫은 일도 억지로 할 수밖에 없었나 보구려."

진봉민이 체념한 듯이 말을 하자, 머쓱해진 강철이 대꾸를 했다.

"폐하! 그렇게까지 싫으시면 이번 약조는 없었던 것으로 하겠사옵니다."

"아니요, 아니요. 과인이 너무 심한 표현을 한 것 같소. 어차피 황비는 있어야 하겠지. 과인이 불편한 것은 여러 천족장군들이 아직까지 가정을 꾸리지도 못했다는 생각 때문이요."

"폐하! 다른 천족장군들도 곧 인연을 만날 것이옵니다. 소신이나 조영호 총장도 언제 혼례를 올릴 생각이나 했었사옵니까? 그런데도 다 인연이 있질 않사옵니까?"

"그렇기는 하오. 그런데 을지문덕 장군은 요사이 무엇을 하고 있소?"

"예! 한글교육 과정을 끝낸 을지문덕 장군에게 군사대학을 맡아야 할 것이라고 귀띔을 해 주었더니, 요사이는 삼군사령부와 훈련장을 번갈아 돌며 군사들의 교육과정과 훈련과정을 두루 살피고 있사옵니다."

"호오! 자신이 맡을 일을 정확히 알고 있나 보구려."

"그렇사옵니다. 역시 묵은 생강이 맵다는 말이 빈말이 아니옵니다. 그리고 연자발 장군은 한글교육을 받는 중에도 틈만 나면, 홍석훈 총장과 함께 장항에 만들고 있는 군항과 조선소 공사 감독을 나간다고 하옵니다. 이문진 장군 역시 가을에 실시할 과거 시험을 총괄하라 했더니, 천족장군들의 자문을 받아 가며 그 준비에 열성을 다하고 있사옵니다."

"모두 큰일들을 하나씩 맡은 셈이구려."

"예."

"신라 사신들이 온 지도 꽤 여러 날이 지났는데 그들은 어떻게 지내고 있는 것이요?"

"이미 보고 드렸던 대로, 그들이 가져온 조공품은 국세청에 넘겼으나 공녀(貢女)*들은 급한 대로 안락원(安樂園)에서 연필을 만들고 있는 출궁 궁녀들과 함께 기거하도록 했사옵니다. 요사이 신라 사신들은 주군이었던 김백정 대장이나 신라 출신 장수들과 어울리면서 여유롭게 지낸다고 하옵니다. 자기들이 온 목적도 이루어졌겠다, 더욱이 그자들은 김백정 장군에게 충성하던 신하들이었으니 서둘러 귀국할 이유도 딱히 없사옵니다."

안락원은 배달국이 중천성으로 옮겨 오자마자, 변품이 궁녀들 중에 상궁 이상과 20세 이상의 궁녀는 모두 궁에서 내쫓았다는 것을 안 태황제가 오갈 데 없는 그녀들을 따로 모아 기거할 곳을 마련해

---

* 공녀(貢女): 조공으로 바친 여인.

주라고 명했는데 그렇게 마련된 집 이름이 바로 안락원인 것이다.

"하기는 그렇겠지. 궁청장의 말로는 신라에서 보낸 여인들이 상당한 미인들이라던데……."

"예, 소신 역시 외교청장으로부터 그렇게 들었사옵니다. 그야 신라 곳곳에서 한다하는 미인들을 물색해서, 그중에서 골라 뽑았다고 하니 당연하지 않겠사옵니까?"

"그녀들이 미모만큼이나 품행이 바르다면, 천족장군들과 연을 맺어 주어도 좋지 않겠소?"

"한글교육을 시키면서 잘 살펴보라고 하겠사옵니다."

"그러시오. 그리고 이번 궁혼 기간 동안 살펴보니 악기를 잘 다루거나 노래를 잘 부르는 자들도 상당수인 것 같던데, 그런 예술 분야도 육성을 해야 하지 않겠소?"

"아! 소신도 그 생각은 미처 하지 못했사옵니다."

"과인 역시도 음악에는 문외한이니…… 하루아침에 어떻게 하라는 것은 아니요만, 현대에서 음악과 드라마 등 예술 분야를 통해 세계를 열광시키고 케이팝 등 한류 열풍을 만들어 냈던 것을 생각해 보면, 우리 민족은 문화적 자질 면에서도 어느 민족보다 뛰어나다고 생각하오."

태황제의 말에 강철이 고개를 끄덕였다.

"그 점에 있어서는 소장도 동감이옵니다."

"그러니 우리는 지금부터 우리 민족에게 잠재되어 있는 이런 예술적 능력을 펼쳐내고 발전시킬 수 있는 여건을 마련해 주어야 할 것 같다는 생각이요. 이렇게 예술 부문이 한글과 어우러져 다른 민족까

지 동화시킬 만큼 큰 문화로 자리매김한다면 그것이 우리가 의도한 민족 발전이 아니고 무엇이겠소?'

"예, 말씀을 듣고 보니 소장 역시 듣는 것만으로도 신바람이 나옵니다."

"하하하! 그렇소? 이왕 말을 꺼낸 김에 한 말씀 더 드리면 우리는 계속 영토를 넓혀 가겠지만, 가장 염두에 둘 것은 그 땅에 사는 백성들의 삶을 윤택하게 하고, 한글과 문화를 공유시켜 백성들 사이에 적대감이나 이질감을 없애 주어야 한다는 생각이요. 이런 점을 총리 대신이 필히 염두에 두어 주셨으면 하오."

강철은 태황제가 하는 말을 들으면 들을수록 겉으로는 내색을 안 했지만 속으로는 감탄이 저절로 나왔다.

"예, 명심하겠사옵니다."

그 외에도 그들은 여러 가지를 의논했는데 국혼식은 10월에 하고, 그전에 황후는 궁에 들어와 살게 하면서 안살림을 맡기기로 했다.

간단하게 혼례식을 갖겠다는 태황제의 말에 천족장군들의 궁혼 기간도 열흘씩이나 했는데, 국혼 기간은 적어도 한 달은 돼야 한다고 고집하는 강철을 어르고 달래서 간신히 보름으로 정했다. 그리고 그 기간을 축제의 장으로 만들기 위해 그때 과거 시험을 실시하고, 농작물 전시회도 갖기로 했다.

편전을 물러나오면서 강철은 궁청장 집무실에 들러, 을지문덕 장군의 여식을 배달국 황후로 삼으려 하는데 어떻게 생각하는지 물었다. 궁청장인 변품은 을지문덕의 여식이 자태가 곱고 성품이 고결하다는 소문이 벌써 궁내에 파다하다며 적극 찬성을 하는 것이었다.

이미 강철이 태황제의 내락을 받은 것을 모르는 궁청장은 태황제 폐하께서 가납하실지가 문제라고 걱정부터 했다. 강철은 그것은 자신이 책임질 것이니, 궁청장은 넌지시 상빈인 목단령에게 귀띔을 해 주어, 행여 서운해하지 않도록 하라고 일렀다.

그날 저녁 퇴청 시간이 되자 수황군 1명을 대동하고 궁문을 나온 강철은 자신의 집으로 가질 않고 을지문덕의 집으로 향했다.

국세청에서는 배달국의 조정 신료들에게 계급별로 넓이와 크기를 정하여 거주할 집을 마련해 주었다. 대개 장군들의 저택은 궁과 가까운 외청 부근에 있는 가옥을 배정했기 때문에 을지문덕의 집도 외청 근처에 있었다.

그는 요사이 분주하게 육군사령부와 수군사령부 그리고 특전군사령부를 들락거리며 각 군에 공통되는 군사훈련과 교육 내용을 살펴보고 있었다. 각 군의 군사교육을 담당하는 군사대학을 만드는데 그곳의 책임자를 맡게 될 것이라는 귀띔을 강철에게 받고 나서부터 시작된 일이었다.

그런 이유로 오늘도 하루 종일 특전군들과 함께 훈련을 받다시피하며 피곤해진 몸을 이끌고 훈련장에서 막 돌아온 을지문덕이었다.

강철은 수황군이 안내하는 대로 큼지막한 을지문덕의 집에 도착을 했다. 예고도 없이 방문한 강철을 사랑채로 안내한 을지문덕은 속으로 웬일인가 궁금해하면서 인사말을 건넸다.

"어서 오십시요, 각하! 정부인(頂婦人)을 맞으신 것을 다시 한 번 감축 드립니다."

"하하하! 고맙소이다. 쉬셔야 할 시간에 이렇게 불쑥 찾아뵈어 폐를 끼치게 되었습니다."

을지문덕이 손사래를 치면서,

"아닙니다. 이렇듯 누추한 곳을 방문하여 주신 각하께 감사할 따름이지요."

"무슨 겸사의 말씀을? 본관이 사는 집도 크게 다를 바가 없소이다."

"하하! 그렇게 말씀해 주시니 소장이 한결 마음이 편해집니다. 헌데 퇴청해서 바로 오시는 길이십니까?"

"그렇소만……."

"그럼, 저녁상을 준비하라 이르겠습니다."

그 말에 강철은 사양하지 않았다.

을지문덕이 잠시 안채를 다녀오는 동안 방 안을 둘러보았다. 망명해서 입주한 지가 오래되지 않아서인지 벽은 황톳물로 마감 지은 상태 그대로였고, 아랫목에 놓인 서안과 작은 장롱 하나가 방 안 살림의 전부였다. 밖에서 볼 때는 장군에게 배정된 집이라 큼직해 보였지만, 막상 집안에 들어와 보니 살림살이는 너무나도 형편이 없었다.

당연히 살림살이가 있을 턱이 없었다. 을지문덕과 연자발, 이문진이 망명하자, 장안성에 있는 이들의 가족을 구해 오라는 태황제의 명에 따라 가솔들의 몸만 달랑 구해 왔으니 그럴 수밖에 없는 것은 당연했다.

백제 출신 장수들이야 도성에 그대로 살아왔으니 문제될 것도 없었지만, 가재도구를 두고 온 고구려나 신라 출신 장수들은 생활하는데 불편함이 클 것이 분명했다. 국세청장 홍수 역시도 백제 출신이니 그런 점까지는 살피지 못했을 터였다.

강철은 자신이 왜 진즉 세세하게 살피지 못했을까 하는 자책감을 지울 수가 없었다. 이런 생각에 젖어 있을 때 밖으로 나갔던 을지문덕이 들어오고, 두 사람은 국정 분야와 주변국 정세에 대하여 얘기를 시작했다.

을지문덕은 이번에 사신으로 왔던 고건무와 약덕이 장안성으로 돌아가면 고구려 조정에는 상당한 동요가 있을 것이라고 예측했다.

고건무를 어떻게 보느냐는 강철의 질문에 외유내강형으로서 수군의 운용에 있어서는 발군의 능력을 보이는 뛰어난 장수라고 대답했다.

소박하게 차려진 저녁상을 물리고 나서도 한동안 두 사람의 화기애애한 대화는 계속되었다. 계속되는 대화 속에 문득 강철이 가족들에 대해 물었다.

"을지 장군! 낯선 곳으로 오셔서 가족들이 많이 불편해하지 않소이까?"

"예, 그렇기는 합니다. 오랫동안 살던 곳에서 떠나 왔으니 모든 것이 낯설고, 불편한 것이야 당연하지 않겠습니까? 이제는 웬만큼 적응이 된 듯도 합니다."

"그렇습니까?"

"예, 그렇지만 요사이는 식솔들이 오히려 잦은 전쟁으로 고생하던 고구려보다 여기가 좋다는 말도 합니다. 하하하!"

"전쟁이 잦으면 백성들이 고통을 받는 것은 당연하겠지요. 그런데 따님이 유선(柳仙) 낭자라고 하지 않으셨소?"

"예! 소장이 늦게 본 딸인데, 제 어미의 태몽에 버드나무 늘어진 곳에서 신선들이 노는 꿈을 꾸었다고 하기에 버드나무 유(柳)자와 신선 선(仙)자를 써서 유선이라고 지어 주었습니다만, 태몽 덕분인지 그 나이까지 크게 미욱한 짓은 하지 않았습니다."

"미욱하다니요? 자태가 참으로 고와 보이던데……."

"허허허! 그렇게 보셨다니 다행입니다."

"혹시, 고구려에 계실 때 정해 놓은 혼처라도 있으십니까?"

그는 천만의 말씀이라는 듯이 손사래를 치면서 대꾸를 했다.

"어이구! 아닙니다. 혼처라니요? 비록 소장이 애비가 되지만 혼례만큼은 소장 맘대로 할 수 있는 일이 아닙니다."

"그렇소? 무슨 이유라도?"

"글쎄, 혼기가 가까워 오자 딸애가 청하길 자신의 낭군은 부모 마음에도 들어야겠지만, 자신의 마음에도 차야 한다는 말이었습니다. 혹시 중매가 들어오더라도 사전에 자신의 뜻을 물어봐 달라고 하기에 그러마 하고 약조를 했지 뭡니까? 하하하!"

"허! 그런 일이 있었구려. 흠…… 을지 장군! 실은 본장이 오늘 이렇게 들른 것은 중매를 서 볼까 해서요."

갑작스러운 강철의 말에 을지문덕은 의아하게 쳐다보며 물었다.

"아니? 도대체 어느 댁 도령인데, 각하께서 직접 월하빙인(月下氷人)*이 되시겠다는 말씀입니까?"

"실은 장군의 따님을 폐하의 배필로 천거하려는데 어떻게 생각하

---

* 월하빙인(月下氷人): 고사에서 유래된 중매쟁이를 일컫는 말.

시오?"

"……?"

"왜 내키지 않으시오?"

강철이 그렇게 묻자 그는 펄쩍 뛰며 대꾸를 했다.

"소장이 어찌 감히! 게다가 태황제 폐하께서 곁에 두시겠다면 소
장으로서야 그보다 큰 광영이 어디 있겠습니까? 다만 전혀 낌새도
없이 갑작스럽게 말씀을 꺼내시는 바람에 소장이 당황스러워 그렇
습지요."

"그렇다면 안심이요. 아무리 태황제 폐하의 배필로 맞으려는 것이
지만 억지로야 할 수 있겠소? 을지 장군이야 그렇다 쳐도 약조를 하
셨다니 부친으로서 허언을 할 수야 없는 일! 따님을 불러 주셨으면
싶소만!"

"알겠습니다."

대답을 한 을지문덕은 잠시 안채를 다녀오겠노라고 양해를 구하고
는 밖으로 나갔다가 돌아왔다. 어색한 시간이 흐르고 얼마 후에 밖
에서 인기척이 나더니 나이 든 부인과 낭자가 들어왔다.

강철은 두 사람이 을지문덕의 부인과 딸인 을지유선이라는 것을
금방 알아보았다. 그들을 고구려에서 구해 오던 날 이미 본 적이 있
었기 때문이다.

그녀들은 첫 번 보았을 때 입고 있던 낡은 고구려 의복이 아닌 새
배달국 의상을 입고 있었고, 그때보다는 훨씬 얼굴색도 좋아 보였
다. 역시 다시 봐도 숨길 수 없는 미모였고, 부드러운 가운데서도 뛰
어난 품격이 배어나왔다.

곱게 절을 한 두 사람이 다소곳이 한쪽 옆으로 비켜 앉자, 강철은 그녀들이 한글을 깨우쳤으리라고 생각하고 편하게 물었다.

"오랜만에 두 분을 뵙습니다. 이미 본 적이 있으니 기억을 하시는지 모르지만 본관은 배달국 총리대신이오."

"예, 알고 있사옵니다. 며칠 전, 정부인을 맞으신 것을 경하 드리옵니다."

"하하하! 고맙습니다, 부인."

"소녀 역시 감축 드리옵니다."

"고맙소, 유선 낭자! 그런데 혹시 낭자는 폐하를 뵌 적이 있으시오?"

"네, 며칠 전 천장님의 혼례식에 상빈마마와 함께 납시신 폐하를 먼발치에서나마 뵈었사옵니다."

"음, 그랬었구려. 멀리서라도 뵈었다 하니 묻겠소만 폐하를 어떻게 생각하시오?"

"역시 하늘에서 오신 분이라 그런지 선풍도골(仙風道骨)이심을 알 수가 있었사옵니다."

"하하하! 그렇게 보이셨소?"

"예!"

"그렇다면 단도직입적으로 말씀을 드리리다. 본관이 폐가 되는 것을 알면서도 이 시간에 댁을 방문한 것은 낭자를 태황제 폐하의 배필로 천거하려는 뜻에서요. 헌데 부친인 을지문덕 장군께서 낭자와 약조한 것이 있다는 말씀을 듣고 낭자의 생각을 듣기 위해서 뵙자고 하였소."

"……?"

금시초문!

조금 전에 부친으로부터 의복을 갖춰 입고 사랑으로 나오라는 말만 듣고 나온 을지유선으로서는 너무나도 갑작스러운 말에 말문이 열리지를 않았다.

딸이 아무 말도 없이 옷고름만 만지작대고 있는 모습을 본 모친이 재촉하듯이 불렀다.

"애야……."

어미의 재촉이 있고서야 정신이 들었는지 입을 열었다.

"소녀는 여염집에서 청혼이 들어왔을 때를 염두에 두어 부친께 그리 말씀을 드린 것이옵니다."

"아! 그랬던 것이요? 부친과의 약조도 약조지만 본관은 낭자의 뜻을 직접 듣고 싶소."

"하늘에서 강림하신 지엄하신 분께서 궁으로 들라하시면 소녀가 어찌 따르지 않을 수가 있겠사옵니까? 그럴진대 어찌 소녀의 하찮은 생각을 듣고자 하시옵니까?"

"그렇지 않소. 비록 폐하와 천족장군들이 하늘에서 왔다고는 하지만, 사람의 몸으로 왔으니 일생을 해로할 반려자는 서로 마음이 있어야 된다고 생각하오. 폐하께서도 같은 생각이실 터, 그래서 낭자를 폐하께 천거 드리기 전에 먼저 낭자의 뜻을 묻고자 하는 것이요."

그 말을 들은 을지유선은 속으로 생각해 보았다.

아무리 장수의 딸이라지만, 태황제 폐하를 모실 궁녀로 들이라는 말 한마디면 어느 영이라고 거절하겠는가! 게다가 싫어하지 않는 부친의 표정으로 보아 이미 반쯤은 응낙하셨음이 분명한데도, 하찮은 아녀자인 자신의 의사까지 거듭하여 묻는 것을 보니 역시 하늘에서 오신 분들이라 다르다는 생각이 들었다.

"소녀가…… 폐하를 모시게 된다면 힘써 받들겠사옵니다."

"하하하! 그럼, 좋다는 뜻으로 알겠소. 혼례는 오는 시월에 치르게 되겠지만, 우선 궁으로 들어오셔서 생활하셔야 할 것이요. 수일 내 궁으로 모시겠소."

그 말을 들은 유선은 옆에 있던 자신의 어미를 쳐다보고는 조심스럽게 말을 했다.

"아무 준비도 없사온데……."

"그것은 궁청장이 알아서 할 것이니 염려하지 않아도 될 것이요."

"예, 소녀 그렇다면 이미 폐하를 모시고 있는 상빈마마를 받들면서 궁중 법도를 익히도록 하겠사옵니다."

그 말에 잠시 생각한 강철은 빙그레 웃으며 말을 했다.

"물론 두 분이 화목하게 지내야 폐하께 누가 되지 않겠지만, 낭자께서는 황후로 책봉될 몸이니 품위 또한 잃지 않으셔야 할 것이요."

그 말을 들은 을지문덕이 놀란 표정으로 되물었다.

"황후라고 하셨습니까? 그럼, 저 아이를 황후로 맞으신다는 말씀입니까?"

"아니? 그럼, 장군은 여태 무슨 생각을 하고 계셨던 것이요?"

"소장은 빈(嬪)쯤으로나……."

놀라기는 부인이나 당사자인 유선 낭자도 마찬가지였다. 그녀들이 듣기로 배필이라 하였으니 일반 궁녀는 아니라는 것을 알았지만,

이미 상빈이 있으니 빈이나 그다음 자리 정도로만 여겼지 황후까지는 생각조차 하질 못했던 것이다.

그렇지 않아도 을지문덕은 공도 없이 높은 계급을 부여받아 마음이 무거웠던 판에 강철로부터 제국군사대학 학장이라는 큰 직분까지 맡게 될 것이라는 귀띔을 받고는 몸이 골백번 부서져도 충성을 다하리라 다짐하고 있었다.

그런데 이번에는 안하무인이던 수나라조차도 오히려 우습게 여기는 바로 그 배달국 태황제의 국구가 된다니! 자신이 무슨 복에 느지막이 이런 광영이 거듭되나 싶기도 하고, 한편으로는 딸의 태몽이 기가 막히게 맞았다는 생각도 들었다.

뜻했던 일을 끝낸 강철은 고구려나 신라에서 망명한 장수들의 살림살이를 미처 세세히 살피지 못해 미안하다는 말을 남기고 총총히 그 집을 나섰다.

이튿날 아침 총리부에서는 내각회의가 열렸다. 회의를 시작하자마자 강철은 먼저 국세청장인 홍수 소령을 쳐다보며 넌지시 물었다.

"홍수 소령!"

"예, 각하!"

"홍수 소령은 혹시 우리 장수들의 살림살이를 살펴본 적이 있으시오?"

"특별히 살펴본 적은 없습니다만……."

"홍수 소령의 집은 원래부터 사비성이던 이곳에 있질 않았소?"

강철은 중천성으로 이름이 바뀐 지가 꽤 되었음에도 사비성이란 말을 강조하고 있었다.

"예, 그렇습니다."

"그렇다면 수을부 장군이나 을지문덕 장군이 살던 곳은 어디였소?"

"신라 서라벌과 고구려 장안성이었습니다."

"이제 본관이 말하는 뜻을 아시겠소?"

"송구합니다. 총리대신 각하의 말씀을 듣고 보니 소장이 미처 그분들의 살림살이를 깊이 헤아리지 못했습니다."

"아신다니 다행이요. 고구려나 신라에서 몸만 빠져나온 장수들의 식솔들에게 덜렁 집이나 한 채 마련해 준다고 생활이 되는 것이 아니잖소? 수저나 그릇 하나도 아쉽단 말씀이요. 더 이상 긴 말을 하지는 않겠소. 국세청장이 잘 살펴서 그분들이 생활하는데 불편함이 없도록 해 주시오."

"그렇게 하겠습니다. 소장의 불찰입니다."

죄스러워하는 표정으로 홍수가 대답을 하자 고개를 끄덕인 강철은 회의를 계속하자고 말했다.

"음…… 그것은 그렇게 하기로 하고 각부에서 하실 말씀이 있으신 분은 말씀하시오."

그러자 김백정이 기다렸다는 듯이 입을 열었다.

"각하! 소장이 먼저 한 말씀드리겠습니다. 이미 다 아시는 일이지만, 지금 수많은 신라 백성들이 국경을 넘어 우리 배달국으로 들어오고 있습니다. 심지어는 한 마을 촌민 모두가 통째로 넘어오는 경우도 있다고 합니다. 이것은 신라 조정이 백성들을 제대로 살피지 못한 소치라고 생각합니다. 소장은 차제에 서라벌로 가서 국정을 농단하고 있는 역적들을 몰아내고 싶습니다. 출정을 청하오니 허락해 주시기 바랍니다."

김백정이 신라로 출정하겠다는 청이 있고 나서부터, 내각회의는 열기가 고조되기 시작했다. 교육청장인 수을부를 비롯하여 농업청장 김용춘, 정보사령 무은 등이 김백정의 제안에 적극 동조하고 나섰다. 백제 국왕이던 부여장도 김백정의 입장을 이해하는지 동조하는 말을 했다.

그러나 백기를 비롯한 백제 출신 장수들은 잘못하면 그동안 잘 가꾸어 놓은 배달국에 대한 신라 백성들의 신망에 찬물을 끼얹게 된다면서 시기상조라는 입장이었다. 그 외에도 을지문덕을 비롯한 고구려 출신 장군들은 끼어들 분위기가 아니라고 느꼈는지 무덤덤한 표정으로 말없이 듣고만 있었다.

그들이 서로 갑론을박하는 모양새를 말없이 지켜보고 있던 강철과 천족장군들은, 신라와 백제 출신 장수들 사이에는 아직도 보이지 않는 이질감이 존재한다는 것을 분명히 느꼈다.

그나마 다행이라고 여긴 것은 백제 국왕이던 부여장이 신라 국왕이던 김백정의 제안에 적극 동조하는 모습을 보인 것이었다.

더 이상 놔두었다가는 장수들 간에 감정까지 상하겠다 싶어진 강철은 탁자를 '꽝!' 하고 내리치면서 언성을 높였다.

"지금 뭣들하고 계시는 게요? 이 꼴이 일국의 신료들이 국정을 논하는 모습이란 말씀이요?"

"……"

여태껏 총리대신이 이토록 화를 내는 것을 본 적이 없던 신료들은 논쟁을 멈추고 머쓱한 표정이 되었다.

"이보시오들! 지금 김백정 대장의 제안에 안 된다고 이의를 제기한 신라 출신 장수 분이 있소이까? 물론 신라국을 치러 가는 문제이니 신라 출신 장수들이 당위성을 더 잘 알기 때문인지는 모르겠지만, 과연 그래서 이구동성으로 한 목소리를 내신 것이요? 아니면 국주였던 분의 제안이라 한 목소리를 내신 것이요?"

"……."

"백제 출신 장수들도 마찬가지요. 무조건 시기상조라고 반대만 했지, 사비 공을 제외하고 어느 누가 김백정 장군의 입장에 동조하신 분이 있으시오? 태황제 폐하께서 지난 삼년산성 승전 기념식에서 뭐라 말씀하셨소?"

"……."

모두 숙연해진 표정이 되어 강철의 말을 듣고만 있을 때, 김백정이 겸연쩍은 표정으로 입을 열었다.

"각하! 모두 소장의 불찰입니다. 송구합니다."

"흥! 불찰인 것을 아셨다니 다행이요. 그런데 김백정 대장! 폐하께서 말씀하시길 배달국이 신라를 쳐들어가면 신라 백성들의 반발이 거셀 것이니, 스스로 무너지도록 그냥 놔두라고 하신 것을 아실 텐데, 갑자기 출전하겠다는 말씀을 꺼내시게 된 동기가 도대체 무엇이요?"

강철의 물음에 김백정이 잠시 머뭇거리더니 자초지종을 설명하기 시작했다.

"예…… 실은 이번에 화친사로 온…….”

하고 말문을 연 김백정이 말한 요지는 이랬다.

신라에서 사신으로 온 조계룡, 김후직, 혜문 등이 지금 신라 백성들의 마음이 조정을 떠났으니 이 기회에 신라를 치는 것이 어떻겠느냐는 권유를 하더라는 것이었다. 그러나 막상 배달국 군사가 쳐들어가면 폐하께서 우려하시는 대로 신라 조정을 따르는 일부 백성들은 반발할 우려도 있으니, 감문주 근방에 진을 치고 있는 일부 장군 휘하의 신라군으로 서라벌을 도모하는 것이 좋겠다는 의견을 제시했다는 것이었다.

또한 그들 말에 의하면 일부 장군은 아직까지도 자신에 대한 충성심이 남아 있어 왕이었던 자신이 앞장선다면 휘하의 1천 병력을 분명히 내줄 것이라고도 했다는 것이다. 그래서 그들과 머리를 맞대고 숙의를 거듭해 본 결과 충분히 승산이 있겠다고 판단해서 말을 꺼낸 것이라고 했다.

김백정이 하는 말을 모두 들은 회의 참석자들은 고개를 끄덕이며 나름대로 충분히 가능성이 있다고 판단했다. 강철 역시도 그런 생각이 들자 입을 열었다.

"듣고 보니 아주 터무니없는 계획도 아닌 것 같소이다. 처음부터 이렇게 자세한 설명이 있었더라면 이런 분란도 없었을 것이 아니요?"

"송구합니다.”

"잘 들으시오! 앞으로 국정을 논함에 있어 오늘처럼 어느 나라 출신이냐를 따져 왈가왈부하는 경우가 생긴다면 결단코 그냥 넘어가지 않을 것이요. 명심토록 하시오."

그 말에 다들 속으로 뜨끔해하며 대답을 했다.

"명심하겠습니다!"

"흠…… 그리고 김백정 장군의 제안은 일단 폐하께 말씀드려 보십시다."

김백정은 어두웠던 얼굴을 환하게 펴면서 힘차게 대답했다.

"알겠습니다, 각하!"

"자! 그럼 그 건은 그렇게 하기로 하고, 다음 안건을 말씀해 보시오."

그 말에 건설청장이 양회와 토관이 생산됨에 따라 중천성의 정화조, 오수관 공사와 배수로 뚜껑 덮기 공사를 시작하겠다는 보고가 있었다. 원래 도성이 들어서기 전의 사비성 자리는 지대가 낮아 배수가 좋지 않은 늪지대였다. 그런 곳에 궁궐과 성곽을 쌓으면서 특별히 배수에 신경을 썼기 때문에 지금의 배수 시설도 나무랄 데가 없을 정도로 훌륭했다.

그런 이유로 이번에 궁궐 안에 수세식 화장실을 만들기로 결정하면서 정화조와 오수관을 묻는 김에, 기존에 있던 배수 시설은 건들지 않고 뚜껑만 만들어 씌우기로 한 것이다. 건설청장의 보고 후에는 더 이상 발언자가 없음을 확인한 강철이 좌중을 보면서 말을 했다.

"더 이상 말씀이 없으신 것 같으니, 본관이 몇 가지 알려 드릴 말씀이 있소. 다름이 아니라 우리 배달국이 개국한 지가 꽤 되었지만 아직까지 황후가 계시지 않으셨소. 그래서 폐하께 을지문덕 장군의 여식을 황후감으로 천거하여 다행히 가납을 받았소. 하여 오는 시월 중에 좋은 날을 택해 국혼식을 거행하는 것으로 했으면 좋겠소."

그러자 듣고 있던 신료들의 눈길이 을지문덕에게 향하면서 먼저 부여장이 축하 인사를 건넸다.

"을지 장군! 경하 드리오."

갑자기 참석자들로부터 축하 인사를 받게 된 을지문덕은 멋쩍은 모습으로 답례의 인사를 했다.

"감사하오이다."

다들 한마디씩 하는 축하 인사가 길어지자 강철이 다시 입을 열었다.

"자자! 축하 인사는 나중에 나누시고, 본관의 말씀을 마저 들으시오."

"……?"

"앞서 말씀드린 대로 국혼일은 시월 중에 날짜를 잡도록 하고, 국혼 기간은 혼례 전일로부터 보름 동안으로 할 것이요."

강철의 말에 백기가 한마디 했다.

"각하! 보름이면 너무 짧지 않습니까? 그래도 황후를 맞으시는 일인데……."

"하하하! 내정부 대신 말씀이 맞기는 맞소만, 폐하께서 극구 사양을 하시니 어떻게 하겠소? 그렇게들 아시고 보름 동안 만이라도 알차게 하십시다. 그 기간 동안에 과거 시험도 치르고, 농작물 전시회도 개최하여 모든 백성들에게 도움도 되게 하고 잔치 분위기도 느낄 수 있도록 하십시다."

"지당하신 말씀입니다."

"아! 과거 시험까지 그때 치르게 한다면 더욱 빛이 날 것입니다."

"맞습니다. 지금 나라 안 백성들이 과거 시험에 대한 기대가 크니, 그때가 좋은 것 같습니다."

다들 한마디씩 하는 가운데 농어업부 대신인 부여장도 한마디 거들었다.

"그렇지 않아도 목화솜을 어떻게 하면 백성들에게 널리 알릴 수 있을까 걱정하고 있었는데 그런 방법이 있을 줄은 몰랐습니다. 총감이신 김민수 장군과 상의하여 저희 농어업부에서도 열심히 준비해 보겠습니다."

"하하! 그러셨소? 그렇다면 더욱 잘된 일이구려."

이때 을지문덕이 입을 열었다.

"각하! 과거 시험에 병행해서 무예를 겨루는 시합도 열어 보면 어떻겠습니까? 그렇게 되면 여태껏 우리가 발견하지 못했던 훌륭한 장수감도 찾아낼 수 있질 않겠습니까?"

그 말을 들은 강철이 빙그레 웃으며 대꾸를 했다.

"그것도 아주 좋은 생각이요. 그러자면 하루빨리 구체적인 계획을 세워서 전국에 널리 알려야 할 것이요. 국구가 되실 분이지만, 기왕에 말씀을 꺼내셨으니 무예 대회만큼은 을지 장군이 맡아서 준비해 주시면 어떻겠소?"

강철은 그가 고구려에서 실시하는 무술 대회인 동명 대회에 출전했던 경험이 있다는 것을 태황제부터 들었던 터라 책임을 떠맡긴 것이었다.

"알겠습니다. 소장이 책임지고 준비를 해 보도록 하겠습니다."

을지문덕이 자신 있게 대답을 하자, 강철이 고개를 끄덕이고는 다시 말을 이었다.

"다들 알아서들 하시겠지만 그때까지 각 부서에서는 너 나 할 것 없이 서로 힘을 모아 주시오."

"예!"

내각회의를 끝마친 강철은 김백정과 수을부, 무은을 대동하고 편전으로 갔다. 여느 때와 마찬가지로 반갑게 맞는 태황제에게 예를 차린 네 사람은 자리에 좌정을 했다.

아침 내각회의에서 논의된 사항들을 간략하게 보고한 강철이 마지막으로 김백정이 제안한 신라 정벌에 관한 문제를 끄집어냈다.

강철이 먼저 태황제에게 자세한 설명을 하고 나서, 배달국이 군사를 몰아간다면 반발하는 신라 백성들이 있겠지만, 감문주에 있는 신라군들이 서라벌을 친다면 전혀 문제될 것이 없을 것이니, 김백정 장군을 보내 보는 것이 어떻겠냐고 조심스럽게 품고를 했다.

강철이 하는 말을 묵묵히 듣고 난 진봉민이 김백정을 쳐다보며,

"김백정 장군! 일부라는 장군이 일천의 군사를 가지고 있다고는 하나, 과연 장군이 갔을 때 뜻대로 그자가 움직여 주겠느냐는 것이고, 또 하나는 설사 그자가 장군을 따른다 하더라도 신라에는 아직도 수천의 군사가 남아 있는 것으로 아는데 그깟 일천 군사로 가능하겠느냐 하는 것이요."

당연한 물음이었다. 태황제의 질문이 있자 김백정이 입을 열었다.

"폐하! 소장 김백정 아뢰겠사옵니다. 군사는 지금 신라 사신단의 호위 병력 일백이 있고, 일부 장군도 필히 소장을 따르리라고 확신

을 하옵니다. 소장이 쳐들어갔을 때 앞길을 막아설 신라 군사는 정병 이천 정도와 화랑들이 지휘하는 낭도군 일천 정도가 있는 것은 사실이오나, 그들 중 대부분은 소장의 진군을 막기보다는 오히려 소장 편에 서는 자가 많을 것이라 보옵니다. 소장을 배신했던 난신(亂臣)들에게 설욕을 할 수 있도록 가납해 주시옵소서!"

체구가 워낙 장대하여 앉아 있어도 보통 사람보다 월등하게 커 보이는 그가 간절하게 출정을 청하는 모습은 차라리 측은하다는 생각이 들 정도였다.

수을부도 곁에서 거들었다.

"폐하! 저들의 군사 이천은 대부분이 우리 배달국에 포로가 되었다가 돌아간 자들이라고 하옵니다. 신라 사신들도 동참하겠다는 마당에 소장도 보고만 있을 수 없사오니 함께 참전하고자 청하옵니다."

"그 정보가 정확하오?"

"예, 이번에 사신으로 온 자들의 말이니 확실하옵니다."

"포로가 되었던 자들이라면 우리 제국에 호감이야 갖고 있겠지만, 과인은 내키질 않소. 두 분이 기대하는 대로 신라 군사들이 동참해 준다면야 크게 걱정할 일은 없겠지만, 만에 하나 일이 잘못되어 장군들이 위험에 처할까 염려가 되기 때문이요. 더욱이 수을부 장군은 거동까지 불편하시면서 꼭 가셔야 하겠소?"

"폐하! 가납하여 주시옵기를 거듭 청하옵니다."

또다시 간절하게 청하고 있는 김백정의 얼굴을 보니, 진봉민은 차마 물리칠 수가 없었다. 망설이고 있는 태황제를 바라보고 있던 강철이 보내자는 쪽으로 말을 건넸다.

"폐하! 저토록 간곡하게 청하는 김백정 대장의 심중을 헤아리시고, 가납하여 주심이 옳을 듯싶사옵니다."

"흠……."

"그렇게 하시옵소서."

재차 강철이 주문하자 진봉민은 마지못한 듯 입을 열었다.

"좋소! 김백정 대장이 그리 간곡히 청하시니 세 가지만 약조한다면 허락하겠소."

"보내만 주신다면 세 가지가 아니라 열 가지라도 약조를 하겠사옵니다. 말씀해 주시옵소서."

"첫째로 감문주에 있다는 일부 장군이 동참하지 않으면 즉시 돌아올 것, 둘째로 그들이 동참한다 하더라도 사태가 불리하면 돌아올 것, 마지막으로 장수들을 경호할 특전군 열 명을 데려가라는 것이요. 약조하시겠소?"

"물론이옵니다, 폐하! 소장의 청을 가납하여 주셔서 감읍하옵니다."

드디어 태황제의 허락이 떨어지자, 자신을 배신한 괘씸한 놈들을 도륙 낼 기회를 잡았다 싶어져서 그런지 김백정은 눈물까지 떨구는 것이었다.

다시 밟은 신라 땅

　망설이던 태황제로부터 서라벌을 토벌하러 가도 좋다는 허락을 어렵사리 얻어 낸 김백정과 수을부, 무은은 강철을 따라 총리부로 갔다. 그들이 총리부에 모여서 의논한 내용은, 우선 김백정 대장이 전 신라 국왕의 자격으로 신왕 김국반을 토벌하러 가는 것으로 명분을 삼기로 했다.

　토벌군은 김백정 장군을 위시해서 스스로 자원한 수을부 육군 중장, 김용춘 육군 소장, 김서현 육군 소장과 신라 사신들로 구성했다. 그 외로 이들 장수들을 경호할 특전군 10명을 부장인 설계두가 직접 지휘하기로 했다.

　출발에 앞서 강철은 신라 사신들인 조계룡, 김후직, 혜문을 편전으로 데리고 가서 태황제를 알현시켰다. 그 자리에서 태황제는 당부를 했다.

"김백정 장군이 공들의 말을 듣고 나서 부득불 신라로 가겠다고 청하여 보내기는 하오만 공들에게 당부할 게 있소."

"하교하여 주시옵소서."

"공들도 함께 행동한다고 들었소만, 만약에 가서서 일이 뜻대로 되지 않거든 무리하지 말고 돌아오도록 김백정 장군에게 권해 주시오. 물론 일이 잘못되면 공들도 더 이상 신라 땅에 있을 수는 없을 터이니, 공들 역시 서슴지 말고 오도록 하시오. 과인은 언제든지 공들을 반갑게 맞을 것이요."

"명심하고, 또 명심하겠사옵니다!"

그들이 물러가고 나자, 진봉민은 곰곰이 생각해 보았다. 저들이 하는 양을 살펴보면, 김백정이 신라 조정을 다시 찾을 가능성도 전혀 없는 것은 아니지만, 마음이 편치는 않았다.

이튿날 아침, 1백 명의 호위군을 거느린 신라 사신단이 깃발을 휘날리며 성문을 빠져나가 서라벌로 향하고 있었다. 누가 봐도 외형상으로는 사신단으로서의 임무를 마치고 귀국하는 모양새였다. 올 때는 짐을 실은 수레와 가마 때문에 길게 늘어진 행렬이었지만, 돌아가는 귀국길은 훨씬 단출했다.

행렬 중간에는 신라 사신들인 조계룡, 김후직, 혜문이 서고, 후미에는 기관단총을 감춘 특전군의 호위를 받으며 신라 국왕이던 김백정과 수을부, 김용춘, 김서현이 따라가고 있었다.

귀국 행렬은 훤하게 뚫린 관도를 따라 공주를 지나 충주에 도착했다. 이곳 성주인 김술종은 중부 지역을 통괄하는 업무를 담당하면

서 인근인 진천과 연기에 있는 광산 개발과 제철소에 대한 지원에
힘을 쏟고 있었다.

만노군이라고 불리던 진천의 제철소는 공업청장인 한지철이 태어
나서 자란 곳이기도 했고, 일모산군이라고 불리던 연기군의 제철소
는 발명청장인 석해와 광업청장인 전부례가 일하던 곳이었다.

김술종의 도움으로 충주에서 하룻밤을 지낸 그들은 다시 감문주라
고 불리던 김천을 향해 출발했다.

충주를 막 벗어났을 즈음에 수많은 군노비들이 도로 공사를 하고
있었다. 얼마 전에 회의석상에서 건설청장인 해수 소장이 충주에서
김천에 이르는 도로 공사를 새로 시작한다고 하더니 그 공사인 모양
이었다.

신라는 우역(郵驛)이라는 국가기관을 설치하여 도로를 관리하였
기 때문에 도로망은 잘 발달된 편이었다. 그럼에도 불구하고 배달국
의 도로 공사 현장을 벗어나 막상 신라가 만든 구 도로에 접어들자
배달국에서 만든 도로와는 비교조차 되지 않을 만큼 폭도 좁았고,
평탄함도 현저히 떨어졌다.

그것을 아는 김백정은 스스로 부끄러움과 착잡함이 교차했다. 설
사 지금까지 자신이 신라 국왕으로 있었다고 하더라도 사정이 크게
나아지지 않았을 것이라는 생각이 들었기 때문이었다.

그들이 충주를 출발하여 하늘과 맞닿아 있다는 험한 고갯길인 하
늘재를 넘어 김천에 이르렀을 때는 꼬박 사흘이라는 시간이 걸렸
다. 길은 험했지만 그나마 지금까지 지나온 길은 배달국의 영토였
기 때문에 중간 중간 군령들의 치소가 있어서 숙식에는 큰 어려움이

없었다.

 그들이 김천에 도착했을 때, 김천 방위사령관인 임말리는 그들의 옷차림을 보는 순간 이상하다는 생각이 들었지만, 내색 없이 얼굴 가득 환한 미소를 띠면서 그들을 맞이했다.

 "어서 오십시오. 신라 사신들이야 돌아가는 길이겠지만, 장군들께서 어떻게 연통도 없이 이곳까지 오셨습니까? 어서 안으로 드시지요."

 "임말리 장군! 오랜만이요? 그동안 별고 없으셨소?"

 "예!"

 임말리는 치소 안으로 일행을 안내했다.

 그는 배달국이 처음 자리를 잡았던 당성으로 쳐들어왔다가 포로가 되어 망명한 장수였다. 신라 출신 장수로서는 북한산주 군주였던 변품이나 북한산주 대감이던 무은, 당성현 현령이던 해론에 이어 배달국 장수가 되었으니 꽤나 일찍 배달국에 등용된 셈이었다.

 그 후에 배달국이 중천성으로 천도를 하자마자, 이곳 감문주에 주둔하고 있던 신라군들이 삼년산성으로 쳐들어왔다. 이때 계백의 병략(兵略)으로 신라군을 격파한 배달국은 군사가 없는 이곳을 장악하면서 최전선 사령부를 설치했다. 그러고는 조영호의 추천에 의해서 그를 김천 방위사령관으로 임명했던 것이다.

 방위사령관이라고 해 봤자 군사는 기병 5백 명이 전부였고, 사령부 건물은 당시에 감문주 군주였던 김서현이 쓰던 건물을 그대로 사용하고 있었다.

 임말리가 안내하는 대로 널찍한 방으로 따라 들어간 일행이 자리를 잡고 앉자, 김백정은 거두절미하고 소매 속에서 서찰을 꺼내 그에게 건네주었다.

서찰을 받아 든 임말리는 육군사령인 우수기 장군이 보낸 것임을 확인하고 속 내용을 눈으로 주욱 훑어 내려갔다.

정변을 일으켜 왕권을 잡은 역적 무리들을 토벌하러 가겠다는 김백정 대장의 간청을 폐하께서 가납하셨다는 내용에서부터, 토벌군으로는 사신단을 호위하는 군사 외에 경계 너머에 있는 신라군들을 활용하기로 했다는 것과 마지막으로 김백정 장군이 국경을 넘어갈 때까지 잘 보살펴 주라는 내용으로 끝을 맺고 있었다.

서찰을 읽고 난 임말리는 어두운 표정으로 고개를 절레절레 흔들며, 상석에 앉아 있는 김백정에게 조심스럽게 말을 건넸다.

"각하! 경계 너머에 주둔해 있던 신라군을 군사로 활용할 계획이셨습니까?"

"그렇소만!"

"그렇다면 어려울 것 같습니다. 요 며칠 사이에 그들이 다른 곳으로 이동을 한 것으로 보입니다."

임말리의 말을 들은 김백정이 크게 당황해하면서 대꾸를 했다.

"아니 뭐요? 그럼, 그들이 없어졌다는 말씀이요?"

"예! 무슨 이유인지는 모르겠지만, 천여 명이나 되던 군사가 지금은 몇 명밖에 남아 있지 않은 것으로 알고 있습니다."

"언제부터 그런 것이요?"

"소장도 어제서야 확인을 했습니다."

"허어! 낭패로세, 낭패야!"

커다란 덩치에 수염을 부르르 떨면서 체통조차 잊은 채 당황해하는 표정은 차마 마주 쳐다보는 것조차 민망스러울 지경이었다.

이때 옆에 앉아 있던 신라 사신단 정사인 조계룡이 다시 물었다.

"아니? 보름 전까지만 해도 이 두 눈으로 똑똑히 봤거늘, 그들이 어디로 갔다는 말씀이요?"

그 자리에 있는 다른 장수들도 당황스럽기는 마찬가지였다.

"소장도 그들이 어디로 갔는지는 알 수 없으나, 그들이 주둔했던 곳에는 분명히 몇 명밖에는 남아 있질 않았소. 허나 군막이 그대로 있는 것으로 보아 아주 떠난 것 같지는 않아 보이오."

한동안 침묵이 흘렀다. 그들이 있다는 것을 전제로 계획을 세운 것인데, 초장부터 계획이 어그러졌으니 맥이 빠질 수밖에 없었다. 입을 열 기운조차 떨어졌는지 모두들 넋을 놓고 앉아 있었다.

긴 침묵을 깨고 먼저 입을 연 것은 수을부였다.

"각하! 이제 어찌해야 할 것인지 결정을 내려야 할 것 같습니다. 소장 생각으로는 여기서 되돌아가는 방안과 아니면 일단 그들이 어디로 갔는지 알아보고 나서 다음 행동을 결정하는 방안이 있습니다만……."

"그야 말하나 마나가 아니겠소? 도대체 그들이 어디로 갔는지는 알아야 돌아가든지 말든지 할 것이 아니요? 이거야 원!"

이 자리에서 가장 좌불안석인 것은 신라 사신들인 조계룡, 김후직, 혜문이었다. 입장을 바꿔 놓고 생각해 봐도, 자신들의 권유로 김백정이 일을 벌인 것인데 지금 돌아간다면 웃음거리밖에는 되지 않을 터였다.

"폐하, 일단 수을부 공께서 말씀하신 두 번째 방안대로 하시는 것이 합당할 줄로 아옵니다."

"흠, 그렇게라도 해 봐야지 어떻게 하겠소?"

그들이 떠난 이유를 한시라도 빨리 알아보고 싶은 마음이야 굴뚝같았지만, 어차피 날이 저물어 이곳에서 하룻밤을 지낸 다음 움직일 수밖에 없었다.

억지로 잠을 청하며 밤을 지낸 그들은 새벽같이 일어나 조반도 뜨는 둥 마는 둥 하고, 임말리 장군의 전송을 받으며 서둘러 길을 나섰다.

신라와 배달국 사이에 놓인 명색뿐인 국경을 넘어, 신라군들이 주둔해 있던 진지로 갔다. 군영(軍營)은 나무 말뚝을 촘촘히 박아 만든 목책(木柵)이 둘러쳐져 있었고, 통나무로 엮어 만든 커다란 문이 달려 있었다.

조계룡이 안을 향해 문을 열라고 하자, 통나무 대문 양쪽에 높다랗게 지어진 경계 초막 위에서 밖을 내다보던 신라 군사가 보름 전에 지나갔던 신라 사신단임을 알아보고는 별 의심 없이 문을 열었다.

문이 열리자마자 사신들을 호위하던 1백 명의 군사들이 초소병을 포함한 목책 안에 있던 군사들을 불문곡직하고 체포해 버렸다.

체포된 자들의 수효가 기껏 50여 명뿐인 것으로 보아 임말리 장군의 말대로 이들만 남겨 놓고 모두 떠난 것이 분명했다. 그들 중에 허름하나마 초급 장수들이나 입는 갑옷을 걸친 자에게 이곳에 있던 군사들이 간 곳을 물었다.

그의 말에 의하면 이곳에 주둔하던 일부 장군은 위화군(喂火郡)*에서 일어난 민란(民亂)을 진압하라는 조정의 명을 받고, 군사들과 함께 사흘 전에 이곳을 떠났다는 것이었다. 김백정 일행은 군영 안에 있는 지휘 군막으로 들어가 잠시 의견을 나누었다.

수을부를 비롯한 장수들은 이구동성으로 아무런 소득도 없이 중천성으로 되돌아가서 웃음거리가 될 수는 없질 않겠느냐며, 백성들이 신라 조정을 상대로 반란을 일으켰다면 오히려 더 좋은 기회라고 입을 모았다. 반란을 일으킨 백성들과 토벌하러 간 군사 양쪽을 모두 설득하자는 의견이었다.

결국 다른 선택의 여지가 없다고 판단한 김백정은 그곳에 있던 50명의 군사들까지 설득하여 위화군으로 향했다.

다행히 모두가 말을 타고 있었기 때문에 150리 길인 그곳까지는 넉넉히 이틀이면 도착할 수 있는 거리였다. 급한 마음에 진군을 서두른 결과 땅거미가 질 무렵에는 일선주(一善州)를 지나 팔거리현(八居里縣) 근처에 다다를 수가 있었다.

아직까지 신라 땅인 이들 지역은 배달국에서 바꾼 지명이 통용되지는 않았지만, 이미 배달국은 일선주를 선산으로 팔거리현을 칠곡으로 바꾼 지 오래였다.

그들이 위화군에 가까워질수록 쳐다보는 백성들의 눈초리가 점점 싸늘해져 간다는 것을 느끼고 있었다. 이윽고 팔거리현에 이르렀을 때는 이미 날도 어둑해지고, 배도 출출하여 더 이상의 행군이 어려웠다. 그들은 이곳에서 하룻밤을 묵기로 하고 치소인 현청으로 갔다.

치소 대문 앞에서 현령을 찾으니, 늙수그레한 관노가 나와서 현령

---

* 위화군(喟火郡): 신라 시대 대구 수성동 지역을 일컫던 지명.

은 감문주에서 오던 일부 장군과 함께 위화군의 반란을 진압하러 갔다는 것이었다.

그렇게 대답한 관노는 일행들이 입고 있는 관복을 힐끔거리더니, 혹시 하룻밤 유하실 요량이라면 우역으로 가 보라는 말을 던지고는 현청 안으로 사라졌다. 우역은 도로 관리뿐 아니라, 출장을 다녀오는 관리들의 숙박과 공문서의 전달까지도 담당하고 있었다.

"폐하, 현령이 없다고 하니 아무래도 우역으로 가서 하룻밤을 묵는 것이 낫겠사옵니다."

조계룡의 말에 김백정이 고개를 끄덕였다.

조계룡과 김후직, 혜문이 앞장서서 팔거리역이라고 쓰인 나무간판이 붙어 있는 집으로 들어가 우역을 관리하는 유사(有司)*를 찾았다. 그러자 염소수염을 한 자가 나타나 자색(紫色) 비단옷을 입은 조계룡과 김후직을 힐끗 보더니, 고위 관등임을 알아보고는 금세 얼굴 가득 비굴한 웃음을 띠면서 용무를 물었다.

조계룡이 자신들은 배달국을 다녀오는 사신단으로 이곳에서 하루를 묵고 내일 서라벌로 갈 것이니, 식사와 잠자리를 마련해 달라고 요구를 했다. 그러자 그자는 잠시만 기다려 달라고 하고는 부리나케 밖으로 나갔다.

얼마 후에 돌아온 유사는 역에 딸린 주막으로 일행들을 안내하면서 갖은 생색을 다 내는 것이었다. 무슨 이유로 그러는지를 잘 아는 조계룡은 혜문을 시켜 수고비를 몇 푼 집어 주게 했다. 그러자 그자

---

*유사(有司): 기관의 운영을 맡은 관원. 기록에 보면 역에 딸린 유사로는 사지(舍知)에서 나마(奈麻)까지의 관등을 가진 대사(大舍) 2인과 사(史) 2인을 두었다고 함.

는 사양하지도 않고 당연하다는 듯이 헤헤거리며 소매 속에 받아 넣었고, 그런 모습을 뒤쪽에서 지켜보던 김백정은 저절로 한숨이 나왔다.

백성들이 조정과 관리들의 횡포에 불만을 품고 반란을 일으켰다는데도 벼슬아치는 그 와중에도 거리낌도 없이 뒷돈을 챙기고 있으니 한심스러울 수밖에 없었던 것이다.

뜬눈으로 지새우다시피 주막에서 하룻밤을 지낸 김백정 일행은 새벽같이 길을 나서, 오후로 접어드는 시간에는 드디어 금호강을 건너는 배를 탈 수가 있었다.

금호강은 대구 근처를 지나 낙동강으로 흘러드는 강이었다.

맞은편 나루터에 배가 닿자마자, 땅에 내려선 조계룡은 인근 군현에 서찰을 전하기 위해 배를 기다리던 전령들을 발견하고는 그들에게 반란을 일으킨 자들이 어디에 있는지를 물었다.

잠시 경계심을 보이던 군사들은 조계룡 일행의 차림새에서 조정 관리들인 것을 알아보았는지 비교적 자세히 설명을 해 주었다.

처음에는 3백여 명의 백성들이 도성 쪽인 위화군에서 반란을 일으켰으나, 금세 인원이 불어 2천여 명으로 늘어났다는 것이다. 그런데 조정과 감문주에서 토벌군들이 온다는 소문이 돌자, 지금은 달벌성(達伐城)* 안으로 들어가 농성 중이라는 말이었다.

조정의 토벌군은 얼마나 되느냐고 물으니 병부령인 이리벌 장군이 2천 명의 군사를 인솔해 왔고, 일부 장군이 1천 명의 군사를 데리고 막 도착해서 아마 2, 3일 내로 반란자들은 진압될 것이라는 대답이

* 달벌성(達伐城): 대구 달성 공원 자리에 있던 신라 초기 성.

었다. 자신들은 백성들이 더 이상 반란군에 합세하지 못하도록 하라는 병부령의 명을 사방 1백 리 안에 있는 군현에 전하러 가는 길이라고 했다.

상황을 알게 된 일행은 불과 30여 리 길밖에 남지 않은 달벌성까지 어두워지기 전에 도착하기로 하고 진군을 재촉했다.

드디어 달벌성 근처에 이르자, 김후직이 한발 앞서 동정을 살피고 와서는 토벌군과 반란군 모두를 살필 수 있는 높은 지대로 일행을 안내했다.

그곳에서 내려다보니, 토벌군은 각각 선두에 녹색의 깃발을 든 부대와 청색의 깃발을 든 2개 부대로 나뉘어 성을 향해 진을 치고 있었고, 반란군으로 보이는 백성들은 성안에서 밖을 내다보며 토벌군의 움직임을 살피고 있었다.

신라군은 오래전부터 깃발 색으로 부대를 구분해 왔다. 녹색 바탕의 수기(帥旗)에는 '신라국 병부령 이리벌'이라고 큼직하게 쓰여 있었고, 역시 청색 바탕의 수기에도 '신라국 일선주 군주 일부'라고 비슷한 크기로 쓰여 있었다. 그렇지만 두 부대 모두 과연 저들이 신라의 정예병인가 싶을 정도로 군기라고는 눈곱만치도 찾아볼 수가 없었다. 그 꼴을 바라보던 김백정은 어이가 없는지 고개를 가로저으면서 장수들을 향해 입을 열었다.

"지금부터 전 신라 국왕으로서 반역자들을 토벌하기에 앞서 명을 내리겠소! 김후직 장군! 장군은 우선 일부 장군을 이곳으로 은밀히 불러오시오."

그는 왕이었을 때의 위엄을 다시 보이고 있었다.

"소장! 명을 받들겠사옵니다."

힘차게 대답을 한 김후직은 군례를 올리고는 곧 일부 장군이 진을 치고 있는 쪽으로 사라졌다. 정변이 일어나기 전까지 병부령이었던 김후직은 비록 관복 차림이었지만 장수로서의 면모가 그대로 살아 있었다.

잠시 후, 아래쪽에서 김후직이 장수 하나를 데리고 올라오고 있었다. 가까이 다가온 장수는 김백정을 알아보고 급히 무릎을 꿇으며 예를 올렸다.

"폐하! 소장 일선주 군주 일부, 폐하께 문후 올리옵니다."

일부가 비록 감문주 근방으로 이동하여 주둔하고 있었지만, 아직도 직관은 일선주 군주인 모양이었다.

"오! 어서 오시오, 일부 장군! 이런 험한 곳에서 보게 되니 더욱 반갑구려."

"망극하옵니다."

일부가 오자 김백정은 가슴이 벅차올랐지만, 내색하지 않고 앞으로의 대책을 논의하기 시작했다. 김백정이 정변을 일으킨 난신적자들을 치기 위해 왔다는 말을 하자 그는 자신이 선봉을 맡겠다고 씩씩하게 말하는 것이었다.

그러고 나서는 김백정에게 입을 열었다.

"폐하, 이곳에서 이러실 것이 아니라 소장의 진영으로 모시겠사옵니다."

"하하! 그럽시다."

일부 장군의 제안을 쾌히 승낙한 김백정은 일행들을 데리고 그가 안내하는 대로 청색 깃발이 휘날리고 있는 진중 막사로 따라갔다.

보통 소가죽을 잇대어 만든 군막은 방수나 방한에 뛰어나고 질겨서 오래 사용할 수가 있었지만, 그래도 그렇지 군주가 사용하는 군막치고는 너무 낡아 보였다. 자신이 왕으로 있을 때만 해도 이 정도는 아니었는데 하는 안타까운 생각이 절로 들었다.

일부 장군은 자신이 앉던 수장(帥將) 자리에 김백정을 앉게 한 다음 10여 명이 넘는 자신의 부장들을 일일이 소개했다. 그들의 군례를 받고 난 김백정은 일부 장군에게 옆에 진을 치고 있는 이리벌 장군을 불러오라고 명했다.

이때, 수을부는 곁에 있던 김후직에게 귓속말로 만약을 위해 이리벌에게 얼굴을 보이지 말라고 슬며시 권했다. 김후직은 수을부의 말뜻을 알아차리고는 역시 묵은 생강이 무섭다는 생각을 하면서 서둘러 군막을 떠났다.

이리벌은 옆에 주둔해 있는 일부 장군이 찾아와서는 잠시 자기 진영으로 가서 군략을 논의하자는 말에 별 의심 없이 부장 1명만 대동하고 따라왔다.

일부 장군의 군막으로 온 그는 수장 자리에 앉아 있는 용포 차림의 낯익은 얼굴을 발견하고는 간담이 서늘해졌다. 자신이 병부령이 되기 훨씬 이전에 자신을 감문주 군주로 임명하면서 지휘관임을 나타내는 부월(斧鉞)까지 내려 주던 진평왕이 아닌가!

"어서 오시오, 이리벌 장군! 과인을 알아보시겠소?"

이리벌은 급히 무릎을 꿇고 군례를 올렸다.

"폐하! 소장 이리벌이 폐하께 문후 올리옵니다."

"하하하! 반갑구려. 이리벌 장군!"

"예, 폐하!"

오랜만에 만나는 옛 임금과 신하 사이에는 따뜻한 인사가 오갔다.

이어 김백정은 이리벌에게 자신이 오게 된 경위를 말하고 나서, 역적들을 소탕하는데 앞장서 달라고 청했다. 이리벌은 망설임 없이 그러겠노라고 대답을 하고는 자신의 진영으로 돌아갔다.

김백정은 모든 일이 순조롭게 착착 풀려가자 한껏 기대에 부풀었다. 일부 장군에 이어 이리벌까지 자신을 따르겠다고 하니, 이제 반란을 일으킨 백성들만 잘 다독거려 해산시키면 될 일이었다. 물론 그런 다음에는 서라벌로 진군하여 도성을 장악하면 모든 일은 끝나게 된다고 생각했다.

그는 수을부와 조계룡에게 달벌성 안으로 들어가 농성 중인 반란자들의 우두머리를 만나 설득해 보라고 명했다. 그런데 그들을 성안으로 들여보낸 지 얼마 되지 않아 갑자기 이리벌의 군영에서 고함 소리가 들려왔다.

"역적들이 왔다!"

"역적들을 잡아라!"

갑자기 불길한 생각이 든 일부 장군이 먼저 튀어 나가고 뒤이어 일행들도 군막 밖으로 나왔다.

아니나 다를까 고함 소리는 이리벌의 군영에서 들려왔다.

"배달국에 머리를 조아리고 항복한 역적들은 들어라! 너희들은 이제 독 안에 든 쥐다. 순순히 항복하라!"

"신라를 팔아먹은 역적들을 잡아라!"

"본장은 병부령 이리벌이다! 장군 일부는 군령을 받아라! 즉시 역적들을 잡아 포박하라!"

아뿔싸! 이리벌의 배신이었다.

역시 산전수전 다 겪은 장수답게 위급상황임을 눈치챈 김후직은 일부 장군에게 말했다.

"일부 장군! 어서 우리들이 있던 언덕 위로 군사를 움직여 방원진(方圓陣)*을 펼치시오. 지금으로선 그 수밖에 없소."

김후직의 말을 들은 일부 장군 역시도 평지보다는 높은 곳에서 방어하는 것이 병법에 합당하다는 판단이 서자, 부장들에게 군막을 걷고 언덕 위에 방원진을 펼치라고 명했다. 일부 장군의 군사가 군막을 걷어 높은 지대로 옮겨 가는 것을 본 이리벌은 이때다 싶은지 군사를 몰아 추격해 왔다.

갑자기 쫓기는 상황이 되자 경호를 맡은 설계두가 위급함을 느끼고 주변에 있던 특전군들에게 사격 준비를 명했다. 특전군을 지휘하는 설계두는 조영호로부터 독자적으로 작전을 펼 수 있는 권한을 부여받았기 때문에 누구의 허락도 필요치 않았다.

언덕 위로 이동하고 있던 군사들의 뒤를 바짝 따라붙은 이리벌의 군사들이 막 공격을 시작하려는 찰나에 설계두는 특전군들에게 사격 명령을 내렸다.

"전원, 적 선두를 향해 점발 조준 사격 준비⋯⋯! 쏴!"

'탕! 탕! 탕!'

'탕! 탕! 탕!'

---

*방원진(方圓陣): 원형의 진영으로 수비에 용이하고 명령 전달이 빠른 진법.

어둠이 내려앉는 시간이었기 때문에 요란한 소리와 함께 총구에서는 총알이 불꽃처럼 튀어 나가고 있었고, 동시에 뒤쫓던 이리벌의 군사들이 돌부리에 걸려 넘어지듯이 순식간에 20여 명이 쓰러졌다. 이때 뒤쫓아 오던 자들 중에는 배달국에 포로가 되었다가 풀려난 자들이 적지 않게 섞여 있었기 때문에 그것이 천병기라는 것을 직감하고는 주춤주춤 뒤로 물러서기 시작했다. 적도 적이지만 일부 장군의 군사들도 요란한 소리에 놀라 움직임을 멈추고 특전군들이 총을 쏘는 모습을 넋을 놓은 채 바라보고 있었다.

이리벌도 그 광경을 목격하고는 '배달국에 벼락을 때리는 천병기가 있다더니 바로 저것인가 보다.'고 놀라면서 더 이상 적들을 추격하라는 소리를 입 밖에 낼 수가 없었다. 그 덕분에 추격해 오는 적의 위협으로부터 간신이 벗어난 일부 장군의 군사들이 안정을 되찾고 지휘 군막을 치려는 순간에 성안으로 들어갔던 수을부와 조계룡이 돌아와 보고를 했다.

"폐하! 다녀왔사옵니다."

"오! 돌아오셨소? 그래 그들의 우두머리는 만나 보셨소?"

김백정의 물음에 조계룡이 대답을 했다.

"예, 우두머리라고 할 것도 없었사옵니다. 이번에 배달국에 봉물을 바치기 위해 금은보화를 거둬들인다는 핑계로, 위화군 태수(太守)*가 백성들을 심하게 수탈을 해서 일어난 민란이옵니다."

"그러면 우두머리가 없다는 말씀이요?"

"위화역촌 촌주가 그나마 직관이 있는 자이옵니다."

---

* 태수(太守): 군의 행정 책임자. 군수나 도지사와 비슷함.

"그자와 얘기는 나눠 보았소?"

"예, 그에게 이 좁은 성안에서 농성을 하다가는 결국 토벌군에게 목숨을 잃을 것이니, 우리 쪽에 귀순을 하라고 설득을 했사옵니다. 그랬더니, 역시 심성이 순박한 백성이라 그런지 순순히 따르겠다고 하옵니다."

조계룡의 말을 들은 김백정은 주변에 모여 있는 장수들을 쳐다보며 물었다.

"흠, 난을 일으킨 백성들이 우리에게 귀순하겠다니 일단 그들이 있는 성안으로 들어가는 것이 어떻겠소?"

김백정의 물음에 제일 먼저 김후직이 찬성을 했다.

"폐하! 이리벌의 군사가 적지 않으니 소장의 생각으로는 일단 성에 의지해 저들을 막아 내면서 뒷일을 강구하는 것이 상책일 듯싶사옵니다."

전 병부령이던 김후직의 말에 일부도 같은 의견이었다.

"폐하! 소장 역시 그렇게 하는 것이 병법에 합당하다고 사료되옵니다."

"알겠소! 그러면 성으로 들어갑시다. 우리가 곧 뒤따라갈 것인즉, 수을부 장군과 조계룡 공이 한발 앞서가서 성문을 열게 하시오."

"알겠습니다."

대답을 한 그들이 떠나가자 이번에는 일부 장군에게 군사를 이동시킬 준비를 하라고 명했다. 곁에서 지켜보는 김용춘과 김서현은 김백정의 모습에서 예전에 왕이었을 당시 전장에서 군사를 지휘할 때와는 전혀 다르다는 느낌을 받았다. 과거 전쟁터에서 군사를 직접 지휘할 때는 군략을 독단적으로 결정하는 경우가 많았는데, 지금은 장수들의 의견에 귀를 기울이는 것이었다.

김백정은 일부 장군으로부터 성으로 들어갈 준비가 끝났다는 보고를 받자, 이동을 하라고 명했다. 그는 자연스럽게 왕의 면모를 보이고 있었다.

성벽 가까이에 이르자 성문이 열리고 수을부와 조계룡이 황색 관복 차림의 중년인을 대동하고 마중을 나왔다. 수을부가 중년인에게 언질을 주었는지 어둑한 가운데서도 용포 차림인 김백정을 알아보고는 넙죽 엎드려 절을 했다.

"신 위화역촌 촌주 대사(大舍) 나두방, 폐하께 문후 드리옵니다."

위화역촌 촌주의 벼슬인 대사는 신라 17관등 중 12관등이었다.

"반갑소, 나두방 촌주! 자, 자! 일어나시오. 일단 안으로 듭시다."

"예, 폐하!"

나두방은 자리를 털고 일어나면서 한껏 가슴이 벅차올랐다. 서라벌 조정에 근무하는 경관도 못되고 기껏 지방 향관에 불과한 자신에게 지엄하신 전 국왕께서 존대를 해 주는 것이 너무나도 감읍했던 것이다.

성안으로 들어가자마자 수성을 위한 군사 배치는 주로 병부령이던 김후직의 지시에 따라 이루어졌다. 그는 일부 장군과 함께 군사 배치를 끝내고는 성안을 돌아보며 상황을 파악해 보았다.

3천 명이 넘는 인원이 몸을 누일 장소도 넉넉지 않은 작은 토성인데다가 식량과 식수도 크게 부족했다. 이러한 문제에 대해 논의를 거듭한 결과 이 성에서는 사나흘을 버티기가 힘들다는 결론에 이르렀다. 그렇다고 2천 명이나 되는 이리벌의 군사와 결전을 치러 본들 승산이 전혀 없으니 섣불리 성 밖으로 나갈 수도 없었다. 저들은 군사수에서도 두 배가 넘었고, 그것보다도 성안에 있는 군사들보다 상대적으로 훈련이 잘된 정예병이었다.

처음에는 귀순하는 듯했던 이리벌이 자기 군영으로 돌아가자마자 태도가 돌변한 것은 나름으로 이유가 있었다. 그가 돌아가 부장들과 상의해 본 결과 귀순하더라도 먼저 귀순한 일부 장군의 공이 우선이고, 자신들은 찬밥 신세를 면치 못하리라는 단순한 이유 때문이었다.

그렇게 갑작스러운 배신을 당해 곤경에 처하게 된 김백정을 비롯한 수뇌부는 이 난관을 어떻게 타개해 나가야 할지 걱정이 태산이었다. 이때 한쪽 구석에서 장수들이 논의하는 내용을 가만히 듣고만 있던 설계두가 지나가는 말투로 한마디 거들었다.

"성동격서(聲東擊西), 암도진창(暗渡陳倉)의 계략이 어떻겠습니까?"

그 말에 모두의 눈길이 구석에 앉아 있는 설계두에게 쏠렸다.

"성동격서, 암도진창이라 했소?"

"예!"

성동격서는 동쪽을 쳐들어갈 것같이 하면서 실제로는 서쪽을 공격하는 것을 말하고, 암도진창 역시 아무 일도 없는 것처럼 위장한 뒤에 암암리에 방비가 허술한 후방을 공격하는 계책을 의미하는 것이었다.

김백정은 특전군을 지휘하고 있는 설계두가 비록 계급은 낮았지만 임의롭게 대하기가 껄끄러웠다. 그 이유는 그가 특전군사령인 조영호로부터 독자적으로 특전군을 지휘할 수 있는 권한을 부여받았다는 점도 있었지만, 그보다는 골품이 낮다는 이유로 어릴 적부터 많은 서러움을 당했었기 때문에 골품이 높았던 자신들을 별로 탐탁하게 여기지 않는다는 것을 잘 알고 있었기 때문이었다.

"설 부장! 자세히 좀 말씀해 보시오."

"예, 지금 우리는 진퇴양난의 처지에 놓여 있다고 봅니다. 성안에 있는 식량과 물이 기껏 사나흘 정도 버티기에도 벅차고, 성 밖에는 우리의 두 배나 되는 대군이 버티고 있으니 수성을 할 수도 없고 그렇다고 밖으로 나가 공격을 할 수도 없는 형국이 아니겠습니까?"

"물론이오. 그래서 이렇게 고심하고 있는 것이 아니겠소?"

"그래서 드리는 말씀입니다만, 지금 신라가 가진 정예 군사로는 성 밖에 있는 이천 명이 전부이고, 서라벌 도성 근방에는 기껏해야 낭도군 일천이 있을 뿐이라고 하지 않으셨습니까?"

설계두가 거기까지 말하자, 전 병부령이었던 김후직이 문득 깨닫는 바가 있었는지 얼른 말을 받았다.

"그럼, 도성을 치자는 말씀이오?"

"예! 바로 그것입니다. 일부 장군께서는 이곳에서 농성을 하면서 이리벌의 군사를 묶어 놓고, 각하께서는 몇몇 장수들과 함께 소수의 정예병만 데리고 내일 새벽에 은밀히 뒷문으로 빠져나가 서라벌 도성을 장악하는 방법밖에는 묘책이 없는 것 같습니다."

그 말을 들은 김백정은 무릎을 '탁!' 치면서 호탕하게 웃어 젖혔다.

"하하하하! 귀신도 곡할 계책이오!"

그 자리에 있던 장수들도 이구동성으로 묘책이라며 맞장구를 쳤다.

"맞소! 낭도군도 특별히 소집해야 모이지 평소에는 뿔뿔이 흩어져 있으니 염려할 것도 없소이다."

이때 수을부가 한마디 했다.

"혹시 밖에 있는 이리벌이 서라벌로 전령을 띄우지 않았을까 염려 됩니다만……."

그 말에 김서현이 맞장구를 쳤다.

"소장도 그것이 걱정이 됩니다. 그렇게 되면 낭도군도 소집될 테고, 서라벌 근방의 경계가 삼엄해지지 않겠습니까?"

두 사람의 말이 끝나자마자 김백정이 손사래를 치면서 대꾸를 했다.

"아니요, 내가 이리벌을 잘 아는데, 그자는 용렬해서 도성으로 전령을 띄울 만큼 지략도 없을 뿐 아니라, 지금쯤 우리를 잡아 공을 세울 욕심으로 다른 생각은 하지도 못하고 있을 것이요. 장담하건대 그 점은 크게 염려하지 않아도 될 것이요."

김백정의 예상대로 바로 그 시간에 이리벌의 군영에서도 군략회의가 개최되고 있었다. 그들은 김백정 일당이 좁은 성안에 갇혔으니 느긋하게 기다리면 스스로 기어 나와 항복하는 수밖에 별수가 있겠느냐며 낙관하고 있었다.

부장 중에 하나가 입을 열었다.

"장군 말씀대로 성안에는 군량과 식수가 부족할 것이니, 포위하고 있으면 저들이 항복하리라는 것은 불문가지겠지만, 그래도 도성으로 전령을 보내 이런 사실을 알려야 하지 않겠습니까?"

"허허허! 내가 병부령인데 알리기는 누구한테 알린단 말이요? 그리고 알린다 하더라도 뭐…… 독 안에 든 쥐인데 모두 사로잡고 나서 서라벌에 알려도 늦지 않다고 생각하오."

그러자 다른 부장 하나가 얼른 맞장구를 쳤다.

"그렇습니다. 그래야 장군과 우리의 전공도 더욱 빛이 날 것입니다."

"암! 암! 옳은 말이야. 그렇고 말구. 하찮은 민란 토벌에 짜증이 나던 차에 호박이 덩굴째 굴러 들어왔으니…… 으하하하!'

그는 호탕하게 웃어 젖히며 마음속으로는 벌써 전공을 생각하고 있었다.

이리벌이 기분 좋게 웃고 있는 바로 그 시간, 성안에서는 설계두의 계책에 대해 숙의를 거듭하고 있었다. 결국 이곳에는 일부 장군과 김서현이 남아서 1천 군사와 2천 명의 백성들을 거느리고 농성을 하면서, 이리벌의 군사를 움직이지 못하도록 묶어 놓기로 했다. 물론 그 사이에 김백정을 비롯한 나머지 장수들은 사신단을 호위하던 군사 1백 명과 특전군만으로 신라 도성을 공략하기로 결정한 것이다.

군략회의를 마친 그들은 나물을 넣고 끓인 죽으로 대충 저녁 끼니를 때우고 나서는 일찌감치 잠자리에 들었다.

이튿날 아직도 어둑어둑한 새벽녘이었다. 말에 재갈을 물리고 은밀히 뒷문을 빠져나가는 1백여 명의 그림자가 있었다.

이리벌은 원래 병법이나 지략에 능하기보다는 어떤 때는 무모하다 싶을 정도로 저돌적인 공격을 감행하는 용장이었기 때문에, 설마 성안에서 군사가 빠져나가리라고는 미처 생각지도 못하고 있었다.

달벌성을 빠져나온 김백정 일행의 모습은 이제 누구도 의심할 바가 없는 배달국에 다녀오는 사신단의 행렬일 뿐이었다.

그곳에서 서라벌 도성까지는 150리 길로 말을 타면 이틀 정도 걸리는 거리였다. 그들은 하루 종일 발걸음을 재촉하여 어둑해질 시간에 목적지의 중간 지점인 절화야군(切也火郡)*에 도착했다.

그들은 역을 찾아들어가 하룻밤을 묵고 나서, 이튿날 다시 도성을 향해 걸음을 재촉했다. 서산으로 해가 넘어가고 어둑해질 무렵 드디어 그들 일행은 서라벌 도성 밖에 있는 경도역(京都驛)에 다다를 수가 있었다.

신라에서 가장 먼저 설치된 경도역은 건물이나 마구간의 크기가 지방에 설치된 역과는 비교가 되지 않을 만큼 큼직큼직했다. 역으로 들어간 김백정 일행은 우선 마구간에 말을 매어 두고 그곳 책임자인 유사를 만났다.

달벌성으로부터 오는 내내 그랬듯이 이번에도 조계룡이 나서서 유사와 대화를 나누었다. 자신들은 배달국을 다녀오는 사신들로 오늘은 늦어 여기서 머문 다음 내일 아침 파루*를 치면 궁으로 들어갈 계획이라고 말하고, 묵을 곳을 마련해 달라고 요구했다. 유사는 군말 없이 일행의 인원수를 어림하더니, 그들이 묵기에 부족하지 않을 만큼 넉넉하게 방을 마련해 주었다.

김백정과 장수들은 큰방에 모여 앉아 앞으로의 일을 의논하기 시작했다.

결국 어차피 궁 밖에 오래 있을수록 위험도 크고, 달벌성에서 굶주

---

* 절야화군(切也火郡): 경북 영천 지방의 삼국시대 지명.
* 파루: 성문을 여는 시간에 치는 종.

리고 있을 백성들과 군사들을 생각해서라도 여기서 어물거릴 필요 없이 곧바로 궁으로 들어가자고 의견이 모아졌다.

수을부가 조심스럽게 김백정에게 권했다.

"각하! 조금 전에 경도역 유사도 각하의 용포 차림새에 고개를 갸웃거렸을 정도이니, 그 차림새로는 성문을 통과하기가 어려울 것입니다. 덧옷을 하나 걸치시는 것이 어떻겠습니까?"

"흠, 그까짓 게 뭐 어려운 일이겠소. 그렇게 하십시다."

이렇게 해서 김백정이 덧옷을 걸치고 나자, 그들은 경도역을 떠나 궁궐이 있는 월성으로 향했다. 잠시 후, 월성 남문에 이르자 조계룡이 성문을 지키던 위사들에게 사신 패찰(牌札)을 내보이며, 배달국에서 돌아오는 사신단이니 즉시 비켜서라고 위엄 있게 소리를 질렀다. 그 기세에 눌렸는지 막아섰던 위사들이 멈칫거렸다.

이때 소란스러운 소리를 들었는지, 성문 안으로부터 수문장으로 보이는 장수가 나와 위사로부터 보고를 받더니, 조계룡에게 군례를 올리고는 들어가시라는 말을 하며 한쪽으로 비켜섰다.

원래 궁 안으로는 군사를 들이지 못하게 되어 있었지만, 자신들의 상관이 입궁을 허락하자 위사들은 더 이상 제지하지 않았다. 병부령이었던 김후직은 그런 모습을 보면서 궁을 지키는 자들도 기강이 많이 흐트러졌다는 것을 절감하고 있었다.

그들은 궁문을 통과할 때 짐짓 여유를 부리던 모습과는 달리, 궁 안으로 들어서기가 무섭게 갑자기 움직임이 빨라지기 시작했다. 궁궐의 배치를 잘 아는 김백정이 앞장서서 내전으로 치달았다.

도중에 순라를 도는 몇 명의 위사(衛士)들을 만났지만 그들 역시 김백정 일행을 힐끗 쳐다보고는 관심 없이 스쳐 지나갔다. 사실, 1백여 명이 넘는 군사가 궁 안에서 움직인다는 것은 결코 가볍게 지나칠 일이 아니었다. 그럼에도 위사들은 무관심하게 지나치고 있는 것이었다. 덕분에 그들은 누구의 제지도 받지 않은 채 내전에 당도할 수 있었다.

김백정이 내전 문 앞에 있던 궁녀와 내관을 밀치고 안으로 뛰어들어 가자. 용포 차림으로 앉아 있던 김국반이 혼비백산하여 벌떡 자리에서 일어났다.

"아니! 형님 폐하께서……."

"네 이놈! 그 주둥아리에서 형님이라는 말이 나오느냐?"

말도 채 잇지를 못하고 더듬거리던 김국반은 김백정의 호통 소리에 그만 혼이 나가 버렸는지 방바닥에 풀썩 주저앉아 버렸다.

김국반을 체포한 김백정은 급한 목소리로 명을 내렸다.

"김후직 공! 공이 궁을 지키는 위사부의 사정을 잘 알고 있으니, 군사들을 데리고 나가서 궁을 먼저 장악하시오."

"예! 알겠사옵니다."

그가 명을 받고 나가는 것을 본 김백정은 김국반이 앉아 있던 자리로 가서 옆에 놓여 있는 함을 열고 패찰을 꺼냈다.

패초령(牌招令)! 그것은 임금이 신하를 급히 부를 때 쓰는 영패(令牌)로써 패초령을 받은 신하는 한밤중일지라도 즉각 궁으로 들어와야만 했다.

"수을부 장군!"

"예!"

"장군은 이것으로 퇴궐한 조정 신료들을 모두 대전으로 부르시오!"

하고 명을 내리면서 수십 개의 패초령을 수을부에게 건넸다.

"예! 알겠습니다."

명을 받은 수을부는 밖으로 나오자마자 내관들을 따로 모아 놓고는 엄포를 놓았다.

"눈치 있는 자들은 이미 상황을 알 터! 지금 궁 안에서 일어나고 있는 일을 함부로 발설하면 이유 여하를 막론하고 참수로 다스리겠다."

"알겠사옵니다!"

그렇게 입단속을 단단히 시키고는 그들에게 패초령을 나누어 주면서 조정 신료들에게 전하라고 명했다.

일은 일사분란하게 전개되고 있었다.

김백정은 한쪽 구석에서 사색이 되어 벌벌 떨고 있는 궁녀들에게 김국반을 부축해 따라오라고 명하고는 남아 있던 장수들을 데리고 정전인 조원전으로 향했다. 그곳으로 들어가자마자 걸치고 있던 덧옷을 벗어 버린 김백정은 한 치의 망설임도 없이 단위로 올라가 옥좌에 앉았다. 정전 바닥에는 모든 것을 체념한 표정으로 김국반이 무릎을 꿇은 채 앉아 있었다.

김백정의 다음 명령은 조계룡에게 떨어졌다.

"조 공은 즉시 군령을 보내서 달벌성 밖에 진을 치고 있는 이리벌에게 군사를 돌려 도성으로 오라고 전하시오. 그리고 성안에 있는 김서현 장군과 일부 장군에게도 별도의 연통을 보내 이리벌의 군사가 철수하더라도 쫓지 말라고 하시오."

"알겠사옵니다."

"아! 그리고 난을 일으켰던 백성들에게는 죄를 묻지 않을 뿐더러 백성들을 수탈하여 난을 촉발시킨 위화군 태수를 극형에 처할 것이니, 그리 알고 모두 고향으로 돌아가 생업에 힘쓰도록 위무(慰撫)*하여 돌려보내라고 하시오. 그런 다음 이리벌의 군사가 철수하고, 하루쯤 후에 두 장군들을 도성으로 오게 하면 될 것이오."

"알겠사옵니다, 폐하!"

잠시 후, 궁을 장악하라고 보냈던 김후직이 돌아왔다.

"폐하! 위사들을 모두 체포하여 무기를 회수하고 궁옥(宮獄)에 수감하였사옵니다. 군사 다섯으로 그곳을 지키도록 하고, 궁녀들 역시 내황전에 모아 밖으로 나오지 못하도록 하였사옵니다. 그곳에도 군사 다섯을 남기고 나머지 군사들은 정전 밖에 대령해 있사옵니다."

"수고하셨소! 지금 패초령을 보냈으니 조정 신료들이 들어올 것이요. 김후직 장군과 김용춘 장군은 군사들을 지휘하여 그들이 들어오는 족족 불문곡직하고 체포하여 이곳으로 데려오시오."

"예! 알겠사옵니다."

"옛!"

두 사람이 씩씩하게 대답을 하고는 대전 밖으로 나갔다. 김백정은 혹시 자신이 미처 살피지 못한 점이 있는지 잠시 생각을 해 보았다.

이때 내관들을 시켜 패초령을 전달하도록 지시를 끝낸 수을부가 들어왔다.

---

* 위무(慰撫): 위로하고 어루만져 달램.

"수을부 장군! 잠시 이리 가까이 오시오."

"예!"

대답을 한 수을부는 망설임도 없이 김백정이 앉아 있는 옥좌로 올라갔다. 상대등이었던 수을부일지라도 전 같으면 어림도 없는 행동이었다. 그러나 지금 김백정은 수을부의 행동에 전혀 개의치도 않았고, 오히려 더 가까이 오게 한 다음 귓속말로 물었다.

"수을부 장군, 혹시 우리가 뭐 빠뜨리고 있는 것은 없소?"

"각하, 소장 생각에는 먼저 각하의 입장을 분명히 하셔야 할 줄로 압니다. 잠시 동안이겠지만 신라 국왕으로서 행동하실 것인지 아니면 배달국 육군 대장으로 행동하실 것인지 말씀입니다."

"그렇다면 장군 생각은 어떻소?"

"일단, 서라벌이 안정될 때까지는 신라 국왕으로서 행동하시는 편이 나을 것입니다."

"흠…… 알겠소! 그렇게 합시다."

"그리고 달벌성에도 전령을 보내야 하지 않겠습니까?"

"아, 이미 그것은 조계룡 공에게 명을 내렸소. 이리벌에게 전령을 띄워 속히 군사를 데리고 도성으로 오게 하라고 말이요."

"아! 그러셨습니까? 허나 낮말은 새가 듣고 밤 말은 쥐가 듣는 법입니다. 그가 도성으로 오는 도중에라도 행여 이상한 낌새를 눈치챘다면 일이 어려워질 수도 있습니다. 그러니 지금 즉시 후임 장수를 임명하여, 이리벌의 군사를 인계받도록 해야 할 것입니다."

"아하! 그 생각을 못했구려. 그렇게 하면 달벌성 안에 있는 일부 장군이 지휘하는 군사와의 충돌도 차단할 수 있겠구려."

"예, 그렇습니다."

"그렇기는 한데 과연 누구를 장수로 보내지?"

"달벌성 밖에서 그자에게 얼굴을 보이지 않은 장수가 있습니다."

"아니? 그 자리에 모두 있질 않았소?"

"아닙니다. 각하께서 이리벌을 불러오라고 하실 때, 만약을 위해서 은밀히 김후직 장군을 그 자리에서 피하게 했었습니다."

"오호! 그랬었단 말씀이요?"

"예!"

"그렇다 하더라도 김후직 장군 역시 사신단의 일원이었다는 것은 그자가 알고 있지 않겠소?"

"그렇겠지만, 김후직이 우리와 함께 배달국 국경을 넘자마자 역적인 폐왕 무리에 가담할 수 없어서 몰래 도주했다고 하면 될 것입니다. 그런 다음 서라벌에 도착하여 신왕인 김국반으로부터 새롭게 민란 토벌의 명을 받았다고 하면 단순한 이리벌은 쉽게 믿을 것입니다."

"카하하하하! 아주 그럴듯하오. 그러면 김후직 장군에게 어떤 직관을 내리면 되겠소?"

"김후직 장군을 대당(大幢)* 당주로 임명하여 이리벌의 군사를 인수하게 하면 될 것입니다. 물론 이리벌에게는 군사를 인계하는 즉시 도성으로 귀환하여 병부령의 직관에 충실하라고 명해야 의심하지 않을 것입니다."

---

* 대당(大幢): 신라 시대 대표적인 군사 조직인 6정(六停) 가운데 하나로 도성 근방에 주둔하던 부대.

"흠, 좋소! 좋아! 그렇게 하시오."

"또 한 가지, 배달국 태황제 폐하께도 보고를 드려야 하지 않겠습니까?"

"물론이요, 어서 연통을 보내도록 하시오. 다른 일보다 그 일이 우선인 것을 깜빡했소이다."

"예!"

수을부와 대화를 마친 김백정은 달벌성으로 군령을 파견하라는 명을 수행하고 들어온 조계룡에게 명했다.

"조계룡 공은 즉시 밖에 있는 김후직 장군을 들여보내고, 김후직 장군이 맡고 있던 일을 대신토록 하시오."

"예!"

김후직이 들어오자, 수을부는 이리벌이 지휘하는 군사를 인계받는 계책에 대해 자세히 설명해 주었다. 그리고 혜문에게는 김후직의 발령장과 왕명을 적은 서찰을 쓰도록 했다.

혜문이 쓰기를 마치자, 김국반이 임시로 만들어 쓰던 옥새를 찾아 찍은 다음 김후직에게 넘겨주면서 한시바삐 떠나게 했다.

그 사이 신라 조정 신료들이 갑작스럽게 패초령을 받고는 허겁지겁 궁으로 들어왔건만 기다리는 것은 죽음에 대한 공포였다. 그동안 꿈에라도 나타날까 두려워하던 폐왕이 버젓이 용상에 앉아 인상을 쓰고 있는 것을 보고는 오줌을 지리는 자도 있었다. 그렇게 패초령을 받고 궁으로 들어온 조정 신료들은 40여 명에 달했다.

이윽고 수을부가 반정을 일으킨 김국반 이하 고위 직관에 있는 자들이 모두 들었다고 아뢰었다. 당분간 김백정이 신라 국왕으로서 행동하기로 했기 때문에 수을부 역시도 폐하라는 호칭을 사용하면서 고했음은 물론이다.

"수을부 공은 들으시오!"

"예, 폐하!"

"공은 본래대로 상대등의 직관은 물론 왕명을 출납하는 품주까지 겸하도록 하시오."

"알겠사옵니다."

"또한, 김후직 장군을 대당 당주에, 조계룡 공을 위화부령에, 김용춘 장군을 병부령에, 혜문 공을 창부령 겸 예부령에 명하오. 더불어 조정이 안정이 될 때까지 장수 설계두를 왕궁 수비대장 겸 감찰대장으로 명함과 동시에 각 부령 이하에 대한 선참후계(先斬後啓)*의 권한을 부여하오."

"예, 알겠사옵니다."

대전 안에 무릎이 꿇려진 채로 앉아 있던 김국반을 비롯한 조정 신료들에게는 지금 일어나고 있는 일들이 하나같이 종잡을 수 없는 것들뿐이었다.

특히 생전에 듣도 보도 못한 설계두라는 자에게 부령 이하의 생사여탈권이 부여되는 것을 보고는 어안이 벙벙해졌다. 부령 이하라면 쉽게 말해 왕과 상대등을 제외하고는 누구라도 그 자리에서 죽일 수 있다는 말이질 않은가!

김백정은 대전 바닥을 내려다보면서 입을 열었다.

"흥! 상대등은 들으시오."

---

*선참후계(先斬後啓): 군율을 어긴 자를 먼저 처형한 뒤에 결과를 보고함.

“예, 폐하!”

“저자들의 재산을 몰수하고, 오국적법(五國敵法)을 적용하여 일족 모두를 노비로 삼아 창부에 넘겨 관리토록 하시오.”

“예! 분부대로 거행하겠사옵니다.”

“병부령은 들으시오.”

“예, 폐하!”

“저 무리들을 조사하여 역적모의에 가담한 정도에 따라 수괴급은 이 밤중으로 참하고, 마지못해 가담한 자들에 대해서는 노비로 삼아 역시 창부에서 관리토록 하시오.”

“예! 분부 받잡겠사옵니다.”

“이 자리에 부르지 않은 하급 관리들 중에도 역적모의에 가담한 자가 있다면 색출하여 오국적법에 의하여 처리하시오. 꼴 보기 싫으니 어서 저들을 끌고 나가시오.”

“예!”

대답을 한 수을부와 김용춘은 밖에 대기하고 있던 군사들을 시켜 무릎을 꿇고 있던 자들을 끌고 나가게 했다. 그 와중에 용서해 달라고 울부짖는 자도 있었고, 이판사판이라 생각했는지 더러는 욕설을 퍼붓는 자도 있었다. 그들이 끌려 나가고 나자 대전 안에는 갑작스러운 정적이 찾아왔다.

이튿날부터 서라벌은 어수선해지기 시작했다.

정변을 일으킨 자들은 물론 그들 세력에 빌붙었던 자들 다수가 목이 잘리는 참수형에 처해졌고, 재산이 몰수된 것은 물론 식솔들까지도 노비가 되었다. 참수된 자가 1백여 명이 넘었고, 노비로 전락한 자가 무려 5백을 헤아렸다. 그렇게 닷새가 흐른 뒤에야 서라벌은 그 런대로 평정을 되찾았다.

대당 당주로 임명된 김후직이 이리벌의 군사 2천을 인수하여 돌아 와 도성 밖에 진을 쳤고, 뒤이어 일부 장군도 자신의 군사 1천과 함 께 도성 밖에 도착하여 진을 치고 주둔했다. 그리고 이리벌은 서라 벌로 돌아오는 도중에 체포되어 목이 잘렸다.

김백정은 우선 김후직과 일부 장군이 지휘하던 군사 3천 중에 1천 명을 가려 뽑고 나머지는 모두 귀향시키라는 명을 내렸다. 남은 1천 명 중에 5백 명은 일부 장군에게 맡겨 도성을 수비하게 하고, 5백 명 을 김후직에게 주어 신라국이 관할하던 군현을 순회하도록 명했다.

그에게는 그동안 나라가 어수선한 틈을 타서 백성을 괴롭히던 관 리들이나 호족들을 찾아내 엄벌에 처하라는 명을 내린 것이다. 물론 그렇게 한 이유는 민란이 일어나기도 했지만, 그보다는 김백정이 지 난 며칠 동안 도성으로 오면서 보게 된 벼슬아치들의 모습이 너무나 괘씸했기 때문이었다.

상빈의 소망

저녁 늦은 시간, 배달국의 중천성 안에 있는 편전에서는 태황제가 강철과 대화를 나누고 있었다.

"김백정 장군이 신라 조정을 무사히 장악했다고 하니 여간 다행한 일이 아니오. 게다가 우려하던 백성들의 반발도 없고 말씀이요. 김백정 대장이 하도 졸라서 보내긴 했지만, 수백 년의 역사를 가진 신라가 그렇게 쉽게 무너지리라고는 생각도 못했던 일이요."

"그러게 말씀이옵니다. 소장도 예상 밖이옵니다. 역시 조정이 썩고 백성들이 단합되지 않으면 나라가 망한다는 것은 현대나 지금이나 마찬가지인 것 같사옵니다. 어떻든 이제야 비로소 임진강 이남이 우리 영토가 되었사옵니다."

"흠…… 옳은 말씀이요. 왕이 무능하면 관리들이라도 제 구실을 해야 하는데 모두 감투와 사리사욕에나 욕심을 내고 있었으니……

다 자업자득이요. 그렇다고 해도 신라를 곧바로 배달국에 흡수할 수는 없을 것 같소. 그동안 우리는 전국에 군령들을 파견하여 백성들에게 한글을 가르치고 경작권을 나눠 주는 균분제도를 정착을 시켰지만, 신라가 다스리던 지역은 아직 그렇지를 못하니 당분간 거기는 별도로 관리를 해야 하지 않겠소?"

"그렇사옵니다. 소장도 얼마 동안은 김백정 장군을 그곳에 두어야 할 것으로 생각하옵니다만, 딴 생각이나 안 할지 그것이 염려스럽사옵니다."

"딴 생각이라면 우리를 배신한다는 말씀이요?"

"혹시라도……."

강철의 말에 진봉민이 머리를 가로저으며 대꾸를 했다.

"절대 그런 일은 없을 것이요. 총리대신도 아시겠지만, 우리가 이곳으로 온 후에 우리에게 반기를 든 자들이 거의 없질 않았소?"

"그렇기는 하옵니다."

"그 이유가 단순히 우리 무기를 무서워해서 그렇겠소? 물론 그것도 이유 중에 하나겠지만, 그것보다는 우리가 하늘에서 내려왔다고 믿기 때문이요. 이 시대에는 나라 사직을 지키기 위해서라면 장수들은 물론이고 백성들조차도 죽음을 초개같이 버린다는 것을 총리대신도 아셨을 것이요. 그럼에도 수백 년 내려온 사직을 순순히 바치는 것은 단순히 무기 때문만은 아니요."

"……"

"다시 말하면, 이 시대에는 나라를 세우거나 망하는 것이 모두 하늘의 뜻이라고 믿고 있소. 그래서 부여장이 과인에게 나라를 바친 것도 하늘의 명을 받고 내려온 천장이라고 확신했기 때문이요. 그런 이유로 백제가 없어지고 그 자리에 우리가 새로운 나라를 열었어도 백성들이 반발하기는커녕 오히려 충성을 다하고 있는 것이요. 그러니 신라 국왕이던 김백정 장군 역시도 같은 생각을 할 것이라는 말씀이요."

"무슨 말씀인지는 알겠사옵니다. 소장은 혹시나 만에 하나 그런 일이 일어날까 걱정을 했던 것이오나, 말씀을 듣고 보니 크게 염려할 일이 아닌 것 같사옵니다. 하오면 그에게 무슨 관직을 내리실 생각이시옵니까?"

"그거야 뭐 어려운 일이겠소? 총독으로 임명해서 신라 땅을 다스리게 하면 되지 않겠소?"

"총독으로요?"

태황제는 고개를 끄덕이며 대답을 했다.

"음, 신라의 옛 이름인 계림(鷄林)*을 따서 계림 총독이라고 하면 좋을 것 같소. 물론 그에게 신라가 지배하던 지역을 맡기되, 수시로 조정의 명을 받아 가도록 해야 할 것이요."

"아하! 그게 좋겠사옵니다. 그리고 수을부 장군을 부총독으로 임명하고, 김서현 장군까지 붙여 준다면 크게 걱정할 일은 없을 것 같사옵니다."

"그렇게 하십시다. 나머지 직관 임명은 김백정 장군에게 위임해 주는 것이 좋을 것 같소. 물론 그곳에 있는 김백정 장군도 잘 알겠지만, 가장 우선할 것이 한글교육과 경작권 분배일 것이요. 한글교육

---

* 계림(鷄林): 서라벌을 다르게 일컫는 말, 여기서는 신라 땅 전역을 가리키는 말로 쓰임.

은 당장이라도 가능하겠지만 경작권 분배는 이미 올해 농사가 시작되었으니, 반발도 줄일 겸해서 연말에 하는 것이 좋을 것 같소."

"알겠사옵니다. 내각에서 검토해 보도록 하겠사옵니다."

"그러시오. 그리고 이젠 필요가 없어진 김천 방위사령인 임말리 소장을 불러들여, 김백정 장군이 맡고 있던 광공업부 대신을 맡기면 어떻겠소?"

"글쎄요? 임말리 소장이 충성심과 지휘력이 뛰어나기는 하지만, 자원을 개발하는 일은 오히려 국원성주로 있는 김술종 장군에게 맡기는 것이 어떨까 하옵니다. 그가 진천, 연기의 광산 개발과 제철소를 관장해 왔기 때문에 그 방면에 더 밝을 것이옵니다."

"호! 그렇소? 그렇다면 김술종 장군에게 광공업부를 맡기고, 임말리 장군에게 충주를 맡기십시다."

"알겠사옵니다. 그리고 서라벌로 갔던 김용춘 장군과 설계두를 포함한 특전군들은 이제 돌아오라고 하겠사옵니다."

"그렇게 하시오. 잘됐소, 이 기회에 조정 직관도 조정을 해야 할 것 같소."

"당연하옵니다, 폐하! 그리고 이번에 김백정 장군이 신라를 장악할 수 있었던 전략이 누구 머리에서 나온지 아시옵니까?"

"누구의 머리에서 나오다니요? 이미 이곳에서 계획했던 대로 이루어진 것이 아니요?"

"아니옵니다. 소신도 서라벌에서 수을부 장군이 보내온 자세한 경과를 적은 서찰을 보고야 알았사옵니다."

"어허! 그래요?"

"예, 거의 목숨까지 위태로운 지경에 몰렸다가 기사회생한 것은, 설계두 대위가 제안한 계책이 주효했기 때문이라고 하옵니다."

"오! 도대체 어떤 계책이기에……?"

"설계두 대위가 제안한 전략은 성동격서, 암도진창이라는 계책으로써……."

말을 꺼낸 강철은 수을부가 보냈다는 서찰 내용인 도성을 점령하기까지의 경과를 자세히 설명했다.

"흐흠! 성동격서, 암도진창이라…… 모두 성안에서 농성하고 있는 것처럼 꾸며 놓고는, 김백정 장군은 뒤로 빠져나가 서라벌로 진격했다? 허허! 동쪽이 움직일 것처럼 보이게 하면서, 실제로는 서쪽을 움직이는 전법을 썼다는 말이군……."

"그렇사옵니다."

"그것 참! 들어 보니 흐뭇하기도 하고 재미도 있구려. 하하하! 장군들도 못 푸는 문제를 일개 대위가 풀어냈으니 말이요. 저번 삼년산성에서는 계백이 그러더니 이번에는 설계두라…… 참으로 대단한 사람들이오."

"그렇사옵니다. 이번에 설계두 대위도 승진을 시켰으면 하옵니다."

"당연한 말씀이요."

"예, 유월 초하룻날 어전회의에서 발표를 하시겠사옵니까?"

"그렇게 하십시다."

"알겠사옵니다. 그런데 폐하, 황후감인 유선 낭자를 만나 보시니 마음에는 드시옵니까?"

"이미 그녀를 황후로 맞겠다고 총리대신과 약조를 했는데, 마음에 들고 말고가 어디 있겠소?"

"그래도 마음에 드셔야……."

"하하! 과인이 보기에도 황후로서 전혀 손색이 없소. 다만……."

"……?"

"상빈에게 미안해서……."

"마마께서 투기를 하실 분은 아니질 않사옵니까?"

"차라리 그러기라도 하면 마음이 편하겠지만, 오히려 상빈이 유선 낭자를 옆에서 잘 챙겨 주니, 더욱 미안한 마음이 드는구려. 그런 데다가 우리가 이 시대로 올 때에 무엇인가 좀 더 나은 제도나 문명을 이루자고 왔는데, 여인을 두세 명씩 거느리면서 할 짓 다한다면 무슨 의미가 있겠소? 그런 생각들이 마음을 괴롭히는 것이요."

강철이 고개를 끄덕이며 대꾸를 했다.

"두 분이 화목하게 지낸다니 다행이옵니다. 사실 소장도 그런 생각을 하지 않았던 것은 아니지만, 이 시대에 살고 있으니 우리의 이상과 현실을 조화시켜 나가야지 어쩌겠사옵니까? 조정 신료들은 오히려 폐하께서 내명부에 있는 비빈(妃嬪)의 숫자를 너무 적게 책정하셔서 그게 불만인 모양이옵니다."

"과인도 알고 있소. 이 시대에는 혼인 관계로 권력을 튼튼히 다지고, 심지어는 나라 사이에 정략결혼까지 마다하지 않았으니…… 하지만 우리는 그렇게까지 하면서 나라를 꾸려 나가지 않아도 되잖소? 아마 신료들은 다른 나라 황제들이 얕잡아 본다고 그러는 모양이오만, 우리가 그들과 다른 점이 바로 이런 것들이라는 것을 잘 설득해 주시오."

"폐하, 물론 그런 이유도 있겠지만, 이 시대로 와서 살아 보니 현대에서 탤런트나 가수들에게 열광하듯이 백성들은 영웅호걸들에 대해서 열광한다는 것을 깨달았사옵니다. 지금 우리 배달국의 백기 장군이나 계백 소령 같은 경우가 바로 그런 경우이옵니다만, 특히 백기장군에게는 부인이 셋씩이나 있는데도 주변에서는 지금도 딸을 측실로 주겠다는 자가 적지 않다고 하옵니다. 그런 판에 폐하께서는 황후를 포함해 부인을 세 명으로 정하시고, 천족장군들에게는 두 명의 부인만 두도록 정하셨으니, 그들이 얼마나 곤혹스럽겠사옵니까?"

"흠…… 물론 그럴 수도 있겠지. 허나 기왕에 거느리던 여인들이야 어떻게 하겠소? 이 시대에는 여인들을 재물처럼 취급한다는 것도 잘 알고 있소. 허나 앞으로는 그런 사고방식도 고쳐나가야 할 것이오."

"그렇기는 하옵니다. 황제는 공식적으로 이십여 명의 여인을 거느릴 수 있다는 것을 그들도 알고 있는데, 폐하께서 세 명으로 줄이셨으니, 앞으로는 생각들이 많이 달라질 것이옵니다."

"당연히 그렇게 되어야 하지 않겠소? 사실, 세 명도 많은 것이요."

"폐하, 우리가 온 지 이제 일 년 정도밖에 되지 않았지만, 벌써 달라진 것도 많사옵니다. 전에는 천민이라고 거들떠도 보지 않던 장인이나 상인들에게 이제는 한다하던 집안에서 서로 딸을 주겠다고 한다니, 그것만 해도 큰 변화라고 생각하옵니다."

"흠! 그것은 참으로 바람직한 현상이요."

"예, 오히려 조상이 물려준 재산 덕분에 무위도식하면서 지내던 자들이 밥을 굶게 생겼다고 울상이라 하옵니다."

"그건 또 무슨 말씀이요? 그들에게도 먹고살 만한 땅은 나눠 주지 않았소?"

"땅이야 받았지만, 농사를 지을 줄을 모르니, 땅이 있은들 무슨 소용이 있겠사옵니까? 오죽하면 자기 집 소작농을 하던 자들에게 대신 농사를 지어 달라고 매달리다시피 애걸하는 자도 있다고 하옵니다."

"그럴 수도 있겠군. 그렇지만 잘된 일이요. 백성들의 피를 빨면서 놀고먹던 자들은 이번 기회에 크게 깨달아야 할 것이요."

강철이 동의한다는 듯이 고개를 끄덕였다.

"그렇사옵니다. 벌써 시대의 변화를 깨닫고 자기 자식들을 공방으로 보내 기술을 배우라고 하는 자까지 있다는 것을 보면 우리가 크게 잘못하고 있는 것은 아니라는 생각이 드옵니다."

"음……."

"폐하, 소장이 폐하께 상빈마마와 황후마마를 억지로 떠맡기다시피 한 것 같아 송구하옵니다."

"뭐, 기왕지사 그렇게 됐으니 더 이상 왈가왈부하지 마십시다."

"알겠사옵니다. 그럼, 소신은 이만 물러가겠사옵니다."

"그러세요."

강철이 도망치듯이 편전에서 물러나가는 모습을 바라보던 진봉민은 피식! 웃음이 나왔다. 을지유선은 어제 궁으로 들어왔다.

조정에서는 이미 며칠 전부터 배달국 황후로 내정된 을지문덕 장군의 여식이 궁중 법도를 익히기 위해 일찍 입궁한다고 방을 써 붙여 도성 백성들에게 알렸었다. 그러고는 어제 아침, 을지문덕의 집 앞에서부터 악사(樂士)들이 음악을 연주하는 가운데 어가에 몸을 실은 을지유선이 궁으로 들어온 것이다. 그 전에 어가를 새로 만들겠다는 궁청장 변품의 보고가 있었지만, 태황제가 크게 화를 내어 결국 천족장군들의 궁혼식 때 사용했던 어가를 그대로 사용할 수밖에 없었다. 사실, 그 어가는 백제 국왕과 신라 국왕이 쓰던 것이었지만 그 화려함에 있어서 전혀 부족함이 없는 것이었다.

궁으로 들어온 을지유선이 문후 차 편전으로 들었을 때 진봉민은 그녀를 보고는 자신도 모르게 '음!' 하는 신음을 흘렸다. 강철이 강권하다시피 황후로 삼자고 한 이유가 있었던 것이다.

백옥 같은 얼굴에 그려 놓은 것 같은 이목구비는 귀신도 질투할 지경이었고, 거기에 궁의까지 받쳐 입은 모습은 선녀가 하강하였다 해도 과언이 아니었다. 미모도 미모지만 그보다도 은은하게 풍겨 나오는 기품은 누구와도 비교가 되지 않을 만큼 특별했다.

얼마 전 허름한 옷을 걸친 모습에도 강철이 넋을 잃을 정도였는데, 하물며 화려한 궁장으로 치장을 한 지금에야 오죽했겠는가! 문득 예전에 읽었던 영웅소설 속에서나 등장하는 그런 미인이 실제로도 존재하는구나 하는 유치한 생각에 피식! 헛웃음까지 나왔었다.

유월 초하룻날 배달국에서는 새로운 조정 내각이 발표되었다. 이번 내각의 특징은 최초로 배달국에 2개의 대학이 설치되고 군사대학 책임자로는 을지문덕, 종합대학 책임자로는 이문진이 각각 직관

되었다. 또한 대외적 무역을 관장하는 청룡상단과 백호상단이 설치되어 국태천과 목관효가 각각 단주(團主)를 맡게 되었다.

그동안 중장으로 있던 천족장군들이 모두 대장으로 승진을 했다. 또한 김백정은 신라를 성공적으로 장악한 공이 인정되어 계림 공(鷄林公)으로 봉해지는 것과 동시에 신라가 통치하던 지역을 다스리는 계림 총독이 되었다. 그리고 사신으로 왔다가 신라 공략에 참전한 조계룡과 김후직, 일부가 육군 소장으로 혜문이 육군 대령으로 임관되어 계림 총독부에서 일을 하게 되었다.

그 외에도 설계두 대위가 소령으로 승진을 하고, 김유신이 소령으로 임관되어 각각 특전군과 육군의 부장을 맡게 되었으며, 박상훈 총장의 추천에 의해 발명청장 석해 중령이 대령으로, 각종 도구 제작에 공이 많은 한지철과 배달국 재정 관리에 공을 세운 홍수가 각각 일 계급씩 승진을 해서 중령이 되었다.

그밖에도 김백정이 계림 총독이 되는 바람에 공석이 된 광공업부 대신 자리에는 국원성주로 있던 김술종이 직관되었고, 충주성주에는 김천 방위사령이던 임말리가 임명되었다. 그동안 신라와 국경을 맞대고 전방 사령부 역할을 하던 김천 방위사령부는 폐쇄되었다.

새로운 조직과 직관을 발표한 지 보름이 지난 6월 중순, 편전에 앉아서 '제국 필수교양 강본'을 쓰고 있던 진봉민은 기지개를 펴면서 시계를 들여다보니 밤 10시가 넘어서고 있었다.

올해 초부터 쓰기 시작했던 한글 강본은 이미 인쇄까지 마치고 교육청으로 넘겨져 전국 각지에 파견되어 있는 한글 강사들에게까지

배부가 되었다. 이제 배달국에서는 현대에서 쓰는 것과 다름없는 교과서로 백성들에게 한글교육이 이루어지고 있는 것이다.

한글 강본의 집필을 마친 그는 뒤이어 백성들의 윤리교육을 위한 교재를 쓰려고 계획했었지만, 백성들의 윤리의식과 자신이 알고 있는 윤리의식 사이에는 상당한 괴리가 있다는 것을 깨닫고 생각을 바꾸었다. 오히려 백성들이 알지 못하는 아시아나 유럽 그리고 아메리카 등 넓은 세상에 대한 눈을 틔워 주는 것이 필요하다고 판단한 것이다.

그래서 '제국 필수교양 강본' 이라는 제목으로 세계 각국의 위치라든가 제국이 이루고자 하는 민족의 발전 목표 그리고 타 민족을 이해하고 포용할 수 있는 열린 마음을 심어 주기 위한 내용을 집필 중이었다.

시간이 늦었다는 것을 깨달은 그는 자리에서 일어나려다 문득 목단령을 생각하고는 도로 자리에 앉았다. 요사이 진봉민은 늘 마음 한구석이 찜찜했다. 황후가 있어야 된다는 강철의 주장과 권유를 계속 뿌리칠 수만은 없어 마지못해 을지문덕의 여식을 황후로 맞겠다는 승낙을 했다. 그런 이후로 상빈인 목단령에게 미안하다는 생각이 늘 마음을 괴롭혀 왔다.

황후로 내정된 을지유선이 혼례를 올리기 전까지 궁중 법도를 익히기 위해 입궁한 지도 벌써 꽤 여러 날이 지났다. 처음 궁에 들어온 그녀를 목단령이 곁에서 주밀히 보살펴 주고 있다는 것도 잘 알고 있었다.

다시 자리에서 일어난 그는 세미전으로 발걸음을 옮겼다.

세미전에 이르자 반갑게 맞는 목단령을 보며 빙그레 미소를 띤 진봉민이 한마디 했다.

"오늘은 과인이 많이 늦었구려."

"예, 폐하. 옥체도 생각하시면서 국사를 보시옵소서."

"하하하! 그 정도는 아니요."

"그렇다면 다행입니다. 어서 안으로 드시옵소서."

"그럽시다."

전(殿) 안으로 들어간 진봉민은 평소대로 보료 위에 앉으면서 장침(長枕)에 팔을 괴었다.

"상빈은 지금껏 뭘 하고 계셨소?"

"예, 폐하께서 저녁 수랏상을 젓수시고 편전으로 납시신 후에 세선전에 계신 황후마마께 다녀왔습니다."

"뭣하러 번번이 그러시오? 어련히 궁인들이 알아서 챙겨 주지 않을까……."

대답은 그렇게 하면서도 대견하기도 하고 미안하기도 했다.

"아니옵니다. 신첩도 처음 궁에 들어왔을 때 모든 것이 낯설었던 기억이 있사옵니다. 황후마마께서도 필경 그러실 것이라 생각하고 곁에서 동무를 해 드리는 것뿐이옵니다."

"흠, 과인에게 서운하지는 않소?"

"폐하, 똑같은 하문을 오늘도 하시옵니까? 오늘까지 벌써 세 번째이옵니다."

"하하하! 그랬나?"

"하온데, 황후마마를 찾아뵈면 번번이 신첩을 상석에 앉히려는 통에 진땀을 빼곤 하옵니다. 자신은 아직 황후가 된 것이 아니니, 첩지를 받은 신첩이 웃전이라고 하시면서요."

"그러면 그냥 상석에 앉으면 되지 뭐가 걱정이요?"

"폐하, 그것은 안 될 말씀이옵니다. 이제 서너 달 후면 제일 웃전이신 황후마마가 되시는 것으로 다들 알고 있사온데, 그랬다간 아래 궁인들에게 본이 되질 않사옵니다."

그녀의 조리 있는 말에 진봉민은 고개를 끄덕였다.

"으흠! 그럴 수도 있겠구려."

"예, 그렇고 말고요. 이제 밤이 야심했으니 어서 침소에 드시옵소서."

"흠, 그럽시다."

하고 대답을 하자 그녀는 평소처럼 곁으로 다가와 진봉민의 의관을 조심스럽게 벗겨 주기 시작했다. 걸쳤던 옷을 다 벗은 그는 비단 이불을 들치고 몸을 누였다. 그녀 역시도 환하게 방 안을 밝히던 전등을 끄고 나서는 옷을 벗는지 사각대는 소리가 누워 있는 그의 귀를 간지럽혔다.

잠시 후, 조심스럽게 이불 한쪽을 들쳐지고 그녀가 들어왔다. 진봉민은 몸을 모로 누이면서 그녀를 슬며시 잡아끌어 팔베개를 해 주었다. 그러고는 남은 한쪽 손을 가슴에 올리더니 봉긋하게 솟아 있는 젖무덤을 천천히 어루만지기 시작했다.

시간이 흐를수록 손은 점점 아래로 내려가고 칠흑 같은 어둠 속에서도 익숙한 손놀림은 살에 닿는 듯 말 듯 그녀의 몸 위를 노닐었다. 쌕쌕 숨소리만 들리던 어느 순간에 손끝이 어디를 스쳤는지 갑자기 터져 나오는 바람 빠지는 소리! 달뜬 목소리!

"헉! 하아……! 폐하……!"

이미 남자를 알아버린 그녀는 뜨거워지는 몸에 비례하여 숨소리도 높아만 갔다. 가쁜 숨소리와 뒤섞여 자지러지는 신음은 점점 높아가고 이윽고 물새처럼 울어 대기 시작했다.

그 소리는 세상의 어느 악기 소리보다 달콤하고 듣기 좋은 소리였다. 입에서 나오는 소리와 또 다른 젖은 물소리, 그리고 몇 번씩이나 그녀의 허리가 활처럼 휘어지고 나서야 그는 그녀의 몸 위에서 내려왔다.

가빴던 숨소리가 잦아들 때쯤 그녀가 조용히 입을 열었다.

"폐하……."

"음?"

"신첩이 아까는 말씀을 못 드렸사온데……."

"무슨……?"

"신첩에게는 황후마마께서 들어오시는 것이 무척이나 다행이라고 여기옵니다. 부끄러운 말씀이오나 사실, 신첩 혼자서는 폐하를 감당해내기가 어려웠사옵니다."

"허허허! 그렇소? 그래서 싫으셨소?"

"싫다니요? 천부당만부당하신 말씀입니다. 신첩은 사내로 태어나지 못한 것을 안타깝게 생각했던 적이 있었사옵니다. 하온데 폐하의 굄*을 받고 나서부터는 오히려 여인네로 태어난 것이 얼마나 다행인지 모르겠사옵니다."

----

*굄: 특별히 귀여워하는 사랑.

"어째서 사내로 태어나지 못한 것을 안타깝게 여겼었소?"

"신첩은 집안의 가업인 상단 일을 도우면서 그 일이 얼마나 즐거웠는지 모르옵니다. 하오나 사내들과는 달리 혼례를 치르고 나면 남정네를 따라야 하지 않겠사옵니까? 그래서 하고 싶은 일을 할 수 있는 사내들이 부러웠사옵니다."

"상단 일이 그렇게 즐거웠소?"

"그렇사옵니다. 신첩이 폐하께 철없이 아뢰는 말씀이옵니다만, 백호상단이 있는 구드래 나루에 작은 궁이라도 하나 있었으면 좋겠사옵니다. 아비인 오양 공이 상단을 이끌고 타지로 나갔을 때는 상단일도 도와주고, 폐하께서 오시면 모실 수 있는 그런 전각(殿閣) 말이옵니다. 그러면 상단 일도 할 수 있고 폐하의 굄도 받을 수 있으니 이보다 더한 행복이 어디에 있겠사옵니까?"

말을 들은 진봉민은 속으로 무척이나 놀랐다. 현대에서나 생각함직한 그런 생각을 하고 있다는 것이 참으로 대견스럽기도 하고 놀랍기도 했다. 물론 얼마 전에 수을부와 함께 왔다가 참수된 미실 역시 여인의 몸으로 옥쇄를 관리하는 새주(璽主)라는 벼슬에 있기는 했었다. 그렇지만 그것은 생산 활동인 농·공·상 분야에서 일하는 것과는 사뭇 다른 것이었다.

"흐흠……."

"폐하, 신첩이 쓸데없는 말씀을 올렸나 보옵니다. 용서하시어요."

"음…… 을지 낭자가 궁으로 들어왔기 때문에 그런 생각을 하게 된 것이오?"

진봉민이 조용히 물었지만, 그 말을 들은 목단령은 벌떡 몸을 일으키며 떨리는 목소리로 대꾸를 했다.

"아니옵니다. 천부당만부당하신 말씀이옵니다. 오히려 신첩은 조금 전에 아뢰었던 대로 황후마마가 입궁하시게 되어 오히려 다행이라고 여기고 있사옵니다. 신첩이 혼자 생각으로 외람되게 망언을 했사오니 꾸짖어 주시옵소서."

"허허……! 알았소, 알았어…… 어서 눕구려. 꾸짖는 말이 아니라 어째서 그런 생각을 하게 됐는지 연유를 물은 것이요. 궁으로 들어오기 전에야 그런 생각을 할 수도 있었겠지만 지금도 그런 생각을 한다는 것이 의아해서……."

"실은……."

"괜찮으니 편하게 말씀해 보시오."

"신첩의 좁은 소견을 탓하시지 않으신다면 말씀드리겠사옵니다. 신첩이 궁에 들어온 지는 몇 달 안 되었지만, 폐하를 모시면서 많은 것을 보고 배웠기 때문이옵니다. 전에는 천하게 여기던 일을 폐하께서는 오히려 귀히 여기시고, 그런 일을 하는 자들을 조정의 높은 자리에 중히 쓰시질 않사옵니까?"

"흠…… 그래서요?"

"더욱이 하늘에서 오신 폐하와 천족장군들께서 하찮은 백성들에게 늘 본을 보이시고 솔선하시는 모습을 보아 왔사옵니다. 그럴진대 폐하를 가까이에서 모시고 있는 신첩이 먼저 상단 일을 하러 나선다면 폐하의 크신 뜻을 만백성들이 또렷이 깨닫게 될 것이라고 생각했사옵니다. 빈(嬪)이라는 직첩을 받은 신첩이 하는 일을 감히 천한 일이라고 업신여길 자는 없을 것이기 때문이옵니다."

들을수록 감탄이 절로 나오는 말이었다. 그토록 여리게 보이던 그녀의 입에서 구슬처럼 쏟아져 나오는 말들은 장수들의 말만큼이나 무게감이 느껴졌다.

"그래도 명색이 황제의 아낙인데 궁 안에 있는 것이 마땅하지 않겠소?"

"신첩 역시도 폐하를 모시는 일을 더할 나위 없이 막중하다고 여기고 내명부를 단속하는 일에 성심을 다해 왔사옵니다. 하온데 이제 그 일을 맡으실 황후께서 오셨으니 한시름 더는 느낌이 들었사옵니다. 하여 이토록 실없는 말을 꺼내 폐하의 성정을 어지럽힌 것이옵니다. 용서해 주시옵소서."

"허허! 괜찮소. 무슨 뜻인지는 알았으니 피곤할 텐데 이제 그만 잡시다."

"예."

말은 그렇게 했지만, 진봉민은 쉽게 잠을 이룰 수가 없었다. 그녀가 했던 말을 곰곰이 되새겨 보니 가볍게 웃어넘길 말들이 아니었다.

여러 가지 생각으로 늦게 잠이 든 그는 이튿날도 평소처럼 아침 수라를 뜨고 편전으로 나갔다. 다른 날과 마찬가지로 내각회의를 마친 강철이 논의된 내용을 보고하기 위해서 편전으로 들어왔다.

"어서 오시오, 총리대신!"

"예, 밤새 별고 없으셨사옵니까?"

"하하! 별일 있을 게 뭐가 있겠소? 그런데 오늘 회의에서는 무슨 얘기들이 오갔소?"

"예, 두 가지를 제외하고는 특별한 것은 없었사옵니다."

"그래요? 그럼, 그 두 가지가 무엇인지 들어 보십시다."

"예, 우선 한 가지는 조민제 장군이 지난번에 개설된 제국종합대학에 의학과를 개설하겠다고 하옵니다."

"의학과를요? 그럼, 의술을 가르치는 과정이 생기는 것이 아니요?"

"그렇사옵니다. 우리가 오기 전부터 백제에는 의학박사라고 부르던 자들이 의료를 맡고 있었지만, 미신에 의탁하는 주술적인 부분도 포함되어 있고, 특히 수술을 하는 것과 같은 외과적인 부분은 발달되어 있지 않았다고 하옵니다. 그래서 기존에 하던 치료 방식인 한의학에 현대의 외과적 수술 방식을 접목시켜 일개 군에 한 명씩 추천을 받아 가르칠 예정이라고 하옵니다."

"호오! 조민제 장군이 정말 좋은 생각을 해냈소이다. 그렇게 되면 자연히 백성들의 위생 관념도 높아질 것이니 전염병에 대한 염려도 덜게 될 것이오. 더불어 유능한 의사도 배출되어 백성들을 치료할 수가 있게 되니 이처럼 기쁜 일이 어디 있겠소?"

"예, 소신도 그 말을 듣고 여간 흐뭇하지 않았사옵니다."

"왜 아니겠소?"

"그리고 폐하, 혹시 대마도를 토벌하면서 잡아 왔던 소중덕이란 자를 기억하시옵니까?"

"아! 그 양나라 황제의 후손이라는 자 말씀이오?"

"예, 바로 그자 말씀이옵니다."

대마도 해적 두목이던 소중덕은 중국 대륙에 있던 양나라의 황손으로, 5대 황제인 경제 소방지의 서출 후손이었던 것이다.

"음, 그자가 어쨌다는 말씀이요?"

"글쎄, 그자가 스스로 배달국의 개나 돼지 노릇이라도 마다하지 않겠다며 그토록 열심이라고 하옵니다."

"도대체 무슨 일을 시켰기에 그렇게 열심히 한다는 말씀이요?"

"전에 남쪽 지방을 침범했다가 잡힌 해적들을 정보사에서 관리하며 한글교육을 시키고 있었사온데, 해적질이나 하던 자들이니 오죽하겠사옵니까? 제 버릇 개 못준다고 그 습성을 버리지 못하고 번번이 말썽을 피우는 경우가 많았다고 하옵니다."

"그래서요?"

"그런데 후에 대마도에서 잡은 소중덕을 정보사에 맡겼더니, 그들과 합류시킨 모양이옵니다. 그다음부터 말썽을 피우는 자가 없어진 것은 말할 것도 없고 오히려 지금은 한글교육 외에 간자(間者)교육까지 시키고 있다고 하옵니다."

간자교육이라 하면 정보원이나 간첩으로 양성하기 위한 교육을 말하는 것이었다.

"호오! 그들이 그렇게 변한 이유는 무엇이요?"

"소신도 궁금하여 이유를 물었더니, 혹시라도 교육 시간에 소홀히 하는 자가 있으면 소중덕이 밤사이에 묵사발을 만들어 놓곤 했다는 정보사령의 대답이었사옵니다."

강철의 말을 들은 진봉민은 웃음을 터트렸다.

"하하하! 제 부하였던 자들을 말씀이요?"

"그렇사옵니다."

"그자가 대마도에 있을 당시 스스로를 양나라 표기대장군으로 자처했었다고 하는데, 그럴만한 자격이 충분히 있는 자라고 무은 소장이 칭찬하는 것을 보면 품격도 있는 것 같사옵니다."

"냉정한 판단력을 가진 정보사령이 칭찬할 정도라면 알만은 하오만, 혹시 무슨 꿍꿍이가 있어서 그러는 것은 아니요?"

"폐하, 무은 장군이 누구이옵니까? 가볍게 판단하는 사람이 아니라는 것은 폐하께서 더 잘 아시질 않사옵니까?"

"하기야 그렇기는 하오만……."

"소중덕이란 자는 이미 우리가 가진 무기에 혼쭐이 났었기 때문에 무서움을 아는데다가 수나라에 대해서는 특히 원한이 많은 자이옵니다. 그런 사실을 잘 알고 있는 무은이 그자를 떠보기 위하여 수나라가 곧 망하고 새로운 나라가 들어설 것이라고 말해 주었더니, 그렇다면 더더욱 자신은 죽으나 사나 배달국의 귀신이 되겠다고 했다 하옵니다."

"배달국의 귀신이 되겠다고?"

"예, 양나라의 후손이라고는 하지만, 이미 망한 나라이니 어디 간들 환영하는 데가 있겠사옵니까?"

"그렇기도 하겠지. 헌데 그자를 제외하고 그들 무리의 숫자가 모두 몇 명이나 되오?"

"예, 소신이 기억하기로 361명으로 알고 있사옵니다."

"정보사령은 전에 했던 말대로 그들을 산동(山東)으로 보내려는 것이요?"

"그 이후로는 별 얘기가 없었지만, 간첩교육을 시키는 것으로 보아 오양 공이 기반을 내리고 있는 산동으로 보내려는 의도가 아니겠사옵니까?"

고개를 끄덕인 태황제가 강철을 보면서 말을 했다.

"얘기를 들어 보니 소중덕이라는 자가 우리 배달국을 쉽게 배반할 것 같지는 않아 보이오. 하지만 먼 타지로 보낼 자일수록 굳은 충성심이 있어야 할 것이오. 그래서 말인데……."

"……?"

"그자에 대한 충성도를 다각도로 시험해 봐주시오."

"알겠사옵니다만, 어차피 정보원으로나 써먹을 자인데 그렇게까지 마음을 쓰실 필요가 있겠사옵니까?"

강철의 말에 태황제가 고개를 가로저으며 대꾸를 했다.

"허허허! 내가 굳이 그자의 속내를 떠보려는 것은 나름으로 생각이 있어서요. 지금 오양 공이 기반을 만들기 위해 산동 땅에 가 있지만 계속해서 그곳에 머무를 수는 없는 노릇이 아니겠소? 게다가 지금 우리 배달국에는 신라나 백제, 고구려 출신들밖에는 없소. 즉 그곳을 책임지고 경영할 만한 인물이 마땅치 않다는 말씀이요."

"폐하, 외교관 출신도 있질 않사옵니까?"

진봉민은 고개를 가로저으며 대꾸를 했다.

"아니요, 말만 할 줄 안다고 그곳을 맡길 수는 없어요. 산동반도는 이곳과 바다를 사이에 두고 있으니, 쉽게 오갈 수 있는 곳이 아니질 않소? 그러니 모든 일은 스스로 알아서 판단하고 처리를 해야 하는데 그러자면 그곳의 책임자는 언어도 언어지만, 지혜와 지휘력을 겸비하고 그들의 풍습(風習)에도 정통해야만 하는 것이요."

그때서야 강철은 옳다는 표정으로 고개를 크게 끄덕였다.

"그럼, 그 재목으로 그자를 생각하고 계셨던 것이옵니까?"

"나도 내심 누가 적임자일까 걱정만 하고 있었지, 그자를 생각했던 것은 아니오. 그런데 오늘 그자에 대한 얘기를 듣고 보니 문득 생각이 미치게 되었소. 대륙의 물정을 잘 아는 그곳 출신에다가 아무리 서출이라지만 그래도 황제의 후손이니 글줄깨나 읽었을 테고, 품격까지 있다고 하니 그만한 인물을 어디 가서 찾을 수 있겠소? 다만 우리 제국에 대한 충성심이 관건이라 그것을 확실히 알아보고 싶어서 그러는 것이오."

강철로서는 그자를 기껏해야 배달국에서 근거를 만들고 있는 산동 땅으로 파견해 정보 수집이나 시킬 인물로만 생각하고 있었는데 막상 태황제의 말을 듣고 보니 배달국으로서는 여간 필요한 인물이 아니라는 생각이 들었다.

"폐하, 말씀을 듣고 보니 어떤 곤경에 처하더라도 절대 우리를 배신하지 않을지를 아는 것이 가장 중요할 것 같사옵니다."

"당연하신 말씀이오."

"예, 그 문제는 제장들과 상의를 해 보도록 하겠사옵니다. 더 하실 말씀이 있으시옵니까?"

"음, 다른 게 아니고……."

하면서 말을 꺼낸 진봉민은 어젯밤에 목단령이 상단 일을 하고 싶다고 하면서 나누었던 대화 내용을 자세히 말해 주었다. 그가 말하는 동안 일언반구도 없이 듣고만 있던 강철은 말이 끝나자마자 다짜고짜 물었다.

"폐하의 생각은 어떠시옵니까?"

"글쎄, 나도 밤새 뒤척이며 생각을 해 보았지만 판단이 서질 않는 구려. 그래서 총리대신 생각은 어떨까 하고 묻는 것이요."

"글쎄요, 공적인 측면도 있지만 사적으로는 폐하의 가정사이기 때문에 소신이 이러쿵저러쿵 말씀 올리기가 거북하옵니다."

"가정사라……?"

"……?"

진봉민은 강철의 대답이 맘에 들지 않는지 안면을 찌푸리면서 밖에 있는 궁인을 불렀다.

"여봐라! 밖에 기 상궁 있는가?"

행화촌에서부터 따라왔던 기 나인은 상궁으로 직관이 올라 조 나인과 함께 편전을 맡고 있었다.

"예! 폐하! 찾아 계시옵니까?"

조신하게 문을 열고 들어온 기 상궁이 대답하자,

"편전 근처에 있는 자들을 다 물리도록 하고, 상궁들도 멀찌감치 물러가 있도록 하라!"

"예!"

진봉민의 안색이 심상치 않은 것을 본 기 상궁은 부리나케 밖으로 나갔다. 주변에 있던 자들이 물러갈 시간 동안 눈을 지그시 감은 채 말이 없던 진봉민은 어리둥절해 있는 강철을 쳐다보며 입을 열었다.

"이보게, 강철이! 주변을 물렸으니 내가 터놓고 한마디 해야겠네. 자네는 어떤지 모르겠지만 나는 말일세, 이곳에 와서 내 개인 생활은 접고 살아왔네. 황제 노릇도 그렇고…… 혼례만 하더라도 그것이 나라를 다스리는데 도움이 된다고 해서 두 여자나 거느리게 된 것이고…… 흠…… 이곳에 온 이상 그럴 수밖에 없다고 생각하고 감내하고 있네만, 자네가 '네 집안일이니까 네가 알아서 하라.'는 식으로 말을 하니 참으로 서운하구먼."

"……?"

"왜? 말이 없나? 내 말이 잘못되기라도 했나?"

"폐하, 고정하시옵소서. 소신은……."

"허어! 그놈의 폐하! 폐하! 폐하……! 그조차도 듣기가 싫구먼. 난, 지금 친구인 자네와 툭 터놓고 말을 하고 있는데 폐하라니……? 그냥 파탈(擺脫)*을 하고 옛날처럼 진 교수라던가 봉민이라던가? 그렇게 편히 좀 불러 주면서 말하면 안 되겠나?"

그 말이 끝나자, 물끄러미 그를 바라만 보던 강철이 엷은 미소를 띠며 입을 열었다.

"음…… 폐하! 아무리 그러셔도 소신은 절대 파탈을 할 수가 없사옵니다. 그것은 이미 우리가 적지 않은 시간 동안 여기까지 왔는데 되돌아갈 수가 없기 때문이옵니다. 그리고 사실, 상빈마마 문제도 나라 입장만 생각한다면야 상단 일을 하게 해 드리자고 권하고 싶지만, 어떻든 간에 상빈마마도 폐하의 부인이 아니옵니까? 그렇지 않아도 외로우신 폐하께 부인까지 뭇 일을 시키라는 말씀은 차마 드릴 수가 없었던 것이옵니다."

그렇게 달래듯이 하는 강철의 말에 진봉민은 씁쓸하게 대꾸를 했다.

"허 참! 파탈을 하재도 안 하고…… 무슨 뜻으로 하는 말씀인지는

---

* 파탈(擺脫): 어떤 구속이나 예절로부터 벗어남.

알겠소만……."

"폐하, 아직도 섭섭하시옵니까?"

진봉민은 자신이 억지를 부리고 있다는 것을 잘 알고 있었다. 그나마 자신이 맘 편하게 말하고 대할 수 있는 것이 천족장군들이고 특히 강철이라고 생각하는데 그조차 남처럼 느껴질 때가 있었다.

이제는 어쩔 수 없이 군신관계가 되었으니, 그렇겠거니 이해를 하면서도 짜증이 나고 답답할 때가 한두 번이 아니었다. 더욱이 자신들이 과거로 오게 된 과정을 비롯해서 죽을 때까지 입 밖에 낼 수 없는 비밀을 가슴에 안고 산다는 것이 얼마나 고역스러운 일이겠는가!

"그거 참! 내가 또 총리대신에게 투정을 부린 것 같소. 지금 주변에 아무도 없으니 말이지만 나라를 다스린다는 것이 이거 보통 일이 아니구려. 그런데 현대에서는 왜들 그렇게 대통령이 하고 싶어 난리들이었는지…… 쯧! 쯧! 쯧! 게다가 임기 후에 감옥에 가는 사람도 적지 않던데 그래도 하고 싶어서 이전투구를 일삼았으니…… 참으로 알다가도 모를 일이요."

"그게 다 욕심 때문이 아니겠사옵니까? 오직 나라만 생각하고 일을 해도 이렇게 힘이 드는데, 사리사욕까지 채우려니 오죽했겠사옵니까?"

"허허허! 그러게 말이요. 아! 기왕지사 말이 나왔으니 구드래 나루에 있는 백호상단 건물에 붙여서 자그마한 전각을 하나 지어 보시구려. 구드래 나루가 궁에서 가까우니 상빈을 오가게 해도 되겠지만, 일에 귀천이 없다는 것을 기왕에 보여 주려면 제대로 보여 주는 것이 좋을 것 같소. 가능하면 국혼이 끝나자마자 상빈이 옮겨 갈 수 있도록 해 주면 고맙겠소."

"예, 당연하신 말씀이옵니다. 그런데 명색이 빈마마가 쓰실 궁인데, 과연 삼 개월 남짓한 동안 다 지을 수 있을지가 걱정이옵니다."

"다 짓지를 못하면 상단에서 쓰는 방 하나를 빌리는 수밖에⋯⋯ 당성에 있던 수항궁은 뭐 얼마나 더 나았소?"

"하하! 그렇기는 하옵니다. 그럼, 구체적인 사항은 내각에서 상의해 보도록 하겠사옵니다."

"그러시오. 구드래에 상빈이 머물 전각은 방 하나면 족할 것이요. 절대 크게 짓지 않도록 해 주시오."

"예, 알겠사옵니다. 그런데 아무리 생각해 봐도 상빈께서 대단한 결심을 하신 것 같사옵니다. 폐하의 뜻이 무엇인지를 백성들에게 손수 보이시겠다니⋯⋯."

"그러게 말이요. 그 점은 나도 갸륵하게 생각하오."

"소신은 얼른 돌아가서 제장들과 상의를 해 봐야 할 것 같사옵니다."

"그러시오."

강철은 편전을 물러 나오면서 멀리 물러나 있던 상궁들을 불러 원래 있던 위치로 돌아가라고 지시했다. 그러고는 총리부로 돌아와서 정보사령과 청룡상단 단주, 특전군사령, 내정부 대신, 건설부 대신 그리고 상업부 대신을 급히 불러오게 했다.

서둘러 들어온 그들이 자리에 앉기를 기다려 강철이 입을 떼었다.

"여러분들을 이렇게 급히 오시라고 한 것은 내일 회의 때까지 기다릴 일이 아니라는 판단에서 그렇게 한 것이요. 지금부터 소중덕에 대한 것과 상빈마마에 관한 것을 논의하고자 하오. 우선 소중덕에 관한 문제를 먼저 논의하십시다."

하고 말을 꺼낸 강철은 태황제와 나누었던 대화 내용을 소상히 말해 주었다. 말이 끝나자 가장 먼저 입을 연 것은 정보사령인 무은이었다.

"각하, 그렇다면 폐하께서는 그자에게 산동 지방을 책임지는 총사를 맡기실 요량이 아니십니까?"

"흠, 총사라기보다는 오히려 총독이라고 해야 옳을 것이요."

"총독으로요?"

무은이 이토록 놀라는 이유가 있었다. 지난 6월 1일 새로운 조정 내각 발표에서, 신라 도성을 장악한 김백정에게 계림 총독이라는 관직이 부여되고, 신라가 통치하던 지역을 다스리는 소임이 맡겨지면서부터 총독은 바로 왕에 버금가는 자리로 인식되고 있었기 때문이다.

"그렇소! 본관도 그렇게까지는 생각하지 않았었는데, 그자가 쓸 만한 사람으로 보인다는 정보사령의 의견을 전해 드렸더니 폐하께서 그런 뜻을 비치신 것이요."

"예……."

"다만 정보사령이 일차적으로 검증을 했다지만, 맡길 일이 너무나 중차대하니 그만한 자격과 충성심이 있는지 다시 확인하라는 말씀이셨소."

강철의 말이 끝나자 내정부 대신인 백기가 고개를 끄덕이며 말을 받았다.

"폐하께서 내리신 분부는 지당하신 것입니다. 소장 역시 오늘 회의 때만 해도 그자를 대륙에 파견되는 간자들의 우두머리 정도로만 생각했습니다. 그러나 폐하께서는 이민족에 불과한 그에게 그토록 큰 소임을 맡기시려는 것은 능력과 충성심에 따라 대우를 하겠다고 평소에 말씀하신 대로 하시는 것이니, 크게 놀랄 일도 아닙니다. 그럴수록 철저한 검증은 있어야 할 것입니다."

"하하하! 백기 장군 말씀이 맞소."

이번에는 국태천이 조심스럽게 물었다.

"각하, 그러면 어떤 방법으로 그자의 충성심을 파악하시려는 것이옵니까?"

국태천의 질문에 듣고 있던 조영호가 나섰다.

"아, 그것은 소장이 그런 유사한 평가를 해 본 경험이 있으니, 정보사령이신 무은 장군과 함께 그자가 우리 배달국을 배신하지 않고 충성을 다할 자인지를 확인해 보도록 하겠습니다."

강철이 빙그레 미소를 지으며 대꾸를 했다.

"조 장군과 무은 장군이 그렇게 해 주신다면야 뭔 걱정이겠소? 기왕이면 포로가 됐던 해적들도 정보원 교육을 시키고 있는 모양인데 가능하다면 그자들에 대한 충성심도 확인해 봐 주시오."

"예, 각하!"

"예, 알겠습니다."

두 사람의 대답이 있자,

"그럼, 소중덕에 대한 것은 정리가 된 것 같으니 이제 상빈마마에 관한 것을 논의해 보겠소."

하고 서두를 꺼낸 강철은 상빈인 목단령이 상단 일을 돕고자 한다는 것과 그 이유에 대해 상세히 설명했다. 이어 상빈마마의 부친인 오양 공이 경영하는 백호상단에서 일을 돕도록 폐하께서 허락하셨다는 말에 이르자, 조영호를 제외한 다른 장수들은 도무지 이해할 수 없다는 표정이었다.

역대 황제나 왕 중에 어느 누가 천하다고 여기던 그런 일을 해도 좋다고 스스럼없이 자신의 부인에게 허락할 수 있겠는가? 그런데도 강철은 전혀 문제될 것이 없다는 식으로 태연하게 말을 했고, 그들과 함께 있는 조영호 역시도 대수롭지 않다는 표정이었다.

아니나 다를까 백기가 한마디 했다.

"각하, 아무리 상빈마마께서 원하신 일이라 하지만, 고금을 통틀어 황제의 비빈이 험한 상단 일을 했다는 말은 들은 바가 없습니다. 행여 폐하의 위명에 누가 되지 않을까 염려스럽습니다."

그 말이 나올 줄 알았다는 듯이 강철이 빙그레 웃으며 말을 받았다.

"그럼, 내정부 대신은 폐하께서 그동안 허언을 하셨다고 생각하시는 것이오?"

"무슨 말씀이십니까?"

"지금 말씀을 곱씹어 보면 그렇지를 않소? 폐하께서는 개국 선포식에서 기술을 가진 장인을 우대하겠다고 하셨소. 그 한 예로 전에는 철간(鐵干)이라 해서 장사를 하는 상민보다도 더 천대받던 석해 대령도 고위 직관에 등용되어 폐하의 사랑을 받고 있지 않소? 물론 본관조차도 그를 의동생으로 삼았고 말씀이오."

"……"

"하물며 짐승처럼 여겨지던 철간도 이토록 대우를 받고 있는데 상민들의 장사일이야 더 말해 무엇하겠소? 가까운 예로 이 자리에 계신 청룡상단 단주께서도 본관의 장인이 되질 않으셨소? 그렇게 본다면 상빈마마께서 상단 일을 돕는다고 그것이 큰 흠이 되는 것은 아니라고 생각하오."

"……."

"한 말씀 더 드리면, 폐하께서는 상빈마마의 생각을 아주 기특하게 여긴다고까지 하셨소. 그것은 일에는 귀천이 없다는 것을 백성들에게 알리시려는 뜻이 아니겠소? 내정부 대신은 아직도 상빈마마께서 상단 일을 하지 않으셔야 한다는 생각이시오?"

백기는 쑥스러워하는 표정으로 대꾸를 했다.

"폐하의 뜻이 하늘의 뜻이라는 것을 가끔씩 잊고, 소장이 그동안 살아왔던 대로 미천한 인간 세상의 잣대로만 생각하기 때문입니다. 송구합니다."

"하하하! 그런 점은 이해를 하오. 우리 역시 하늘에서 내려왔다지만, 인간 세상의 법도를 아주 도외시하는 것은 아니요. 어떤 일에는 세상의 법도를 이해하려 하고 또 따르고도 있질 않소?"

"예, 잘 알고 있습니다."

"그렇다면 됐소. 자! 나누던 얘기를 마저 하십시다. 백호상단이 있는 구드래가 비록 가깝다고는 하지만, 상빈마마를 궁에서 오가시게 할 수야 없질 않겠소? 그래서 구드래에 따로 전각을 하나 지어 드려야 할 것 같소만!"

"그럼, 궁을 지어 드리면 될 일이 아닙니까?"

하고 건설부 대신인 은상이 말하자, 아직도 머쓱한 표정으로 앉아 있던 백기가 대꾸를 했다.

"그거야 당연한 말씀 아닙니까?"

은상은 백기의 말에 고개를 끄덕이며 계속 말을 이었다.

"그래서 드리는 말씀인데, 소장 생각에는 그래도 빈마마께서 거처하실 곳이고, 폐하께서도 자주 납시질 않으시겠습니까? 그러니 이곳 내궁만은 못해도 제대로 구색을 갖춰서 지어야 마땅할 것입니다."

은상의 말이 끝나자 강철이 손사래를 쳤다.

"아니요! 폐하께서는 자그마한 방 한 칸이면 족하다 하셨고, 본관도 같은 생각이요. 그래서 말씀인데 백호상단 건물도 지은 지가 얼마 안 됐으니, 거기에 붙여서 자그마하게 궁실을 한 칸 지어 드리도록 하십시다."

백호상단은 원래 당성 부근인 마산 포구에 기반을 둔 구봉이라는 이름을 가졌던 상단이었다. 이후에 배달국에 의해서 제국상단이라는 국영 상단이 되었고, 지난해 배달국이 사비성으로 도성을 옮기게 되면서 구드래 나루에 새롭게 건물을 짓고 본점을 옮겼었다.

총리대신의 말이 끝나자 잠자코 듣고 있던 정보사령 무은이 나섰다.

"각하! 그것은 안 될 말씀입니다."

"음? 안 된다니 그건 또 무슨 이유요?"

"조금 전에 내정부 대신께서도 말씀이 있으셨지만, 역대로 황제의 비나 빈 되시는 분이 평소의 본업으로 뭇 일을 하는 경우는 없었습니다. 물론 농사철에 황제가 모를 심거나 비빈들이 길쌈을 하는 경우는 있었지만 그것은 어디까지나 백성들에게 그 일을 장려하기 위해 하루나 길어야 며칠 동안 이루어지는 일입니다. 헌데 상빈마마께서는 상시(常時)의 업으로 상단 일을 하시겠다는 것입니다. 그렇게되면 어리석은 백성들의 눈에 혹여 폐하로부터 소박을 당하지는 않았는지 의문을 가질 터에, 거처할 곳마저 누추하다면 더더욱 그렇게생각할 수도 있을 것입니다. 그러니만큼 소장 생각에는 번듯하게 짓는 것이 마땅하리라고 봅니다."

역시 무은은 정보를 다루는 입장에서 백성들의 눈에 어떻게 비칠지 민심을 생각하고 한 말이었다. 이에 덩달아 백기도 그 말이 옳다고 나섰다.

"소장 역시 정보사령의 의견이 타당하다고 생각합니다. 그 이유를 말씀드리면 일단 빈마마께서 거처할 곳이니 경비도 소홀할 수 없는일입니다. 그러자면 호위하는 군사나 시중드는 궁인들이 머물 곳도있어야 하니 무턱대고 작게만 짓는다고 능사가 아닐 성싶습니다."

"흠……."

두 사람의 의견을 듣자, 강철도 일리가 있다는 생각을 하고는 선뜻결정을 내리지 못하고 한참 동안 망설이고 있었다.

이때 침묵을 깬 것은 잠자코 듣기만 하던 청룡상단 단주인 국태천이었다.

"저……."

"오! 국 단주께서 하실 말씀이 있으신 것 같은데 말씀해 보세요."

강철은 자신의 장인인 국태천을 대함에 있어서 공적으로는 어쩔수 없이 다른 장수들과 동일하게 대할 수밖에 없었기 때문에 늘 죄스러운 마음이었다.

"예…… 제가 말씀드려도 되는지는 모르겠습니다만, 궁을 짓는 공역은 나라에서 감당해야 하고, 그러자면 결국 백성들의 노역과 세금으로 짓는 셈이 아니겠습니까? 그러니 평소 폐하의 성정으로 미루어 소박하게 지으라는 명을 내리셨을 것입니다."

국태천의 말에 고개를 끄덕인 강철이 대꾸를 했다.

"그렇습니다. 하지만 백성들의 눈도 의식하지 않을 수 없다는 정보사령의 의견 역시 일리가 있어서 고민하는 것이요."

"네…… 하여 드리는 말씀입니다만, 정보사령께서 걱정하시는 점은 백성들이 괜한 오해를 할까 봐 그러는 것이 아니겠습니까?"

강철이 고개를 끄덕였다.

"그렇지요. 상빈마마께서 내처지거나 소박을 맞은 것처럼 비춰진다면 마마의 순수한 뜻이 폄하되는 것이 아니겠소? 그래서 고민하는 것이요."

국태천이 머뭇거리며 말을 이었다.

"그런 우려를 불식시킬 수 있을지는 모르겠지만……."

"오! 그래요? 방책이 있으시면 어서 말씀해 보세요."

"실은 제가 왜국에 가 있는 동안 우리 조정에서는 기부 창구를 만들어 나라 살림에 보탤 재물을 받아들였다고 들었습니다. 소장이 돌아와 그런 사실을 알았을 때에는 이미 기부 창구도 없어져 소장은 아쉽게도 그 기회를 놓치고 말았습니다. 그뿐만 아니라 이번에 상빈마마께서 몸소 상단 일에 나서신다고 하시니 명색이 상단 강수 출신인 소장으로서는 감읍하기가 이를 데가 없습니다. 하여 이런 마음을 표하기 위해서라도 이번 상빈마마의 전각을 소장이 지어 드리면 어떨까 생각합니다만……."

그 자리에 있는 장수들이 외람되다고 생각하지는 않을까 하는 마음에 그나마 말끝도 제대로 맺지를 못했다. 그는 참석자들의 표정을 살피며 눈치를 보고 있을 때 부여망지가 큰 소리로 웃으며 반겼다.

"하하하! 그거 아주 좋은 묘책 같습니다. 상단 단주께서 궁을 지어 바친다면 의미가 크실 것입니다. 같은 일을 하는 상민들도 크게 반길 것이 분명하고, 백성들도 괜한 억측을 할 리가 만무이니 드리는 말씀입니다."

이번에는 특전군사령인 조영호가 한마디 거들었다.

"물론 그렇기야 하겠지만, 국 단주께서 너무 큰 부담을 짊어지시는 것은 아닌지 모르겠습니다."

하고 말하자 국태천이 전혀 그렇지 않다고 손사래를 치면서 대꾸를 했다.

"천부당만부당하신 말씀입니다. 기껏 장사나 하는 상민 주제에 과분하게도 장군이 되는 광영을 입었는데, 무엇을 아끼겠습니까? 따지고 보면 나라 산천이 모두 태황제 폐하의 소유이고, 소장도 폐하의 종과 다름이 없으니 오히려 받아 주신다면 감읍할 따름입니다."

백기가 정색을 하고 한마디 했다.

"국 단주께서는 그런 말씀을 하지 마시오. 기껏 장사나 하던 상민이라니? 그 말씀은 폐하와 각하를 욕보이는 말씀이오. 폐하께서 두 단주 분들을 얼마나 아끼시는지는 이미 아실 터이고, 게다가 총리대신 각하의 빙장어른이 되시는 분이 그런 말씀을 하셔서야 되겠소이까?"

"허어! 소장이 실언을 한 것 같습니다. 송구합니다. 아직 말이 어눌
해 놔서……."

"하하하! 하기야 아직 조정에 출사하신 지 얼마 되지 않으셨으
니…… 이해는 하겠소이다. 하여튼 국 단주께서 전각을 지어 주시겠
다는 말씀은 참으로 고마운 말씀이요."

하고 말을 한 백기가 이번에는 상석에 앉아 있는 강철을 향해 입을
열었다.

"각하! 국 단주께서 스스로 자청하여 전각을 지어 주시겠다고 하
니, 허락하시는 것이 어떻겠습니까? 그렇게 된다면 나라 안에 있는
모든 상민들도 가슴 뿌듯하게 생각할 것입니다."

그의 말이 끝나자 이번에는 정보사령인 무은이 동조를 했다.

"각하! 소장도 백기 장군 말씀이 옳다고 생각합니다. 그렇게 되면
건물이 크건 작건 간에 상빈마마에 대한 괜한 억측도 있을 리가 만
무이고, 백성들도 국 단주의 공덕을 칭송할 것이니 두루 좋은 일이
아니겠습니까?"

"흠…… 알겠소. 그럼, 국 단주께서 궁을 지어 주시겠다는 제안을
쾌히 받아들이도록 하겠습니다."

"예, 청을 받아 주셔서 감사드립니다. 구체적인 것은 건설부 대신
이신 은상 장군과 논의토록 하겠습니다."

강철이 고개를 끄덕이면서 대꾸를 했다.

"물론 그러셔야 하겠지만, 궁청장과도 논의를 하셔야 할 것입니
다. 바깥에 만들어지는 궁전이라 할지라도 궁을 관리하는 분은 궁청

장이니 드리는 말씀이요."

"예, 그렇게 하겠습니다."

"자! 그럼, 급히 오시라고 했던 사안에 대하여는 논의가 끝났소이다. 특별히 더 하실 말씀이 없으시면 이제 돌아들 가셔도 좋소이다."

"예."

총리부에서 물러 나오면서 국태천은 부여망지와 함께 상업부로 향했다. 전국에 있는 모든 상단은 상업부 대신이 관장하기 때문에 국립 무역회사 격인 청룡상단과 백호상단 역시도 그 휘하에 있었다.

지난번에 새로 생긴 청룡상단과 백호상단의 책임자인 단주라는 관직은 도성 안에 근무하는 내직이 아니라 군령이나 성주와 같이 임지에 부임하여 근무하는 외직이었기 때문에 실제로 국태천의 주 집무실은 상대포에 있는 여울상단 건물이 되는 셈이었다. 그런 이유로 이곳 도성에 있는 그의 집무실은 상업부 건물 내에 있는 작은 방 한 칸에 지나지 않았다.

당시의 방이라는 것이 현대와는 달리 무척이나 작았는데 사람들의 체격이 과히 크지 않았던 이유도 있었지만, 방 안의 온기를 보존하기도 쉽고 관리도 용이했기 때문이었다.

두 사람은 상업부로 돌아와 마주 앉았다.

"국 단주께서 큰일을 자청해 주시니, 상업부 대신인 본관이 오히려 체면이 선 것 같소이다. 하하하!"

부여망지의 말에 국태천이 겸손하게 대꾸를 했다.

"허허! 무슨 말씀을요? 소장은 총리대신께서 쾌히 소장의 청을 받아 주셔서 오히려 감사하게 생각하고 있습니다."

"아니요, 아니요. 그게 어디 쉬운 일이겠소? 여하튼 큰일을 맡으셨소이다. 헌데 총리대신께서 공의 사위가 되시지만 대하시기가 참으로 어렵겠소이다. 거기다가 한 집에서 숙식을 하고 계시니 더욱더 그렇지 않겠소이까?"

"하하! 꼭 그렇지도 않습니다. 총리대신께서 오히려 불편하시겠지요. 하늘에 계시던 분이 하계에서 생활하자니 매사에 얼마나 힘이 드시겠습니까? 저야 어떻든 딸이 이것저것 살펴 주니까 크게 불편한 점은 없습니다."

"그러시다니 다행이외다. 그렇지 않아도 폐하께서 단주 분들의 활약을 얼마나 크게 기대를 하고 계신지……."

"글쎄 말씀입니다. 예전 같으면 어디 있을 법이나 한 일이겠습니까? 장사치에 지나지 않는 소장에게 큰 기대를 걸고 계시다는 사실이 처음에는 믿기지 않았습니다. 그런데 날이 갈수록 기대하시는 바가 크다는 것을 깨닫게 되면서 오히려 몸 둘 바를 모를 정도로 황공할 뿐입니다."

"서운하게 들으실지도 모르겠지만 그것은 맞는 말씀이요. 얼마 전까지 천하게 여겨지던 일들이 지금은 오히려 대우받는 직업이 되고, 천한 일을 하던 자들을 폐하께서 더 중하게 쓰시니 세상이 많이 달라진 것도 사실이요."

"……."

"오죽하면 백제 조정에서 벼슬을 하다가 백두(白頭)*로 밀려난 자들이 자식들에게 장인 기술을 배우라고 하는 판국이니 더 말해 무엇

---

* 백두(白頭): 벼슬이 없는 자.

하겠소? 본관도 상업부 대신이 되고 나서 깨달은 것이지만, 백성들이 살기 좋은 나라가 되자면 문물이 두루 발전되어야 한다는 사실이외다."

"하하! 그렇게 말씀하시니 소장도 느끼는 바가 있기는 합니다. 소장이 세상 여러 곳을 다녀 보았지만, 대게 나라가 바뀌면 토호(土豪)*들이나 군벌들이 저 잘났다고 난을 일으키고 나라를 시끄럽게 하는데, 배달국에서는 그런 일이 없었다고 하니 신기하기만 합니다."

국 단주의 말에 부여망지가 고개를 가로저으며 대꾸를 했다.

"그런 일이 전혀 없었던 것은 아니요. 반란이랄 것도 없는 반란이 두 고을에서 일어나긴 했었소만, 조정에서 알기도 전에 인근 고을 백성들이 들고 일어나 진정시켰던 일이 있었소."

"인근 백성들이 진정을 시키다니요?"

"오호라! 국 단주는 그때 왜국에 계셨으니 잘 모르시겠구려. 그럼, 노비상한제와 토지균분제는 아시오?"

"예, 그 제도는 잘 알고 있습니다."

"그렇다면 얘기가 쉽겠구려. 그 제도가 시행되자, 가지고 있던 노비와 땅을 빼앗기게 된 토호가 집안 족속들을 충동질해 군령이 있는 치소로 쳐들어간 일이 있었소. 다행히 중도에 인근 백성들이 그들을 저지한 것이외다."

"그럼, 두 곳에서 그런 일이 있었군요."

"그렇소! 조정에서는 전혀 모르고 있다가 군령이 조정에 고하여

---

*토호(土豪): 영향력 있는 지방 호족을 통틀어 지칭하는 말.

알게 된 것이요. 물론 그 후에 내정부 대신과 감찰군장이 그곳에 나가 조사를 하고 오국적법을 적용하여 처리하기는 했소만!"

"아하! 그래서 반란이랄 것도 없다고 하신 거로군요? 헌데 대게 백성들이 난을 일으키면 인근 백성들도 합세하는 것이 상례이거늘 오히려 반대 현상이 일어난 이유는 무엇이었습니까?"

"가장 큰 이유는 태황제 폐하께서 하늘에서 내려오신 천장이시기 때문에 인간들은 감히 그 뜻을 거스를 수 없다는 것을 알고 있기 때문이외다. 그리고 백성들을 아끼신다는 것을 군령을 통해 알고 있었기에 그런 것이요."

"아하! 그렇군요. 백번 옳으신 말씀이라 생각합니다."

"말이 나왔으니 말이지만, 배달국이 개국한 지가 몇 달 안 되었는데도 벌써 백성들이 태평성대라고 노래를 부르고 있질 않소? 본장도 폐하께서 백성들을 아끼시는 모습을 뵈면, 역시 하늘에서 내려오신 분이라 다르다는 생각을 문득문득 하게 되오."

"옳으신 말씀입니다."

"하하하! 그렇소? 얘기가 지루하지나 않았는지 모르겠소?"

"천부당만부당하신 말씀입니다. 아주 잘 들었습니다. 이제 소장도 서둘러 궁청장과 건설부 대신을 만나 뵈러 나가 봐야겠습니다."

"아! 그러시오. 혹시 본장의 도움이 필요하면 언제라도 말씀해 주시오."

"예, 감사한 말씀입니다. 필요하면 말씀드리겠습니다."

인사를 나눈 국태천은 상업부를 나와 건설부로 향했다.

그 시간 총리부에서는 강철이 정보사령인 무은과 대좌해 있었다.

강철은 무은이 건네준 서찰의 피봉을 뜯고는 한참 동안 들여다보았다. 그러나 모두 한문으로 쓰여진 글이었기 때문에 정확한 내용을 알 수가 없었다.

"흠, 정보사령! 이것 좀 읽어 봐 주시겠소? 한문으로 되어 있어 정확한 뜻을 알기가 어렵구려."

"예!"

무은은 강철이 건네주는 서찰을 받아 천천히 읽어 내려갔다.

'배달국 총리대신 각하께 고구려국 대모달 고건무 올립니다. 이미 주지하시는 바와 같이 불가침 약조에 따라 올해 분 물품인 철괴 50량과 유연탄 200량을 보내드립니다. 청하신 대로 국원성까지의 운반을 위하여 운송사(運送使)로 소형 이맹진(李孟眞)을 정하고, 이와는 별도로 동부대인 연개소문과 이에 딸려 조의(皂衣)* 양만춘을 보내오니, 잘 돌보아 주시기를 바랍니다. 아울러 보내 주시기로 한 소금은 돌아오는 우마차 편에 보내 주시면 고맙겠습니다. 그럼, 내내 강령하시길 축원합니다.'

번역하여 읽기를 마치자 강철이 혼잣말처럼 뇌까렸다.

"흠, 철괴와 유연탄을 가지고 오고 있다……?"

"예, 우리 첩자의 보고에 의하면 불가침 약조를 맺고 사신단이 귀국한 이후 고구려 조정의 공기가 냉랭하다는 전갈이었는데, 철괴와 유연탄을 이렇게 빨리 보낸다는 것이 의외입니다."

"어떠한 논의가 이루어졌건 그것은 고구려 조정의 문제이고, 우리

---

* 조의(皂衣): 고구려 시대의 관명. 부족장들의 가신 관등 중에 하나.

로서는 약조한 물품만 받으면 되지 않겠소?"

"하기는 그렇습니다만, 원래 권모술수가 난무하는 정국이니 신경이 쓰여서 그렇습니다."

하는 무은의 말에 고개를 끄덕인 강철이 대꾸를 했다.

"정보사령으로서는 당연한 말씀이요. 그런데 연개소문에 딸려서 온다는 양만춘이란 자에 대해서는 뭘 좀 아시오?"

"소장도 전혀 이름을 들어 보지 못한 자입니다."

"하하하! 그렇소? 아마 그자가 온다는 것을 폐하께서 아시면 꽤나 놀라실 것이요."

"그 정도의 인물입니까?"

"그렇소! 훗날의 일이지만, 새로 들어설 당이라는 나라와 고구려 사이에 전쟁이 일어났을 때 당나라 황제의 눈알을 빼놓았던 장수가 바로 그 사람이요."

"아니? 황제의 눈알을 빼놓다니요?"

"하하하! 놀라우신가 보구려. 그 장수가 활을 잘 쏘는 신궁이었소. 백우전(白羽箭)이라는 화살로 전쟁터에 나온 황제의 눈알을 맞춘 것이요. 그런데 고건무의 서찰을 보니 아직은 나이가 어려서인지 조의라는 낮은 관등에 있는 모양이요."

놀랍다는 표정으로 듣고 있던 무은이 질문을 했다.

"예…… 그토록 대단한 장수라면 폐하께서 거두고 싶어 하시겠군요?"

"흠, 글쎄? 그러실지도 모르겠소. 그건 그렇고 일단 폐하께 아뢰어야 되겠소이다. 무은 장군은 농어업부 대신인 사비 공에게 소금 오십 수레를 충주로 옮겨 놓으라고 전해 주시오."

"예, 각하! 알겠습니다."

대답을 하고 무은이 물러가자, 강철은 편전으로 가기 위해 막 자리에서 일어나려는 순간에 밖으로부터 백호상단 단주인 목관효가 대기하고 있다는 전갈이 왔다.

오양 공 목관효! 대륙에 있는 산동 땅에 배달국의 거점을 내리라는 특명을 받고 떠났던 그가 돌아온 것이다.

대륙의 혼란

태황제가 평소에 집무를 보는 편전에는 천족장군들을 비롯해 배달국 장수들이 모두 들어와 앉아 있었다. 산동반도에서 돌아온 백호상단 단주인 목관효로부터 그곳 상황을 보고받은 태황제는 배달국의 모든 장수들을 소집했던 것이다. 그 이유는 지금 대륙에서 일어나고 있는 일들을 그들에게 알려 줄 필요가 있다고 판단해서였다. 그러자면 장시간 서 있어야 하는 천정전보다는 편하게 앉아서 얘기를 들을 수 있는 편전에 모이게 한 것이었다.

태황제는 평소부터 배달국이 대륙을 경영하자면 우선 산동 땅에 기반을 닦아 놓아야 한다고 강조해 왔다. 그 이유로는 우선 한반도에서 직선거리로 가장 가까운 곳이었고, 다음으로는 대륙 문명의 발상지라는 점이었다. 원래 산동이라는 지명은 2개의 산인 화산(華山)과 태행산(太行山)의 동쪽에 있다고 하여 그렇게 불리게 된 것이다.

중국 대륙은 기원전 770년에서 221년까지 5백여 년 동안 여러 나라로 쪼개져 흥망성쇠를 거듭해 왔는데 이때를 춘추전국시대라고 했다. 그때 산동 지방에 있던 나라가 노나라였고, 정치가이면서 철학자인 공자와 맹자를 비롯해 안자, 증자, 자사 등이 모두 노나라 출신들이었다. 그러니 만큼 산동 지방 사람들은 수나라가 통치하고 있는 지금도 스스로를 노나라나 제나라 사람이라고 자랑스럽게 말할 정도로 자부심이 강했다.

이와 같이 정신적인 면에서 뿐만 아니라, 산동 지방은 일찍부터 누에를 치는 잠업과 상업도 발달했는데 이유는 신라나 백제 특히 고구려에서 건너간 사람들이 생산과 상업 활동을 왕성하게 했기 때문이었다. 그것을 아는 태황제는 중국 대륙을 다스리기 위해서는 산동 백성들의 마음을 얻어야 된다고 생각해 왔던 것이다.

잠시 좌중을 내려다보며 신료들을 하나하나 살피던 태황제가 입을 열었다.

"자! 모두 들으세요. 우리 제국의 거점을 내리기 위해 그동안 산동 땅으로 가셨던 백호상단 단주이신 오양 공이 돌아오셨소. 과인이 제 장들을 이렇게 급히 부른 것은 지금 대륙에 무슨 일이 일어나고 있는지 아실 필요가 있다고 판단해서요. 그리고 고구려에서 불가침 약조에 따른 교환 물품인 철괴와 유연탄을 가져온다고 하오. 이에 따른 조치 역시 당부하고자 하오."

태황제의 말에 귀를 기울이던 신료들은 앞쪽에 앉아 있는 오양 공인 목관효를 한 번씩 쳐다보고는 다시 황제를 향해 귀를 기울였다.

"……."

"오양 공으로부터 그간의 경위를 듣기 전에 과인이 먼저 말씀드리 겠소. 고구려에서 가져오고 있는 물품들은 우리나라 제철 공업의 중 심이 되고 있는 충주성에 도착할 것이요. 인수를 정확히 해 주시고, 우리 또한 그들에게 소금을 주기로 했으니 착오 없이 인계해 주시 오."

"알겠사옵니다."

"그리고…… 을지문덕 장군!"

"예, 폐하!"

갑자기 태황제로부터 호명된 을지문덕은 얼떨결에 대답을 했다.

"군사대학 일로 바쁘시겠지만 장군께서 꼭 해 주실 일이 있소."

"분부하여 주시옵소서."

"지금 고구려에서 오고 있는 물품 수송단과 함께 연개소문과 양만 춘이란 자가 오고 있다고 하오. 오늘 중으로 그 둘을 비조기로 데려 오도록 하세요. 가시는 길에 설계두 소령의 호위를 받도록 하고, 돌 아오시게 되면 그들이 한글을 비롯한 배달국의 문물을 하루빨리 익 힐 수 있도록 곁에서 도와주도록 하세요."

"알겠사옵니다. 분부 명심하여 거행하겠사옵니다."

"이제 과인이 할 말은 끝났으니, 오양 공께서는 그간의 경과를 제 장들에게 말씀해 보세요."

"예, 폐하!"

하고 대답을 한 오양 공인 목관효는 신료들을 향해 돌아앉은 다음 입을 열었다.

"지금부터 소장이 그동안 수나라에 가서 보고 들은 대로 그곳의 실정과 소장의 활동에 대한 설명을 드리겠사옵니다. 혹시 말씀드리는 중간에라도 궁금한 점이 있으시면 언제든지 하문해 주시기 바랍니다. 우선 수나라의 정황부터 말씀드리면, 안으로는 운하 건설과 같은 지나친 공역으로 국고를 탕진하고, 밖으로는 수차에 걸쳐 고구려를 쳐들어갔으나 패전을 거듭하였습니다. 그런 데다가 황제인 양광이 계속해서 폭정을 일삼아 민심이 급속도로 이반되어 양 현감의 반란을 시작으로 각지에서 일어난 반란과 폭동에 백성들 대다수가 가담하고 있는 실정입니다. 이제는 각 지방의 한다하는 호걸들이 스스로 대장군이나 왕을 참칭하면서 중원 천하를 놓고 다투고 있는 형국이라 수나라 조정에서도 토벌이 불가능한 지경에 이르렀습니다. 직접 현지에 가서 살펴보니 이미 태황제 폐하께서 말씀하신 바대로 수나라의 명운은 끝났다는 것을 여실히 느낄 수가 있었습니다. 그런데 수나라 황제인 양제가 죽었다는 소문까지 나돌고 있는 실정입니다. 이상이 그곳의 대략적인 정황입니다."

그 말을 들은 신료들은 수나라가 곧 망할 것이라는 것을 직감했다. 이때 고구려 장수 시절 수나라와의 전쟁에 참전했던 을지문덕이 물었다.

"오양 공께서 보시기엔 수나라가 또다시 군사를 몰아 고구려로 쳐들어갈 가능성은 없었소이까?"

"예, 지금 수나라는 사직을 보존하기도 힘든 판이라 또다시 전쟁을 일으키기에는 불가능해 보였습니다."

"흠, 소장은 그것이 오히려 염려스럽소이다. 오양 공께서 그런 판단을 하셨다면 고구려 역시도 같은 판단을 하지 않겠소이까?"

"그들도 나름의 정보가 있을 터이니 그렇겠지요."

"그렇다면 수나라를 걱정할 필요가 없어진 고구려는 맘 놓고 우리 쪽으로 군사를 돌릴 것입니다. 물론 불가침 약조를 했다고는 하지만, 승산이 있다고 판단되면 무슨 명분을 만들어서라도 약조를 파기할 수 있으니 말씀이요."

을지문덕의 말이 끝나자, 이번에는 배달국의 정보를 총괄하고 있는 무은이 입을 열었다.

"소장이 한 말씀드리겠습니다. 이미 사신단으로 왔던 고건무 정사가 우리의 군사력을 보고 갔고, 그곳에 파견된 간자들의 보고에 의하면 발 없는 말이 천 리를 간다고 우리 배달국에 대한 얘기가 백성들 사이에 널리 퍼져서 오히려 우리와 불가침 약조를 맺은 것을 다행으로 여기는 정도라고 하더이다. 반면에 고구려 조정에서는 불가침 약조의 대가가 너무 크다고 불만이 큰 것도 사실인 것 같습니다. 그렇다고 우리를 향해 함부로 군사를 움직이지는 못할 것으로 판단합니다."

말들이 길어지자, 듣고 있던 강철이 거들었다.

"고구려에 대한 논의는 일단 뒤로 미루고 나중에 하십시다. 이미 불가침 약조를 해 준 우리가 먼저 고구려를 공격할 수도 없는 일이고, 혹시 그쪽에서 먼저 약조를 파기한다면 그 순간 고구려 사직은 끝장이 날 것이요."

"알겠습니다."

강철의 말을 듣고 나자, 을지문덕이 걱정스러워하던 표정을 지으면서 고개를 끄덕였다. 그 모습에 강철이 껄껄 웃으며 목관효를 채근했다.

"하하하! 자, 그럼 오양 공께서는 계속 말씀해 보시오."

"예, 소장은 바다를 건너 동래군에 도착하자마자 유가장(劉家莊)을 찾아갔습니다. 그곳 장주(莊主)인 유세철 대인은 평소부터 거래 관계로 교분이 있던 사이였는데, 그는 재능이 출중하고 지혜가 비상하여 인근에서는 기재(奇才)라는 평판을 듣고 있는 인사입니다. 특히 중후한 인품 때문에 따르는 자가 많고 평소에도 식객(食客)이 수백 명을 헤아릴 정도로 산동 지방에서는 한다하는 호걸 중에 하나입니다. 소장은 유 대인에게 상단 점포를 내려 한다는 뜻을 말하고, 마땅한 자리를 물색하는 동안 신세 지기를 청했더니, 흔쾌히 승낙하여 보름 정도 머무를 수가 있었습니다. 그러던 차에 마침 인근에 넓은 정원이 딸린 큰 점포 건물이 싼값에 나왔다는 것을 유 장주로부터 전해 듣고는 가져간 재물로 그것을 구입하였습니다. 물론 그는 소장을 삼한 땅에서 큰 상단을 운영하는 상인 정도로만 알고 있습니다. 이상한 것은 그가 우리 배달국에 대해서는 모르리라 생각했는데 예상 외로 많은 것을 알고 있다는 사실에 크게 놀랐습니다. 그 부분에 대한 자세한 것은 정보사령과 따로 얘기를 나누었습니다만, 우리 제국 안에도 수나라에 정보를 제공해 주는 자들이 분명히 있다는 것을 알게 되었습니다. 여하튼 여러분께서도 주의를 기울여야 될 부분이라고 생각합니다. 소장은 떠나기 전에 정보사령인 무은 장군이 조언해 준 대로 상단 인근의 유력자들 뿐만 아니라 벼슬아치들과도 의도적으로 교분을 쌓으려고 노력했습니다. 공교롭게 그곳을 다스리고 있는 북해군 태수나 북해군 도위(都尉)*와도 여러 차례 자리를 함께했는데, 그들의 말로는 현재 중원에서 수나라 조정에 반기를 든 군웅들은 많지만, 큰 세력을 형성한 호걸은 반란을 일으켰던 양현감의 책사였던 위공 이밀이라는 자와 장락왕 두건덕 그리고 당왕(唐王) 이연이라는 자라 하였습니다. 그런데 소장이 돌아와서 폐하께 아뢰었더니 종국에는 이연이라는 자가 중원을 통일하고 당나라를 건국한다는 말씀이셨소이다. 이상이 그동안 중원에 가서 보고 느낀 것입니다."

목관효의 말이 끝나자 이문진이 물었다.

"소장이 오양 공께 한 말씀 여쭙겠습니다. 동래군에 자리를 잡으셨다고 하셨는데 지금 중원의 영웅들이 각축전을 벌이고 있는 상태라면 우리가 거점을 마련한 그곳은 별 탈이 없겠소이까?"

망명하기 전, 고구려에서 태학박사를 지내던 이문진은 망명하고 난 이후에도 매사에 두루 박식함이 알려져 배달국에서도 누구나 인정할 정도로 명성이 자자했다. 지난 6월에 제국종합대학 학장으로 임명된 그는 황후를 맞이하는 국혼 기간 중에 치러질 과거 시험을 총괄하는 일까지 맡아 요사이 눈코 뜰 새 없이 바쁘게 움직이고 있었다.

이문진의 질문에 목관효는 고개를 끄덕이며 대답을 했다.

"하하하! 아직까지는 피해가 없지만 장군께서 염려하시는 바와 같이 위험한 것은 사실입니다. 이미 가까운 북해군(北海郡)에는 농민들을 이끌고 봉기한 기공순이라는 인사가 주둔하고 있는데, 자주 인

---

* 도위(都尉): 군의 군사 책임자.

근 지역에 출몰하여 노략질을 일삼는다고 합니다. 그나마 다행인 것은 그들이 아직까지 동래군까지는 약탈하러 온 적이 없다고 하니, 그곳에 있는 우리 점포도 크게 걱정할 일은 없다고 봅니다."

"그렇다면 다행입니다만, 커다란 점포를 구입했다는 소문이 나면 큰 재물이나 있는 줄 알고 행여 불미스러운 일이 있을까 하여 여쭈어 본 것이외다."

"예, 지당하신 말씀입니다. 그래서 당초에는 연말까지 그곳에 있을 작정이었으나 이렇게 급히 온 이유는 우선 그곳을 지키기 위한 최소한의 인원과 점포를 운영할 장사 수완이 있는 자를 데려가기 위해서입니다."

목관효의 말에 다들 당연하다는 듯이 고개를 끄덕였다.

이후에는 한참 동안 질문하는 사람이 없자 태황제가 입을 열었다.

"이미 말씀을 들으셨겠지만, 제국의 정보가 우리도 모르는 사이에 새어 나가고 있다면 심각한 문제라고 생각하오. 물론 도성 가까이에 있는 구드래 나루에 각국의 상인들이 수시로 드나드니 그렇다 쳐도 중요한 정보가 흘러 나가는 것은 막아야 할 것이요. 특히 요사이 웅진에 있는 과학부에서는 새로운 병장기를 개발하고 있는데 이런 때일수록 보안에 각별히 유념해야 할 것이요."

태황제의 근심스러워하는 말에 강철이 말을 받았다.

"폐하! 소신이 미처 살피지 못한 탓이옵니다. 소장도 어제 오양 공의 말씀을 듣고 얼마나 놀랐는지 모르옵니다. 그래서 정보사령인 무은 장군에게 인력을 확충해서라도 정보가 새는 것을 사전에 방비하라는 명을 내렸사옵니다."

"총리대신께서 어련히 알아서 하시겠소만, 관인(官人)만 늘린다고 일이 잘되는 것은 아니요. 조정 신료들 모두가 평소에 조심하는 것이 더 중요하다고 생각하오. 그리고 이미 타국과 밀통하는 자에 대해서는 오국적법으로 엄히 다스리고는 있지만, 죄가 되는지도 모르고 나라의 중요한 정보를 생각없이 발설하는 경우가 더 큰 문제요. 제국종합대학에서 촌주들에 대한 교육을 실시한다고 하니, 이런 내용도 포함하여 교육을 시키도록 하세요."

"예! 분부대로 하겠사옵니다."

"아울러 오양 공이 조속히 산동반도에 있는 동래군으로 다시 출발할 수 있도록 필요로 하는 것들을 마련해 드리도록 하세요. 그곳에 개설할 상단 점포에서는 유리 공예품이나 연필, 비누 같은 물목을 거래하는 것도 좋은 방법 중에 하나일 것이요. 더 이상 하실 말씀이 없는 것 같으니 이만 마치도록 하겠소. 총리대신과 두 분 상단 단주께서는 자리에 남아 계시고 다른 분들은 나가서 일들을 보도록 하오."

"예, 폐하!"

편전에 모여 있던 신료들이 자리에서 일어나 각자 자신들의 집무실로 돌아갔다. 을지문덕은 명을 받은 대로 설계두 중령을 대동하고 이일구가 조종하는 비조기에 올라 연개소문을 데리러 출발했다.

사실, 그때까지 을지문덕은 연개소문과 양만춘에 대해 아는 것이 별로 없었다. 그들은 을지문덕에 비해 나이도 어렸을 뿐더러 그때까지 고구려에서 두각을 나타낼 만큼 비중 있는 인물들이 아니었다.

연개소문에 대해선 기껏 동부대인인 연태조의 장남으로 기상이 뛰어나다는 정도의 소문을 들었을 뿐이고, 양만춘에 대해서는 더더욱 아는 바가 전무했다. 그렇지만, 태황제가 그들에 대해 그토록 관심을 기울이는 것으로 보아 소홀히 할 일이 아니라고 판단하고 서둘러 출발한 것이다.

편전에 남아 있으라는 명에 따라 그대로 자리에 앉아 있던 총리대신과 국태천, 목관효는 태황제가 무엇 때문에 그러시나 궁금해하면서 태황제의 얼굴을 쳐다보고 있었다.

회의를 마친 신료들이 모두 나가는 것을 확인한 태황제는 그들의 얼굴을 죽 둘러보고는 입을 떼었다.

"하하하! 과인이 자리에 남으라고 한 이유가 궁금하신 모양이구려. 실은 공들과 좀 더 대화를 나누고 싶어서 그랬어요. 두 분 단주께서는 서로 간에 인사는 나누셨소?"

두 상단 단주들을 쳐다보면서 묻자, 목관효가 먼저 대답을 했다.

"어제 첫 대면을 했사옵니다. 소장은 신라 쪽 사람이었고, 국 단주께서는 백제 분이셨기 때문에 그동안 뵐 기회가 없었사옵니다."

목관효의 말이 끝나자, 이번에는 국태천이 대답을 했다.

"나라는 서로 달랐지만 오양 공의 함자는 전부터 이미 들어 알고 있었사옵니다. 어제 총리대신께서 소장과 오양 공을 초대하셔서 소문으로만 듣던 분을 만나 뵙고는 반갑기가 그지없었사옵니다."

두 사람의 말에 강철이 덧붙였다.

"고생하신 오양 공을 위로도 할 겸 집으로 초대를 했는데 그 자리에서 두 분이 인사를 나누고는 소신을 젖혀 놓다시피 하고 이야기꽃을 피웠사옵니다."

"하하하! 그랬소? 시원치 않은 배로 험한 바닷길을 다녀오시느라 목 단주께서 고생이 크셨소. 가능한 빨리 튼튼한 철선을 만들어 드릴 것이니, 두 분은 그때까지만 고생을 좀 해 주시오."

그 말에 국태천이 궁금하다는 낯빛으로 되물었다.

"폐하! 소장이 군항을 만들고 있는 장항을 가 보았사온데 그곳에서 공사를 지휘하고 계신 홍석훈 총장으로부터 철선이라는 말씀을 여러 번 들었사옵니다. 외람된 말씀이오나 소장은 아직도 철선이 물위에 떠다닐 수 있을까 하는 의문을 지울 수가 없사옵니다. 허나 그곳에 만들어지고 있는 어마어마한 공사 현장을 보고 놀란 것은 사실이옵니다. 도대체 얼마나 큰 배가 드나들기에 저렇게 크게 만드나 싶어서 홍 총장께 여쭈었더니 앞바다에 떠 있는 섬을 가리키며 그만하다고 하여 지금도 믿기지 않는 것은 사실이옵니다."

"흐흠! 그러셨소? 과학부 총감들과 수군 총장이 계획을 짜서 진행하고 있으니 기대해 보세요. 그건 그렇고, 세 분을 남으라 한 것은 장래에 우리 제국이 어떻게 천하를 경영할 것인가 하는 것을 대강이라도 아셔야 할 것 같아서요."

"……?"

그 자리에 있는 두 단주들은 말할 것도 없고 강철조차도 무슨 말인가 싶어 귀를 세우고 있었다.

"이제 임진강 이남은 우리 영토가 되었소. 그러나 아직 넘어야 할 산이 많아요. 신라가 통치하던 땅은 우선 급한 대로 계림 총독인 김백정 장군이 다스리고 있지만, 새해부터는 우리 조정에서 직접 통치를 해야 할 것이오."

태황제에 말에 총리대신이 부연해서 말을 했다.

"폐하, 소신이 계림 총독에게 노비상한제와 토지균분제를 내년부터 시행할 수 있도록 준비하라는 명을 내리기는 하였사오나 진골 계층에 있던 자들과 토호들이 크게 반발하는 것 같사옵니다."

"흠! 당연히 그렇겠지, 왜 안 그렇겠소? 땅과 노비를 가졌던 자들이 순순히 내놓으려 하겠소? 계림 총독이 이곳에 있을 때 이미 그런 일들을 경험했었으니 알아서 할 것이요. 김 총독에게 맡겨 둡시다."

"예, 폐하! 여부가 있겠사옵니까?"

"계림이야 그렇게 하면 될 것이고…… 과인은 앞으로 우리 제국이 어떻게 천하를 경영해 나갈지 나름대로 그 포석을 생각해 보았소."

"……?"

"우선 총리대신이 염두에 두어야 할 것은 임진강 이북에 있는 고구려의 움직임에 대해 한시도 눈을 떼서는 안 될 것이요. 그다음으로는 조속히 왜국을 손에 넣을 준비를 하셔야 할 것이요."

총리대신인 강철은 태황제의 정확한 의도를 알 수가 없었는지 고개를 갸웃거리며 물었다.

"폐하, 고구려와는 이미 삼 년간 불가침조약을 맺지 않았사옵니까?"

"음! 물론 그렇소만, 아마 내년에는 고구려에 큰 변화가 있을 것이요. 고구려 영양왕이 죽게 되니 하는 말이요."

이때 단 아래에 앉아서 듣고 있던 목관효가 놀란 얼굴로 되물었다.

"폐하, 내년에 고구려 국왕이 죽사옵니까?"

태황제가 고개를 끄덕이며 대꾸를 했다.

"그렇소! 그리고 얼마 전에 이곳에 왔던 고건무가 왕위를 이어받게 될 것이요. 일단 고건무는 고구려가 당나라에 망한다는 것을 알고 돌아갔으니 그가 왕좌에 오르면 손 놓고 가만히 앉아 있지만은 않을 것이요."

세 사람은 모두 당연하다는 표정으로 고개를 끄덕이는 가운데 총리대신인 강철이 입을 열었다.

"소장 생각에도 그럴 것 같사옵니다. 틀림없이 당나라를 막아 보겠다고 군비를 확충하면서 전쟁 준비를 하지 않겠사옵니까?"

"꼭 그렇지만은 않을 것이요. 고구려가 망하는 것은 하늘의 뜻이라는 것을 아는 그가 어리석게도 그런 결정을 내린다면 또다시 백성들만 고달파지게 될 것이요. 그러니 일단 그가 어떤 결정을 하는지 두고 보기로 하고, 하루빨리 우리는 왜국을 평정해 놔야 할 것 같소."

그렇게 말한 태황제는 장래에 중천경을 중앙으로 해서 산동에 서소경을, 왜국에는 동소경을, 고구려 땅인 압록강 건너에 북소경이라는 부도성(副都城)을 두는 것을 생각 중이라고 했다.

태황제의 말을 들은 목관효가 놀란 표정으로 물었다.

"하오면 폐하! 산동 땅에 두는 서소경이 대륙을 통치하는 치소가 되는 것이옵니까?"

"지금 생각으로는 그렇소."

"그러시다면 중원의 동쪽 귀퉁이에 있는 산동 지방보다야 당금(當今) 수나라의 도성인 장안을 서소경으로 삼는 것이 낫질 않겠사옵니까?"

목관효의 말에 태황제는 고개를 가로저으면서 대답을 했다.

"그곳은 너무 대륙 깊숙이 들어가 있어 문제가 있소. 물론 장차에는 낙양쯤으로 옮길 수도 있겠지만, 지금으로서는 산동이 가장 적절하다고 생각하오."

장차 부도성을 만들겠다는 말은 강철도 처음 듣는 말이었기 때문에 순간 도성이 비좁아질 것이라는 생각이 언뜻 스쳤다.

"폐하, 이곳을 천하의 중심으로 삼으시려면 도성을 좀 더 넓혀야 하지 않겠사옵니까?"

"물론 그렇기는 하오."

"그렇다면 차라리 도로 공사 중인 군노들을 이쪽으로 돌려 궁을 확장하는 것은 어떻겠사옵니까?"

그 말이 끝나기가 무섭게 진봉민은 손사래를 치면서 대꾸를 했다.

"그건 아직 급하지 않소. 총리대신도 하늘에 있을 때를 생각해 보시오. 물류 이동이 빨라야 나라가 골고루 발전한다는 것은 익히 아시질 않소?"

천족장군들이 사용하는 '하늘에 있을 때'라는 표현은 듣는 사람에 따라 의미가 틀렸다. 천족장군들은 현대에 있을 때라는 의미로 알아들었지만, 태황제가 하늘에서 내려왔다고 믿는 그 밖의 배달국 장수들은 순수하게 하늘에 있을 때로 알아들었다.

"물론 그렇기는 하오나 벌써 도성 인구가 적지 않게 늘었사옵니다. 도성을 넓히는 일이 하루아침에 되는 것도 아니고……."

"무슨 말씀인지는 알겠지만, 일단 계획한 대로 김천까지는 여하한 일이 있어도 도로 공사를 끝마쳐야 할 것이요. 도성을 넓히는 일은 그다음에 생각해도 늦지를 않아요."

"알겠사옵니다."

두 사람이 나누는 대화를 조용히 듣고 있는 목관효와 국태천은 도무지 실감이 나지 않았다. 여태껏 삼한 땅 안에서만 아옹다옹하면서 살아왔지 중원 대륙을 경영한다는 생각은 꿈도 꾸어 보지 못했던 일이었기 때문이다.

장사를 하는 자신들이 어쩌다 바다를 건너 중원 땅을 밟으면 산동 지방에서는 그런대로 대접을 받지만, 대륙 안쪽으로 들어갈수록 동쪽 오랑캐 취급을 당하지 않았던가? 어쩌다 거래가 이루어지더라도 변방 놈이라고 무시당하기가 일쑤였고 제값도 못 받는 경우가 비일비재했다. 그럴 때마다 속은 쓰렸지만 힘없는 변방 민족이 겪는 설움이려니 하면서 당연한 일로 받아들여 왔다.

그런 중원 땅에 태황제는 부도성을 설치해서 다스리겠다고 하니 가능성이야 어찌됐건 10년 묵은 체증이 확 뚫리는 기분이었다. 더욱이 총리대신은 산동 땅에 부도성을 두겠다는 태황제의 말을 담담하게 받아들이는 것도 모자라 오히려 자신들의 눈에는 아직도 빈 땅이 많은 도성을 더 넓혀야 된다고 걱정하고 있는 것이었다.

그런 생각을 하던 목관효는 그 큰 대업에 자신도 일익을 담당한다는 사실에 흥분을 감추지 못하고 한마디 거들었다.

"폐하! 소장 또한 산동 땅에 광활한 대륙을 다스리는 부도성이 들어선다는 것을 염두에 두고 매사를 준비하겠사옵니다."

"하하하! 그렇게 하세요. 당장 급한 것도 아니고 과인이 그곳을 가보지 않아 잘은 모르겠지만, 지금 마련해 놓은 건물이 바다와 가까운 동래군에 있다고 하니 다행이라고 생각하오. 오양 공께서는 가능하다면 다음번에 다녀오실 때에는 유세철이란 인사를 데려와 보시오. 과인이 신책을 보니 그자는 사오 년 내에 요절하게 되어 있소. 목숨을 구하고 싶으면 오라 하시오."

목관효는 눈을 휘둥그레 뜨면서 되물었다.

"하오시면 그자가 죽게 되는 것을 막으실 수가 있사옵니까?"

"그렇소! 그자가 오양 공에게 도움을 주었다고 하니, 횡액을 막아주려는 것이요. 그자가 죽지 않고 살려면 오양 공을 따라오지 않겠소?"

"알겠사옵니다. 다음에 가면 필히 그자를 데려오겠사옵니다."

고개를 끄덕인 태황제가 이번에는 국태천에게 물었다.

"국 단주! 청룡상단이 가지고 있는 배로 왜국을 간다면 군사와 군마를 얼마나 실을 수가 있겠소?"

"예, 폐하! 상단에는 원행을 떠날 수 있는 배가 두 척이 있사옵니다. 그 두 배에 식량과 군사만 싣는다면 이백은 충분히 실을 것이고, 군마와 함께 싣는다면 칠십 정도는 가능할 것이옵니다."

"흠, 그것으로는 어렵겠군!"

국태천은 자신이 쓰고 있는 배가 꽤 크다는 자부심으로 자신 있게 대답을 한 것인데도 불구하고 태황제는 적이 실망하는 눈치였다. 이때 듣고 있던 강철이 물었다.

"폐하, 왜국으로 군사를 보내는 것 때문에 그러시옵니까?"

"그렇소."

"폐하, 급하게 보내야 한다면 백제가 사용하던 군선 백여 척이 있으니 그것을 사용하면 되겠지만, 그보다는 박상훈 장군이 보낸 화물선이 내년 이월이면 도착하고, 내년 팔월이면 군함이 도착할 것이니 그때까지 기다리는 것이 좋을 것 같사옵니다. 그동안 왜국에 보낼 군사들에게 그곳의 습속을 익히게 하고, 훈련을 시키면 되지 않겠사옵니까?"

"흠, 총리대신 말씀대로 역시 그 수밖에는 없는 것 같구려. 참으로 하실 일이 많은 두 분에게 하루빨리 철선을 만들어 드려야 할 텐데…… 그렇다고 하루아침에 될 일도 아니고…… 쯧쯧!"

국태천은 당황스러웠다. 지금 삼한 땅에서는 자신의 배가 가장 크고 쓸 만하다고 자부해 온 그로서는 왜 태황제가 실망하는 이유를 납득하기가 어려웠다.

지나가는 말처럼 혼자 뇌까리는 태황제의 말에 목관효가 물었다.

"폐하, 소장은 철선을 본 적이 없어 뭐라고 아뢰옵기 외람되오나, 꼭 그 배가 있어야 가능한 일이옵니까?"

안타까운 속마음을 어떨결에 밖으로 뱉어 냈다는 것을 깨달은 태황제는 빙그레 미소를 지으며 이유를 설명해 주었다.

"꼭, 그런 것은 아니요. 그러나 과인이 맡기고자 하는 일들은 지금 쓰는 배로는 빠르기도 빠르기지만, 위험하기 짝이 없기 때문이오. 폭풍우가 몰아쳐도 끄덕없는 그런 배가 있어야만 일을 맡겨도 과인이 안심이 된다는 말씀이오."

"폐하께서 염려해 주시는 것만으로도 감읍할 따름이옵니다."

"아, 목 단주!"

"예, 폐하!"

"이번에 산동에서 석유를 가져왔다고 들었소만…….'

"예, 과학 총감이신 박상훈 장군께서 구해 오라고 하셔서서 큰 장군*
에 담아 오십 개를 가져왔사옵니다."

이 시대에도 석유는 맹화유(猛火油) 또는 석뇌유(石腦油)라고 불
리면서 소량이나마 생산이 되고 있었다. 물론 별다른 채굴 시설이
있었던 것이 아니고 지표 가까이에 고여 있는 이유로 샘물처럼 땅
위로 솟아오르는 것을 채취한 것이라 양도 적고 값도 만만치가 않
았다.

"과학부에서 원료로 쓸 모양이던데 그것으로 양이 충분한지 모르
겠구려. 으흠! 아, 그리고 상빈이 상단 일을 하겠다고 한 얘기는 들으
셨소?"

태황제의 물음에 목관효가 대답을 했다.

"예, 어제 상빈마마께 문후 차 들렀을 때 말씀하셔서서 알고 있사옵
니다. 폐하께서도 가납을 하셨다고 들었사옵니다만…….'

"허락은 하였지만 잘 해낼지 모르겠소."

"폐하, 소장도 처음에는 상빈께서 무슨 말씀을 하시는가 싶었지만
차근히 설명을 듣고는 크게 느끼는 바가 있었사옵니다."

"음…… 과인도 그래서 허락을 한 것이오. 고맙게도 국 단주가 사
재를 털어 구드래 나루에 상빈의 처소를 지어 주기로 했다는 말을
듣고 괜한 부담을 드린 것 같아 마음이 편치를 않았소."

그 말을 듣고 있던 국태천은 당황스러워하는 표정으로 얼른 대꾸

---

*장군: 물이나 간장과 같은 액체를 담는 주둥이가 작은 그릇으로 주로 나무나 도기로 되어
있다.

를 했다.

"아니옵니다, 폐하! 부담이라니요……? 백성들과 재물은 모두 폐하께 속해 있사온데 고맙다는 말씀은 받잡기가 민망하옵니다. 거두어 주시옵소서."

"하하하! 그리 말씀하시니, 과인이 더욱 부끄러워지는구려."

"황공하옵니다."

"새삼스러운 말이지만 과인은 두 분을 특별하게 생각하고 있어요. 목 단주는 국구가 되시고, 국 단주 역시도 총리대신의 장인이 되시니 남이 아니라는 말씀이요. 이 점을 헤아려 매사에 신중을 기하여 조신들의 입에 오르내리는 일이 없도록 유념해 주세요."

"지당하신 분부시옵니다."

"명심하겠사옵니다."

두 사람은 당연하다는 표정으로 다짐하듯이 대답을 했다.

"혹시, 하실 말씀이 있으시오? 없으면 총리대신만 남고 두 분은 이제 나가 보셔도 좋소."

"예, 소신은 물러가겠사옵니다."

"소신도 물러가옵니다."

두 단주가 나간 것을 확인한 태황제가 잠시 눈을 감고 생각하더니 이윽고 입을 열었다.

"폐하, 무슨 특별히 하실 말씀이라도 있으시옵니까?"

"어제 말씀하시기를 조민제 장군이 제국종합대학에 의학과를 개설한다고 하시지 않으셨소?"

"예, 분명히 그렇게 고했사옵니다."

"그래서 궁리를 해 보니 내정부 총감을 맡고 있는 그에게 전적으로 자신의 특기를 살릴 수 있도록 보건부를 만들어 주고 싶은데 총리 생각은 어떠시오?"

"폐하, 그거야 더할 나위 없이 좋은 방안이기는 하나 새로 보건부를 만들어 조민제 장군을 보건부 총감으로 삼는다면, 그가 지금 맡고 있는 내정부 총감 자리를 다른 천족장군에게 넘겨야 하는데 마땅한 사람이 없질 않사옵니까?"

"그래서 말씀인데 천족장군 중에 장지원 장군이 행정에 대해서도 잘 알고 있으니 그에게 맡기면 어떨까 하오만……."

"장지원 장군에게요! 글쎄요? 아직 폐하께는 말씀을 못 드렸지만, 장 장군은 다음번에 오양 공과 함께 산동으로 가고 싶어 했사옵니다. 그는 현대에서 정보 정책을 전공했던 사람이라 그런지, 자기 판단에는 지금이 대륙에 대한 정보가 가장 필요할 때라고 생각하는 모양이옵니다."

태황제는 처음 듣는 말에 상당히 놀란 눈치였다.

"그래요? 흠, 과인 생각에도 장 장군의 판단이 옳은 것 같지만, 지금 거기는 상당히 위험할 텐데 괜찮겠소?"

"폐하! 소장도 마찬가지로, 이제는 대륙에 대한 정확한 정보를 수집할 때가 됐다고 생각하옵니다. 하오니 장지원 장군을 산동으로 보내시고, 조정은 당분간 현 체제를 유지하는 것이 옳을 것 같사옵니다. 그리고 올가을에 치러지는 과거 시험에서 의료 분야에 특출한 능력을 보이는 자들을 발굴한 다음 보건부를 만들어도 충분할 것으로 생각하옵니다."

"아하! 그렇구려. 난 과거 시험 생각은 못했는데, 과목에 의료 분야도 있는 것이요?"

"물론이옵니다. 폐하께서 전에 음악에 대해 말씀하신 적이 있으셔서, 그때 예술 분야와 함께 의학 분야도 시험 과목에 넣었사옵니다."

"그것 참 잘하셨소. 총리대신과 의논을 하면 내가 미처 생각지도 못했던 문제도 술술 풀리니 얼마나 다행인지 모르겠소."

"하하하! 폐하께서 소신을 또 놀리시려는 것이옵니까?"

"아니오, 그렇지 않소. 사실, 혼자서 나랏일을 생각하다 보면 답답할 때가 한두 번이 아니요. 그리고 막상 어떻게 하겠다고 결론을 내더라도 뭔가가 부족하고 께름칙한 부분이 남아 있는 것 같기는 한데, 그것이 무엇인지 콕 집어낼 수가 없었소. 허지만 총리대신과 그것을 논의를 하다 보면 그때서야 아! 하고 부족했던 점을 깨닫는 경우가 자주 있어요."

"폐하께서도 그러시옵니까? 소신도 자주 그런 경우에 처하곤 하옵니다. 그럴 때마다 소신이 생각지도 못했던 부분을 폐하께서 꼭 집어 말씀해 주셔서 속으로 깜짝깜짝 놀라곤 하옵니다."

"오호! 총리대신도 그랬었구려. 허참! 그런데 말하다 보니 서로 얼굴에 금칠을 해 주는 부끄러운 꼴이 됐구려."

"하하하! 그런 셈이 되었사옵니다."

"허허! 참……."

"하온데 폐하, 을지문덕 장군이 직접 나이 어린 연개소문과 양만춘을 마중까지 나가서 맞이해 오는 것이, 다른 신료들 눈에는 격에 맞지 않는 일로 비쳐지지 않겠사옵니까?"

"동부대인이라는 직함이 결코 낮은 것은 아니요. 하지만 아무리 그렇다고 하더라도 우리 배달국의 위상으로 볼 때는 을지문덕 장군이 그들을 마중한다는 것은 과분하게 대접해 주는 측면이 없질 않소. 과인이 을지 장군을 보낸 것은 같은 고구려 출신이고, 하루라도 빨리 그들이 우리 배달국을 이해하게 만들기 위해서였소. 앞으로 우리 배달국의 대장 계급 이상은 타국의 왕과 동등한 위계로 생각하면 될 것이오."

"명심하겠사옵니다. 하오면 연개소문을 어떻게 하실 요량이시옵니까?"

"......?"

"우리 제국에 투항을 하게 만드실 생각이시옵니까?"

강철의 말에 태황제는 고개를 가로저었다.

"아니요! 고구려로 돌려보내야 하오. 다만, 우리 배달국에 대해 소상이 알고 가도록 해야 할 것이요. 모르긴 몰라도 그래야 먼저 다녀간 고건무와 나중에라도 불미스러운 일이 발생하지 않을 것이요. 총리대신도 아시다시피 우리가 알고 있는 역사에서 보면 그 둘 사이는 서로 죽고 죽이는 그런 사이가 아니었소? 하지만 이제는 사정이 달라졌으니, 앞으로는 그들 모두가 우리 배달국에서 큰일을 해야 할 사람들이기에 그러는 것이요."

그 말을 들은 강철은 장래를 생각해서 그들 사이를 가깝게 만들어 주려고 한다는 것을 알아차리곤 고개를 끄덕였다.

"이제야 폐하께서 무엇을 의도하시는지 알겠사옵니다. 그렇다면 연개소문을 반쯤은 우리 사람으로 만들어서 돌려보내도록 하겠사옵니다."

"허어! 반쯤이 아니라 겉만 고구려 사람이고, 속은 통째로 우리 사람으로 만들어 보내야 할 것이요. 그리고 우리가 고건무에 대해서 호감을 갖고 있다는 것도 넌지시 비쳐야 그에게 무례한 행동을 하지 않을 게요."

"하하하! 무슨 말씀이신지 알겠사옵니다."

"그건 그렇고…… 과학부에서 개발하고 있다는 신무기들은 어떻게 진척이 되고 있는 것이요?"

"예, 그것 때문에 박상훈 장군이 요사이 신이 나는 모양이옵니다. 조선 시대에 만들었던 신기전(神機箭)*을 더 정밀하게 만들었다고 하는데, 소장도 아직 보지는 못하였사옵니다. 이미 과학부 자체에서는 성능 시험까지 끝내고 대량생산 중이라고 하옵니다. 그 외에도……."

강철의 설명은 계속 이어졌다. 현재 보유하고 있는 현대 무기에 사용할 총탄과 탄약을 만드는 일이 시급하다는 태황제의 말이 있고 나서, 엄청난 고생 끝에 현대에서 가져온 것보다 성능은 떨어지지만 결국 그것들을 만들어 냈다는 것이다.

말을 듣고 있던 태황제가 물었다.

"그렇다면 어느 정도의 수준이라는 말씀이요?"

"예, 지금 우리가 쓰고 있는 주력 무기인 경기관총의 탄약을 예로 들자면, 현대에서 가져온 총탄은 유효사거리가 팔백 미터, 최대 사

---

* 신기전(神機箭): 조선 시대 세종 때 화약을 추진체로 하여 만든 여러 개의 화살이 발사되는 무기. 일종의 로켓 병기.

거리가 삼천 육백 미터이옵니다. 그런데 이곳에서 만든 것은 유효사 거리와 최대사거리가 칠 할(70%) 정도의 수준이라고 하옵니다."

"호오! 낙후된 기술 환경에서 그 정도라면 사실, 대단한 수준이 아니요?"

"물론이옵니다, 폐하! 박상훈이 누구이옵니까? 노벨상까지 사양하던 천재에다가 비조기로 왜국까지 날아가서 유황을 구해 오는 억척스러움까지 있질 않사옵니까? 게다가 석해나 한지철 같은 천재들까지 붙어 있으니, 무엇인들 만들어 내지 못하겠사옵니까?"

"신기전은 성능이 꽤 쓸 만한 모양이구려. 대량생산까지 한다니 말씀이요."

"무기를 만들어 달라고 조르던 우수기 장군이 만족해하는 것으로 보아서 그런 것 같사옵니다."

"육군사령이 조르다니 그건 또 무슨 말씀이요.?"

태황제가 궁금해하는 표정으로 묻자, 강철이 자세히 설명을 했다.

현대에서 가져온 개인화기인 기관단총은 대부분 특전군이 사용하고 있기 때문에, 육군은 아직까지 창칼과 같은 구식 무기를 쓰고 있는 형편이었다. 그래서 무기 공학을 전공했던 육군사령인 우수기가 현대에서 가지고 왔던 소총과 대포 설계도를 과학부에 넘겨주면서 똑같이 만들어 달라고 요청을 했다는 것이다. 설계도를 넘겨받은 과학부에서는 먼저 그 설계도 대로 소총을 만들어 실험을 해 봤지만 번번이 실패를 거듭했다는 것이다.

그 이유는 소총을 만드는 강한 쇠를 얻자면 열량이 높은 유연탄을 사용해서 철을 제련해야 하는데, 유연탄이 생산되지 않는 배달국에서는 열량이 부족한 무연탄을 사용하기 때문에 쇠의 강도가 약했던 것이다. 그렇다 보니 몇 발 쏘지도 못하고 총열이 갈라지거나 터져나가는 현상이 초래됐던 것이었다. 결국 소총이나 대포는 열량이 높은 유연탄을 고구려에서 가져오면 만들어 보기로 하고, 우선 급한 대로 손쉽게 만들 수 있는 신기전 화포를 제작했다는 것이다.

이렇게 만들어진 화포를 과학부 자체로 시험 발사를 하면서 우수기를 초대했는데, 별 기대 없이 그 자리에 참석해서 시큰둥하게 바라보던 그는 뜻밖에도 신기전이 훌륭한 성능을 보이자 대량생산을 요구하게 됐다는 것이다. 그래서 지금은 화포의 대량생산과 더불어 거기에 쓰는 화살도 장거리와 단거리용뿐 아니라 적진에 화재를 일으키는 불화살까지 종류도 다양하게 만들고 있다는 설명이었다.

강철의 말이 끝나자, 태황제가 흐뭇하게 웃으며 말했다.

"하하하! 성능 좋은 현대 무기를 사용하던 우수기 장군이 만족할 정도라면 그 성능을 알 만하오. 과인이 언제 과학부에 들러 격려를 해 줘야겠소."

"아니옵니다, 폐하! 과학부 총감인 박상훈은 폐하께서 황후를 맞으시는 국혼 기간 동안에 그 무기들을 자랑스럽게 공개할 계획인 것 같사옵니다. 그런데 그 전에 폐하께서 방문하신다면 김이 빠지지 않겠사옵니까?"

"하하하! 알겠소. 그럼, 그때까지 궁금해도 참기로 하겠소."

태황제는 뭐가 그렇게 재미있는지 연신 싱글벙글거리며 대꾸를 했다.

"그렇게 하시는 것이 좋을 것 같사옵니다. 폐하, 이제 더 이상 분부가 없으시면 소장은 물러가 보겠사옵니다."

"허허허! 그러세요."

수원 상공을 날고 있는 비조기에는 을지문덕과 설계두 외에 2명의 낯선 인물들이 타고 있었다. 바로 연개소문과 양만춘이었다.

배달국과 불가침 약조를 맺은 고구려에서는 소형 벼슬에 있는 이맹진을 시켜 약조의 대가인 철괴와 유연탄을 배달국까지 운송하게 했다. 그 규모만 해도 일꾼과 마부가 5백 명에, 두 마리의 말이 끄는 이마 수레가 3백 대에 가까웠다. 그 운송단 속에는 연개소문과 양만춘도 섞여 있었다.

비조기로 그들을 데려오라는 태황제의 명을 받은 을지문덕은 한강 근처에서 그 운송단을 만났고, 그곳에서 두 사람을 태워서 데리고 오는 중이었다. 을지문덕은 자신이 그랬듯이, 이들도 생전 처음 타 보는 비조기에 제정신이 아닐 것이라고 생각하고는 벌써 10여 분 동안을 묵묵히 앉아만 있었다.

그들이 겨우 정신을 차리자, 을지문덕은 자신을 호위하기 위해 동승하고 있는 설계두를 슬쩍 쳐다보고는 연개소문에게 소개를 했다.

"아까는 경황이 없어 소개를 못했네. 내 옆에 있는 사람은 배달국 특전군 부장을 맡고 있는 설계두 소령일세."

"......?"

"아직 우리 배달국의 군사 체계를 모를 테니, 대충 고구려 개마무사(鎧馬武士)의 말객(末客)쯤으로 이해하게나."

개마무사는 고구려가 자랑으로 여기는 찰갑 기병을 말하고, 말객
은 방위사령관 격인 대모달 바로 밑에 있는 1천 명 정도의 군사를 거
느리는 장수였다.

그러자 설계두가 먼저 가슴에 팔을 대고 군례로 인사를 했다.

"두 분을 뵙게 되어 반갑습니다. 배달국 육군 소령 설계두라고 합
니다."

얼떨결에 인사를 받은 연개소문과 양만춘도 마주 군례로 답하며
자신을 소개했다.

"고구려국 동부대인 연개소문이라고 하외다."

"고구려국 조의 양만춘이라 하오."

그들 세 사람은 비슷한 나이의 또래였다. 그런 그들이 서로 인사
를 나누는 모습을 흐뭇하게 바라보던 을지문덕이 연개소문에게 물
었다.

"그래, 자네 가친께서는 언제 타계하셨는가?"

"예, 지난 사월 스무날에 돌아가셨사옵니다."

"흠, 참으로 안타깝군. 훌륭하신 분이었는데. 고구려로서는 대들
보를 잃었음이야. 나와의 인연으로 말하면 직접 문상을 했어야 하는
데…… 이곳에 있으니 타계하신 것을 알았다 하더라도 별수야 없었
겠지만…… 자네가 연 가문의 장자이니 늦게나마 조의를 표하네."

"대장군님께서 돌아가신 저의 부친을 잊지 않으시고 조의까지 표
해 주시니, 감읍할 따름이옵니다."

연개소문은 앉은 자리에서 허리를 굽히며 감사하다는 인사말을 했
다. 고구려에서 을지문덕은 태산과 같은 그런 존재였다. 그가 비록

배달국에 망명을 했다고는 하지만 연개소문은 감히 무례를 범할 수가 없었던 것이다.

"잊을 게 따로 있지. 자네 부친과는 얼마 전까지만 해도 고구려 조정에서 국사를 함께 논의하던 사이였지 않은가? 내가 사신이 되어 고구려를 떠나올 때도 불편하신 몸으로 마중까지 나오셨었는데. 그게 마지막이 될 줄이야……."

"……."

"대대로이신 자네 가친께서 타계하신 지금은 누가 그 자리를 맡았는가?"

"네, 고식 울절께서 대대로로 승차하셨사옵니다."

"흠, 강이식 울절이 승차할 줄로 알았더니 그렇게 됐군. 하기야 강이식 장군은 장수로서는 더할 나위 없는 분이지만, 정치에는 관심이 없으니…… 내가 쓸데없는 소릴 했군. 아! 이번에 동부대인을 승계했다고 들었네만!"

"예, 약간에 곡절은 있었지만 그렇게 되었사옵니다."

"호! 제가회의의 일원인 동부대인이 되었다니 경하 드리네."

"감읍하옵니다. 하온데……."

"할 말이 있으신가? 편히 말씀해 보시게."

"이것이 비조기라는 것이옵니까?"

"허허허! 그렇다네. 하늘을 나는 기분이 어떠신가?"

"솔직히 몸이 떨리고 긴가민가 구분이 되질 않사옵니다."

"아마도 그럴 것이네. 나도 처음에는 그랬으니 크게 부끄러워할 일도 아니네. 배달국 태황제 폐하께서 하계로 내려오실 때 가지고 오신 것이라네. 이것 말고도 일일이 셀 수도 없을 만큼 여러 가지 물건들을 가지고 오셨다네."

"하늘에서 가지고 오셨다는 말씀이옵니까?"

"음, 그렇다네. 번갯불도 가져오시고, 심지어는 곡식 종자까지 가져오셨다네."

"네에……."

"허허 그리고 보니 우리 둘만 얘길 나눈 것 같군. 자네는 양만춘이라 했던가?"

"예, 조의 양만춘이라고 하옵니다."

"그래 본가가 어디신가?"

"원래 소직의 집안은 누대로 안시성에 터를 잡고 살아왔사옵니다."

양만춘이 짤막하게 대답하자, 연개소문이 덧붙여 말했다.

"양 조의의 부친은 안시성에 백인장(百人長)*으로 계시옵니다. 제가 우연한 기회에 그곳에 있는 경당(扃堂)에 들렀다가 연배가 비슷한데다가 무용과 지략이 뛰어나기에 저의 집으로 초빙했었는데, 어쩌다 보니 이번에도 함께 오게 되었사옵니다."

고구려의 경당은 평민들까지 입학할 수 있는 중등학교 수준의 지방 교육기관으로 주로 유교 경전과 활쏘기를 가르쳤다.

"오, 그러시군."

을지문덕은 맞장구를 치면서도 '내 눈에는 크게 보잘것없어 보이는 이자를 태황제 폐하께서는 어떻게 아시는 걸까?' 하는 생각을 하

---

* 백인장(百人長): 100명의 군사를 거느리는 초급장교.

고 있었다.

대화를 나누다 보니 훨씬 긴장이 풀렸는지 연개소문이 다시 물었다.

"저…… 여쭙기 외람되옵니다만!"

"말씀해 보시게."

"우리 고구려가 중원 오랑캐에게 짓밟히게 될 거라는 말씀을 왕제이신 수군 대모달께 들었사옵니다. 대장군께서도 그러한 말씀을 들으신 적이 있으시옵니까?"

이때 앞쪽 조종석에서 비조기를 조종하고 있던 이일구가 뒤쪽을 향해 곧 중천성에 도착한다고 큰 소리로 외쳤다.

"물론이네! 이제 곧 중천성에 도착한다고 하니, 그 얘기는 차차 나누기로 하세."

"예, 알겠사옵니다."

이윽고 비조기가 평소와 다름없이 중천성 정전 마당에 착륙을 했다. 그곳에는 외교청장 알천이 나와 있었다.

"학장님, 다녀오셨습니까?"

"아, 외교청장께서 나와 계셨구려."

"예, 고구려에서 오신 두 분을 영빈관으로 모시라는 명을 받았습니다."

"허허! 그러셨구려. 그럼, 알천 장군께 여기 있는 두 분을 맡기고 본장은 총리부로 가겠소이다."

"예, 알겠습니다."

알천과 대화를 나눈 을지문덕은 이어서 연개소문과 양만춘에게 외교청장인 알천을 소개했다. 그러고는 연개소문에게 외교청장이 안내하는 대로 영빈관에 여장을 풀라고 말하곤 설계두를 데리고 총리부로 향했다.

총리부에는 막 편전에서 물러 나온 강철이 혼자 앉아 있다가 을지문덕과 설계두가 들어오는 것을 보고는 자리에서 일어나 반갑게 맞이했다.

"어? 벌써 다녀오셨습니까?"

"예, 지금 막 도착해서 무사히 다녀왔다는 보고를 드리기 위해 들렀습니다."

"각하! 소장 설계두, 학장님을 모시고 무사히 다녀왔습니다."

"노고가 크셨습니다. 그리고 설 부장도 수고했소. 이제 설 부장은 부대로 복귀하도록 하시오."

"옛, 소장 돌아가 보겠습니다."

"음."

설계두가 인사를 하고 뒤돌아 나가는 것을 보던 강철이 눈을 돌려 을지문덕에게 자리를 권했다.

"자자! 앉으십시다. 을지 장군께서 두 사람을 데려오면 영빈관으로 안내하라고 외교청장에게 일러 뒀습니다만, 만나셨습니까?"

"예, 그렇지 않아도 마중 나와 있던 알천 장군에게 그들을 인계하고 오는 길입니다."

강철이 먼저 자리에 앉기를 기다리던 을지문덕도 탁자 우측에 자리를 잡고 앉았다.

"본관도 나가 볼까 했지만, 이미 학장께서 직접 데리러 가신 것만

해도 그들에게는 파격적인 대우를 한 것이라 여겨 외교청장만 마중
케 한 것입니다."

"소장도 그리 짐작을 했습니다. 각하께서 손수 마중을 하신다는
것은 격에 걸맞지 않는 일이라고 봅니다."

"이미 폐하의 뜻을 아셨을 거라고 생각을 합니다만, 학장께서도 고
구려 출신이시니 편하게 대화가 되리라고 여기시고 그들을 데려오
게 하신 것이오."

강철의 말을 듣고 난 을지문덕은 말하는 의도를 알아차리고 아무
렇지도 않게 대답을 했다.

"각하! 여부가 있겠습니까? 폐하께서 일부러 소장에게 소임을 맡
기실 적에는 위계를 떠나서 그만한 이유가 있다는 것을 익히 알고
있습니다. 게다가 고구려의 동부대인이라는 위치가 소장이 체모가
상할 만큼 그렇게 가벼운 자리도 아닙니다."

"그건 그렇지 않습니다. 폐하께서 말씀하시기를 우리 배달국의 대
장 계급 이상은 다른 나라의 왕과 같은 위치라고 말씀하셨소."

"……?"

"그러니 고구려에서는 동부대인이라는 자리가 대단한 자리인지
몰라도 배달국의 대장 계급에 있는 장군과는 견줄 수가 없다는 것을
아셨으면 하오. 그런 데다가 곧 태황제 폐하의 국구가 되실 분인데
어딜 그까짓 고구려의 일개 대인과 비교를 한다는 말씀이요!"

"음……!"

"본장이 말을 꺼낸 이유는 그들이 장군보다도 현저히 격이 낮은
자들이라는 것을 알면서도 폐하께서 군이 장군을 보내신 이유를 아

시라는 뜻이었소."

"알겠습니다. 오늘 소장의 위치를 새삼 깨닫게 되었습니다. 앞으로 더욱 처신에 주의를 하여 체모가 손상되지 않도록 유의하겠습니다."

"하하하! 무슨 잘못하신 게 있다고……? 그렇게 말씀하시니 오히려 본장이 부끄러워집니다."

"아이고, 아닙니다. 소장이 제 위치를 모르고 있었으니 그 죄가 작지 않습니다. 그런데 폐하께서는 그들이 우리 배달국에 대해 소상히 알도록 도와주라는 분부만 내리셨는데, 그 이후에는 어찌하시겠다는 말씀은 없으셨습니다. 혹시 각하께서는 아시고 계신지요?"

"고구려로 돌려보낼 것이요."

"아니? 우리 배달국에 대해 알려 줄 것을 다 알려 주고 도로 보내다니요? 하기야 지난번 고건무에게도 보여 줄 만한 것은 다 보여 줬지만……."

을지문덕은 꺼림칙하게 대꾸를 했다.

"그래서 돌려보내려는 것이요. 오늘 아침 회의에서 수나라가 더이상 위협이 되지 않는다는 판단이 서게 되면, 고구려는 군사를 우리 쪽으로 돌릴 우려가 있다고 장군이 말씀하시지 않으셨소이까? 고건무나 약덕이 우리에 대해 많은 것을 알고 갔다고는 하지만, 그들만 가지고는 고구려 조정이 어리석은 결정을 하더라도 막을 수가 없다고 보는 것입니다."

을지문덕은 그 추측이 옳다고 생각했는지 고개를 끄덕였다.

"일리가 있으신 말씀입니다. 그 두 사람의 영향력으로는 조정의 중론을 바꾸거나 꺾을 수는 없을 것입니다."

"바로 그런 이유로 이번에 온 두 사람도 돌려보내려는 것이오. 물론 우리의 힘을 깨닫게 해 주어야겠지만……."

"그렇다면 이번에 온 두 사람을 아주 우리 쪽 사람으로 만들어 보내야겠군요."

"하하하!"

을지문덕의 말에 강철이 큰 소리로 웃었다. 자신이 편전에서 황제에게 했던 말을 고대로 하고 있으니 웃음이 나오지 않을 수가 없었던 것이다.

"……?"

을지문덕은 강철이 자신의 말을 듣고는 소리 내어 웃자, 이유를 몰라 멀뚱히 있었다.

"실은 말씀이오. 본장이 폐하께 올린 말씀을 옆에서 들으신 것처럼 장군이 똑같이 하시기에 웃었습니다."

"하하하! 그렇습니까? 소장은 무슨 영문인가 싶었습니다."

"음, 장군 말씀대로 그들을 우리 쪽 사람으로 만들어 보내면 좋기는 좋겠는데……."

"언제쯤 돌려보낼 작정이신지요?"

"꼭, 정한 날짜가 있는 것은 아니지만, 빠를수록 좋겠지요."

을지문덕은 고개를 끄덕이며 대꾸를 했다.

"소장에게 맡겨 주십시오. 필요하면 이문진 장군과 연자발 장군의 도움을 받아서라도 해 보겠습니다. 아무래도 고구려 출신인 소장이 맡는 것이 나을 것 같습니다."

"허! 그래 주신다면야 더 말할 나위가 없지만, 장군은 새로 맡으신 군사대학 일로 바쁘실 텐데 괜찮으시겠습니까?"

"각하! 지금 우리 제국의 신료들 중에 바쁘지 않은 사람이 어디 있겠습니까? 이번 일은 그들과 편히 대화를 나눌 수 있는 사람이 맡아야 될 일이고, 게다가 폐하께서 소장에게 그들을 데려오라고 명하신 것은 바로 그런 뜻이 아니시겠습니까? 그래서 소장이 해야 마땅하다고 생각하는 것입니다."

"흠, 그렇게까지 말씀하시니 그럼, 장군께 일임하겠소이다."

"알겠습니다. 소장이 힘껏 그들을 우리 사람으로 만들어 보겠습니다."

"그럼, 부탁드리겠소이다."

"예, 소장은 그럼 나가 보겠습니다."

을지문덕은 군례를 올리고 총총히 총리부를 물러 나왔다.

하옥되는 약덕

불과 서너 달 전까지만 해도 서라벌 월성(月城)은 신라의 도성이었고, 조원전은 국왕과 만조백관이 모여 함께 국정을 논하던 정전이었다. 그러나 배달국의 계림 총독부가 이곳에 들어선 이후에는 정전을 사용할 만큼 큰 행사도 없었고 참석할 신료들이 많은 것도 아니었기 때문에 총독인 김백정은 대부분의 나랏일을 편전인 내황전에서 처리하고 있었다.

오늘도 이곳에서는 총독인 김백정이 부총독인 수을부, 문교청장 혜문, 내정청장 조계룡, 치안청장 김후직, 조세청장 김서현, 계림 방위군 총사인 일부 장군 등과 함께 국사를 논의하고 있었다. 어두운 표정으로 앉아 있던 김백정이 눈살을 찌푸리며 중얼거렸다.

"허참! 벌써 구월인데, 일의 진척이 자꾸만 늦어지니 참으로 걱정이요."

수을부 역시도 걱정스럽게 대답을 했다.

"그러게 말씀입니다."

"본국에서는 큰 말썽 없이 잘도 시행되더니, 여기는 왜 그런지 모르겠군."

"각하! 본국과는 비교나 되겠습니까? 하늘에서 내려오신 분들이 하시는 일에 설사 불만이 있다 한들 감히 입이나 뻥긋할 수 있었습니까? 하지만 이곳에서는 아직도 세상이 변한 것을 모르고 관례나 따지고들 있으니, 문제도 보통 문제가 아니라고 생각됩니다."

"허! 그것 참! 쯧쯧쯧……."

김백정은 딱하다는 표정으로 혀를 찼다. 그는 원래 조그만 일에도 참지 못하고 화를 내는 열화 같은 성격이었다. 그러나 신하들이 일으킨 정변에 의해 왕좌에서 쫓겨났던 그가 다시 서라벌로 돌아오기까지 수많은 역경을 겪어 내면서 신중한 성격으로 변한 것이다. 그럼에도 오늘따라 이토록 역정을 내는 데는 이유가 있었다.

그가 계림 총독으로 임명받아 신라가 통치하던 땅을 다스리게 된 지도 벌써 여러 달이 지나고 있었다. 그동안 배달국 조정으로부터 명을 받은 정남들에 대한 계급 부여와 노비상한제, 토지균분제를 추진해 왔지만, 여태껏 별다른 진전을 보지 못하고 있었다. 이런 문제로 벌써 여러 날 숙의를 거듭해 왔지만 오늘까지도 뾰족한 대책을 마련하지 못하고 있는 것이다.

총독이 걱정스럽게 한숨만 토해 내자 옆에서 듣고 있던 문교청장 혜문이 마지못한 듯 입을 열었다.

"각하! 본국에 계신 총리대신께 한글교육과 정남에 대한 계급 부여는 그런대로 이루어지고 있으나, 노비상한제와 토지균분제는 어려움을 겪고 있다고 보고를 올렸더니, 계획에 차질이 있을까 염려된다는 회신이 있으셨습니다."

"흠, 왜 안 그러시겠소? 보고는 그렇게 했지만, 사실 계급 부여조차도 제대로 이루어지는 것도 아니잖소?"

심난하다는 듯이 뱉어 내는 총독의 말에 김후직이 잠시 망설이더니 굳은 표정으로 입을 열었다.

"골품이 높았던 자들에게 천하게 생각하는 장인들보다도 낮은 계급을 부여하니 그렇지 않겠습니까? 각하! 지금 귀족들은 각하께서 오백 년 사직을 다른 나라에 바쳤다는 명분을 들먹이며, 우리 총독부에서 하고 있는 일마다 사사건건 반발을 하고 있지 않습니까? 이 난국을 타개하려면 아무래도 본때를 보이는 수밖에는 다른 수가 없을 것 같습니다."

그는 김백정이 국왕이었을 당시 국방부 장관격인 병부령을 맡을 만큼 지략과 용맹이 뛰어난 장수였다. 배달국에 사신으로 왔던 그가 김백정과 함께 신라를 공략한 후, 배달국 육군 소장으로 임관되어 지금은 총독부 관할 지역의 치안과 법령을 다루는 치안청장을 맡고 있었다.

김후직이 하는 말에 총독인 김백정은 씁쓸하게 대꾸를 했다.

"그러게 말이요. 이유야 어떻든 선왕께서 물려주신 사직을 배달국에 바쳤다는 것은 사실이잖소? 그 말만 나오면 내가 유구무언이 된다는 것을 알고는 번번이 그것을 명분 삼아 대들고 있는 것이요. 그렇다고 치안청장 말대로 저들을 호되게 다룬다면 인명을 아끼라는 태황제 폐하의 분부를 거역하는 것이 되기 때문에 그러지도 못하고 있는 것이잖소?"

"……."

잠시의 침묵이 흐르고 나서 수을부가 긴 수염을 손등으로 한 번 쓸어내리더니 입을 열었다. 그가 수염을 쓸어내리는 것은 어려운 상황일 때마다 자신도 모르게 나오는 버릇이었다.

"각하, 김후직 장군 말대로 하시는 것이 어떻겠습니까? 기다린다고 될 일도 아니고, 저들 눈치만 보다가는 아무 일도 하지 못할 것 같습니다."

"글쎄, 그것은 태황제 폐하의 명을 어기게 되는 것이라니까요!"

"물론 그렇게 생각할 수도 있겠지만, 소장은 달리 생각을 하고 있습니다. 황제께서는 인명을 아끼라고만 하셨지. 죽여야 될 자를 죽이지 말라는 분부는 없으셨잖습니까? 각하께서도 기억을 하시겠지만, 사택적덕 일당을 참하라고 명하실 때의 그 엄엄(嚴嚴)하시던 모습이나 준엄한 오국적법을 생각해 보시면 소장의 말이 이해가 되실 것입니다."

수을부가 말을 마치자마자 김후직이 맞장구를 치면서 물었다.

"부총독께서 오국적법이란 말씀을 잘 꺼내셨습니다. 오국적법 중에 탈세하는 자, 공물을 횡령하는 자는 참형에 처한다고 되어 있질 않습니까?"

"그렇소만!"

"소장 생각에는 노비상한제를 거부하는 것은 나라에 반납해야 할 잉여 노비를 바치지 않는 것이니 탈세를 하는 것과 다를 바가 없습니다. 또한 토지균분제 역시 나라 땅을 마치 자기 것인 양 하는 것이니, 공물을 횡령하는 것이 아니고 무엇이겠습니까?"

그 말을 들은 김백정은 일리가 있다는 표정으로 물었다.

"흠…… 치안청장 말대로 노비상한제와 토지균분제를 거부하고 있는 자들에게 오국적법을 적용해도 무리가 따르지 않겠소?"

총독의 물음에 문교청장 혜문이 대답을 했다.

"법 적용에는 크게 무리가 없습니다만, 지금 총독부의 명에 따르지 않는 자들이 너무 많다는 것이 문제라면 문제입니다."

이때, 여태껏 말 한마디 없이 오가는 대화를 듣기만 하고 있던 내정청장 조계룡이 단호하게 말했다.

"각하! 바로 몇 달 전까지만 해도 무능한 신라 조정 때문에 백성들이 나라의 경계를 넘어 배달국으로 야반도주하던 실정이었습니다. 다행히 이제 신라 땅도 배달국이 되었다는 것을 알고는 고향을 등졌던 자들이 속속 돌아오고 있다고 합니다. 그것은 이곳도 배달국이 되었으니 똑같이 살기 좋아질 것이라 믿기 때문이 아니겠습니까? 그런데 토호들이나 세력 있는 자들이 반발한다고 어물쩍거리다 보면 결국에는 신라 조정처럼 우리 총독부도 똑같이 무능하다고 백성들로부터 손가락질을 당할 것입니다. 그렇게 되면 태황제 폐하와 본국 조정에선 우리를 또 어떻게 보겠습니까?"

그 말에 안색을 붉히며 심각하게 듣고 있던 김백정이 서글픔이 배어나는 처연한 목소리로 말을 시작했다.

"백번 옳은 말씀이요. 그런 것을 보면 본관보다는 백제 국왕이던 사비 공이 훨씬 현명한 분이요. 그 덕에 사비 공이 다스리던 본국은 이곳보다 훨씬 백성들이 잘 살고 있으니…… 본관은 왕으로 있으면서 백성들을 보살피기보다는 땅을 넓히고 위명을 떨치는 일에 더 치중했었소. 허나 창과 칼을 녹여 농기구를 만들게 하고, 그것을 백성들에게 나눠 주라고 명하시는 태황제 폐하를 뵈면서 쥐구멍이라도 찾고 싶을 만큼 부끄러움을 느꼈었소."

김백정이 가슴속에 담아 두었던 말을 하다가 잠시 숨을 고르기 위해 말을 멈추자, 듣고 있던 김후직이 고개를 가로저으며 대꾸를 했다.

"각하! 사비 공보다 못하시다는 말씀은 듣기가 거북합니다. 어느 모로 보나 그까짓 백제 국왕이었던 사비 공과 어찌 견줄 수가 있겠습니까?"

"아니요, 그것은 사실이요. 백제 군사였던 자들은 모두 고향으로 돌아가 생업에 힘쓰고 있지만, 신라 군사였던 자들은 아직도 군노의 신분을 벗지 못하고 있소. 이유가 무엇인지 아시요?"

"……?"

"나는 태황제 폐하와 천족장군들이 누구인지도 제대로 모르면서 내 용렬함만 믿고 수차례나 대군을 동원하여 배달국을 치게 했소. 그것도 번번이 패전을 거듭하면서까지 말씀이요. 허허허!"

말하던 도중에 갑자기 허탈한 웃음을 흘리자 아직도 말뜻을 정확히 헤아리지 못한 수을부 등은 모두들 의아스러워하는 표정이었다.

"……?"

"그렇지만 그토록 어리석었던 나와는 달리 정탐을 하기 위해 당성에 갔다가 체포된 사비 공은 전쟁터에서 정정당당히 승부할 기회를 주겠노라고 순순히 놔주는 데도 돌아가지 않았소. 폐하께서 하늘에서 강림하신 것을 깨닫고는 스스로 나라를 바치면서 신하가 되기를 청했던 것이요."

"……!"

그때서야 김백정이 장황하게 늘어놓는 말뜻을 다들 이해하기 시작했다.

"누대를 거쳐 온 사직을 바친다는 것이 어디 쉬운 일이겠소? 그렇지만 그는 그것이 천명임을 깨달았던 것이요. 그 덕분에 자신이 다스리던 백성만큼은 온전히 지켜 낼 수 있었고, 백성을 보호해야 하는 국왕의 본분을 다했던 것이요."

수을부도 공감을 하는지 고개를 끄덕이며 대꾸를 했다.

"모두 지당하신 말씀이지만, 그것은 상대등이던 소장이 보좌를 잘못한 탓이 더 큽니다."

"아! 내 말을 마저 들으시오! 지금 이 말을 꺼낸 이유는 누구의 잘잘못을 논하자는 것이 아니라, 내정청장인 조계룡 장군의 말을 듣고 크게 깨닫는 바가 있어서요. 흠! 내 말을 마저 하기 전에 여러분들이 항상 유념해야 할 일을 먼저 말씀드리겠소. 특히 치안청장인 김후직 장군은 귀담아 들으시오. 조금 전에 그까짓 백제 국왕이라고 하셨지 않소?"

"예!"

"앞으로 그런 언사는 삼가시오. 폐하뿐만 아니라 총리대신께서도 백제 사람이 신라 사람을 무시하거나 그 반대인 경우에도 절대 용납을 안 하신다는 사실이요."

그 말에 조세청장을 맡고 있는 김서현이 맞장구를 쳤다.

"그렇기는 합니다. 지난번에 총독 각하께서 반역한 무리들을 소탕하겠다고 서라벌 출정을 주청 드렸을 때, 떼거지로 반대를 하던 백제 출신 장수들을 총리 각하께서는 호되게 질책하시지 않으셨습니까?"

"바로 그것이요! 그나마도 백제 국왕이었던 사비 공이 내 의견에 동조를 했기 망정이지 그렇지 않았다면 더 엄한 호통이 떨어졌을 것이요. 사족(蛇足)*이지만, 본국 조정에서 백제 출신 장수들과 함께 일하는 동안 그들이 우리보다 뛰어난 점도 많다는 것을 알게 되었소. 그러니 앞으로는 모두 같은 배달국 백성이라는 점을 명심하고 대하도록 하시오."

"네, 유념하겠습니다."

대답을 들은 총독은 고개를 끄덕이며 하던 말을 이었다.

"흠, 우리가 하고자 하는 노비상한제와 토지균분제가 누구를 위한 일이겠소? 바로 백성들을 위한 일이 아니요?"

그 물음에 부총독인 수을부가 얼른 대답했다.

"그렇습니다, 각하! 그 정책이 시행되고 있는 본국에서는 백성들 입에서 태평성대를 노래하는 소리가 그치질 않는다고 합니다."

"바로 그거요! 그것이 바로 내가 내정청장의 말을 듣고 크게 깨달은 점이요. 아직도 본관은 국왕이었던 과거의 타성대로 백성들보다는 왕족들이나 토호들의 눈치나 보고 있었다는 것이요. 조세청장!"

"예!"

"노비상한제는 장군의 소관이니 앞으로 보름 내에 잉여 노비를 반

---

*사족(蛇足): 구태여 하지 않아도 되는 행동이나 말.

납치 않을 시에는 오국적법에 의해 엄히 다스리겠다고 해당자들에게 빠짐없이 고지하시오. 그리고 각 군에 파견된 군령들에게도 통문을 띄워 백성들에게도 알리도록 하시오."

"알겠습니다."

김서현의 대답이 있자 이번에는 조계룡을 쳐다보며 입을 열었다.

"내정청장!"

"예!"

"장군 소관인 토지균분제 역시 본국에서 정한 기준에 따라 전답의 구분과 면적을 시월 말까지는 정확히 조사해 놓아야 할 것이오. 그래야 연말까지 분배를 끝낼 수 있을 터이니 말이오."

"알겠습니다, 각하!"

"다음은 치안청장 들으시오!"

"예, 각하!"

"장군은 잉여 노비 반납 일자가 지나자마자 불응한 자들의 명단을 조세청장으로부터 넘겨받아서 신분과 이유 여하를 불문하고 그들을 잡아들이시오."

"각하! 지금 상황으로 보면 전국적으로 그 숫자가 적지 않을 것으로 판단되어 총독부 옥사(獄舍)*로는 크게 모자랄 것 같습니다."

"흠…… 평소 계림 방위군이 주둔해 있는 곳은 서형산성이질 않소?"

김백정이 묻자, 일부 장군이 대답을 했다.

"예, 천 명 모두가 서형산성에 주둔해 있습니다."

---

* 옥사(獄舍): 죄인을 가두는 감옥.

"그렇다면 북형산성은 비어 있을 터이니, 옥사가 부족하다면 비어 있는 그곳에 잡아 가두시오. 그들을 모두 체포하면 즉시 오국적법에 명시된 참수형을 문천(蚊川) 변에서 집행토록 하시오."

과거에도 죄수의 목을 자르는 참수형은 백성들이 모두 볼 수 있는 그곳에서 집행해 왔다.

"알겠습니다!"

"조세청장은 후속 조치로 참수형이 집행된 자들의 일족에 대해 오 국적법이 정한 기준에 따라 관노로 삼을 자는 삼고, 몰수할 가산은 몰수하여 국고에 귀속시키시오. 부총독은 본관의 명이 잘 집행되는 지 수시로 살펴 주시오."

"예, 명하신 대로 하겠습니다."

각 부서가 처리해야 할 일들을 거침없이 지시한 김백정은 스스로 에게 다짐이라도 하려는 듯이 단호하게 말을 했다.

"앞으로 관명에 거역하거나 국법을 어기는 자에 대해선 엄정하고 단호하게 처리하겠소. 청장들은 이 점을 명심하고 지난날의 인정에 끌려 나랏일을 그르치는 일이 없도록 하시오!"

"예, 각골명심하겠습니다."

대답을 하는 청장들은 하나같이 총독이 독하게 마음을 먹었다는 것을 느끼고 있었고, 그것이 결코 쉽지 않은 결단이라는 것을 잘 알 고 있었다. 그동안 노비상한제와 토지균분제에 대해서 콧방귀를 뀌 면서 노골적으로 반발해 온 자들은 주로 성골과 진골 계층이었다.

성골은 양쪽 부모 모두 왕족 출신인 경우를 말하고, 진골은 신라가 정복한 국가의 왕족도 섞여 있었지만 극소수였고, 대부분은 부모 중에 한쪽이 왕족인 경우였다. 그러니 김백정이 단죄해야 할 자들이 그의 친척이나 외척들인 것이다.

"아, 부총독께 물어본다는 걸 깜빡 잊을 뻔했소?"

"무엇을 말씀입니까?"

"이번 시월에 있을 과거 시험에 응하려는 자가 얼마나 있소?"

"예, 이미 지난해부터 백성들에게 알려 왔던 본국과는 비교할 수 없지만 있기는 있는 것으로 압니다."

"휴우! 숫자가 좀 많으면 좋으련만……."

"응시자 숫자도 숫자려니와 입격자(入格者)*도 웬만큼은 좀 나와야 할 텐데 걱정입니다."

수을부의 말을 받아 문교청장 혜문이 거들었다.

"그렇기는 합니다. 배달국에서 처음 실시하는 과거 시험이니만큼 입격을 하는 사람도 광영이겠지만, 우리 총독부도 체면이 설 텐데 말씀입니다. 이제 겨우 한 달 정도 남았으니……."

두 사람의 말에 총독은 크게 기대하지 않는다는 표정으로 입을 열었다.

"하기야 총독부가 만들어지고 나서야 백성들에게 알리기 시작했으니 별수가 없질 않겠소. 공통과목인 한글이나 준비를 잘했는지 모르겠소."

그 말에 혜문이 대답을 했다.

"예, 그 점은 크게 걱정하지 않으셔도 될 것 같습니다. 본국에서 파견된 한글 강사들에게 과거 시험에 응시할 자들은 특별히 잘 살펴

---

* 입격자(入格者): 합격자.

달라고 당부해 두었습니다. 그들도 체면이 있으니 가르침에 소홀하지는 않을 것입니다."

"그렇다면 다행이요. 자! 다들 바쁘실 터인데 이제 나가들 보오."

"예."

청장들이 물러가자, 그는 힘겹게 보냈던 지난 몇 달이 주마등처럼 머릿속을 스쳐 갔다. 오랫동안 자신이 다스려 왔던 신라 땅이고, 게다가 본국 조정에서 보고 배운 것도 있으니 총독을 하는 것쯤이야 식은 죽 먹기라고 쉽게 낙관을 했었다. 그러나 그것은 크나큰 착각이었다.

세상인심이라는 것이 항상 내 편에만 있는 것은 아니었다. 어려운 역경을 딛고 자신이 있던 자리로 되돌아왔건만, 자신의 권위는 이미 곤두박질친 지 오래였다. 친인척이라는 왕족이나 귀족들조차도 자신을 반기기는커녕 얼마나 자신을 얕잡아 봤으면 사사건건 딴죽을 걸겠는가? 생각할수록 괘씸하고 서운했다.

'흥! 네놈들이 정 그렇게 나온다면 본때를 보여 주리라!'

어금니를 다져 물고 마음을 도사린 그는, 문득 본국에서 광공업부 대신으로 지낼 때가 훨씬 더 마음 편했다는 생각이 들었다.

이제는 그나마 체면이라도 지키자면 임기 동안 맡겨진 소임을 잘 마무리 짓고 돌아가야 할 터였다.

이즈음, 고구려에서는 나이는 들었지만 정정하던 장안성 대모달인 고승이 갑작스레 죽었다. 보통 신하가 죽으면 장례를 치를 물품을 내리고 신료에게 대신 문상을 하도록 시키는 것이 관례였다.

하지만, 영양태왕은 자신이 몹시도 그를 미워했었다는 죄책감 때문이었는지 골골하는 몸을 이끌고 직접 문상을 다녀왔다. 그러고 나서 병세가 더욱 악화되어 최근에는 어전회의는커녕 하루에도 몇 번씩 정신을 잃어 국사를 살피지도 못할 정도가 되었다.

회생이 어렵다는 것을 알면서도 조정 신료들은 하나같이 태왕의 쾌차를 비는 듯한 모습이었으나 그것은 겉치레일 뿐이었고, 속으로는 과연 다음 대에 왕이 누가 될지에 촉각을 곤두세우고 있었다.

그럴 수밖에 없는 것이 태왕에게 자식이 있었다면 적장자승계의 원칙에 따라 자연스럽게 그가 왕위를 물려받으면 되겠지만 불행히도 슬하에는 자식이 없었고, 단지 2명의 이복동생만 있을 뿐이었다. 그러니 왕제인 고건무와 고대양 중에 누가 다음 보위를 이을까가 그들의 관심사였다.

이런 차에 배달국에 철괴와 유연탄을 가져다 주고 돌아온 이맹진의 입에서 태학박사 약덕이 배달국으로부터 벼슬을 받았다는 말이 튀어 나왔다. 이 소문은 삽시간에 고구려 조정에 퍼졌고, 신료들 입에서는 그를 처벌해야 한다는 주장이 하나둘씩 나오기 시작했다.

일이 이렇게 되자 고건무는 자신을 따라 배달국에 사신으로 다녀온 약덕이 행여 곤경에 처하지 않을까 염려하여 서둘러 해명에 나섰다. 약덕이 벼슬을 받으려고 해서 받은 것이 아니라 배달국이 대마도를 토벌하러 갔을 때, 잠시 통역을 해 준 공으로 뜻하지 않게 벼슬을 받게 되었다고 감싸고 나선 것이다. 그러나 이러한 고건무의 행동은 날로 악화되고 있는 태왕의 병세와 맞물려 엉뚱한 방향으로 꼬여 가기 시작했다.

둘째 왕제인 고대양을 다음 대의 태왕으로 생각하고 따르는 무리들이 첫째 왕제인 고건무를 궁지로 몰기 위한 빌미로 삼은 것이다. 이러한 흐름 속에서 고건무는 자신 때문에 오히려 약덕이 더 큰 곤경에 처했다는 것을 깨닫고는 곤혹스러운 표정을 지은 채, 이 난관을 어떻게 수습해 나갈까를 고민하며 수군부에 앉아 있었다.

이때 울절인 강이식과 약덕이 찾아왔다.

"어서 오십시오. 헌데 두 분이 나란히 오시다니 어쩐 일이십니까?"

그러자 강이식이 먼저 웃으면서 대꾸를 했다.

"하하하! 왕제께서 근심이 크실 것 같아 위로도 드릴 겸하여 약덕 공과 함께 일부러 들렀소이다."

강이식은 원래 동부대인이었던 연태조가 죽기 전까지는 그와 뜻을 함께하면서 고건무보다는 고대양과 가깝게 지내던 사람이었다. 그렇지만 고건무와 약덕이 배달국을 다녀온 후에 고구려의 장래에 대해 많은 대화를 나누고 나서부터는 고건무나 약덕과 가깝게 지내고 있었다.

"고마우신 말씀입니다. 그렇지 않아도 이 난국을 어떻게 풀어 나가야 할지 막막해서 혼자 걱정을 하고 있던 참이었습니다."

이어 약덕도 인사말을 건넸다.

"소장이 왕제께 누를 끼치고 있는 것 같습니다."

"아니오, 오히려 배달국에서 벼슬을 준다고 할 때도 받지 않겠다는 약덕 공에게 억지로 받으라고 권했던 내가 미안스럽소. 내 생각으로는 나중에라도 배달국과 편히 대화를 할 사람이 필요하다는 생각에 그렇게 한 것인데……."

두 사람의 말을 듣고 있던 강이식이 고개를 끄덕이며 대꾸를 했다.

"그것이 무슨 큰 죄겠소이까? 태왕께서 병석에서 일어나시기가 어렵다는 것을 알고는 모두 자신의 앞길만 생각하고 문제를 삼는 것이 아니겠소이까?"

약덕이 맞장구를 쳤다.

"그렇습니다. 둘째 왕제이신 고대양 공을 따르는 사람들이 자꾸 일을 크게 만들려는 탓입니다. 문제는 벼슬을 받은 것이 죄라면 저만 처벌하면 될 일을 왕제이신 고건무 공과 같이 엮으려는 것이 더 큰 문제입니다."

"……."

약덕은 자신의 말에 두 사람이 말없이 고개만 끄덕이자 계속 말을 이었다.

"저들의 움직임으로 볼 때, 가까운 시일 내에 저들은 병석에 계신 태왕 폐하께서 정신이 맑아지는 순간을 노려, 소관의 처벌뿐만 아니라 고건무 공께서 후임 왕위에서 멀어지도록 참소를 할 것입니다."

강이식도 동감이라는 듯이 맞장구를 쳤다.

"본관도 같은 생각하오. 그나마 아직까지는 고식 대대로가 중립적인 입장을 견지하고 계시니 다행이지만 그거야 어느 순간 변할지도 모르는 일이 아니겠소? 가장 위험인물이 주부이신 연휘만 공이요."

"연휘만 공뿐이겠습니까? 조의두대형인 고정의 공도 그렇고 이복 추 조의두대형도 둘째 왕제 분을 왕위에 앉히려고 앞장서고 있질 않습니까? 그나마 연개소문 공자가 배달국으로 떠나면서 동부대인 가문의 가신(家臣)들과 돌아가신 연태조 공을 따르던 몇몇 분들에게

고건무 공을 지지하도록 언질을 주고 떠났기에 망정이지 그렇지 않
았더라면 애당초 대세는 저쪽으로 기울었을 것입니다."

약덕이 말을 마치자, 강이식이 고건무를 쳐다보며 물었다.

"왕제 공, 헌데 본관이 알기로 원래 연태조 공이 생존해 계실 때는
연휘만 공이 왕제 공 쪽에 있던 사람으로 아는데 어찌 되어 지금은
고대양 공 쪽에 서게 된 것이요?"

"허허! 그게 참! 울절께서도 아시다시피 연태조 공과 연휘만 공은
이복형제 사이지만, 물과 기름처럼 서로 뜻을 달리한다는 것을 아
시지 않습니까? 그런데 연태조 공이 타계하시고, 후사를 이은 연개
소문 공자가 제 쪽에 섰다는 소문이 나자 소장을 찾아와서는 진위
를 묻기에 사실이라고 했더니, 그다음부터 제집에는 발길을 끊더이
다."

"아하! 일이 그렇게 된 것이구려. 그렇다면 왕제께서는 앞으로 어
찌하실 요량이시요?"

강이식의 물음에 고건무가 고개를 가로저으며 대답을 했다.

"소장도 딱히 묘안이 없습니다. 그러나 한 가지 분명한 것은 배달
국과 불가침조약이 유효한 이상 약덕 공의 목숨을 함부로 어찌하지
는 못할 것이요. 배달국 벼슬을 받았으니 어떻든 배달국 신하도 되
니 말씀이요."

고건무의 말이 끝나자 약덕이 잠시 망설이더니 입을 열었다.

"대모달 어른 그리고 울절 어른, 실은 소관이 생각한 바가 있습니
다만……"

그 말에 강이식이 반색을 하면서 물었다.

"무슨 좋은 수가 있으시오?"

"좋은 수라기보다는 이 위기를 타개하자면 이 방법밖에는 없을 것 같아서 드리는 말씀입니다. 조금 전 왕제께서 말씀하신 대로 소직을 죽이지는 못할 터, 그러니 왕제께서 먼저 소직의 벌을 주청하시는 것이 향후에 운신하시기가 편하실 것입니다."

고건무가 고개를 가로저으며 말을 했다.

"그것은 안 될 말이요. 내가 어찌 공을 벌하자고 먼저 나선단 말씀이요? 그리고 이미 공은 죄가 없다고 내가 극구 변명한 것을 다들 아는데 갑자기 말을 바꾼대서야 그것이 어디 군자가 취할 도리겠소?"

이때 울절 강이식이 손으로 고건무의 말을 제지하며 입을 열었다.

"왕제 공, 본관은 약덕 공의 말이 일리가 있다고 생각하외다. 그리고 왕제께서 직접 나서실 필요도 없소이다. 본관이 대대로 어른과 논의한다면 가능한 일일 것이오. 다만 약덕 공이 삭탈관직되는 것은 당연할 테고 중도부처(中途付處)*되거나 옥에 갇혀 있어야 한다는 점이 안타까운 일이지만, 그거야 차후에 왕제께서 힘을 얻고 나서 사면하시면 될 일이라 생각하외다."

그러자 고건무는 고개를 흔들었다.

"그럴 수는 없습니다. 소장이 무슨 욕심을 부리겠다고 약덕 공을 고생시키겠습니까? 그렇게는 할 수 없는 일입니다."

이번에는 약덕이 고건무를 쳐다보면서 간곡하게 말했다.

"왕제께서 소관을 염려해 주시는 뜻은 알겠지만 그렇게라도 하지 않으면 소관도 소관이고, 왕제께서도 운신할 수 있는 여지가 없기

---

*중도부처(中途付處): 관리를 특정 지역에 머물게 하던 형벌.

때문에 내일조차도 기약할 수 없게 될 것입니다."

강이식도 고건무에게 그렇게 하자고 권했다.

"약덕 공의 말이 옳은 것 같소이다. 왕제께서 그토록 불안하시다면 은밀히 배달국으로 사람을 보내 전후 사정을 알리면 자신들이 벼슬을 준 약덕 공을 나 몰라라 하지는 않을 것이 아니겠소이까?"

고건무가 고개를 끄덕였다.

"그건 그렇습니다. 배달국에서 대마도를 토벌한 이유도 해적들이 바다를 건너와 백성들을 괴롭히는 것을 보고는 그들의 뿌리를 송두리째 뽑아내기 위해서였습니다. 본장도 들은 말이지만 배달국 태황제라는 분이 백성을 보호하지 못하는 나라는 나라가 아니라고 공언했다고 합니다."

강이식이 혼잣말처럼 되뇌었다.

"백성을 보호하지 못하는 나라는 나라가 아니다…… 참으로 명언 중에 명언이외다."

고건무가 한참을 생각하더니 두 사람을 번갈아 쳐다보면서 입을 열었다.

"음, 두 분 말씀대로 일단 그렇게 해 보십시다. 그렇게 되면 약덕 공이 고생이 심하겠지만 참아 주시오. 그리고 울절께서는 대대로와 논의를 해서 가능한 빨리 일단락이 될 수 있도록 해 주시면 좋겠습니다."

약덕과 강이식이 각각 대답을 했다.

"고생이야 각오를 한 바이니 괘념치 마시기 바랍니다."

"알겠소이다. 본관이 내일 대대로와 논의를 해 보겠소이다. 그건 그렇게 하겠소만, 한 말씀 더 드린다면 둘째 왕제분에 비해서 왕제께서는 후계 문제에 너무 미온적이신 것 같소이다."

강이식의 말에 고건무가 빙그레 웃으면서 대꾸를 했다.

"울절 말씀대로입니다. 그 이유는……"

하고 자신의 심경을 밝히기 시작했다.

이미 약덕도 알고 있는 사실이지만, 지난 번 대화를 나누면서 입 밖에 내지 않은 말이 있다고 했다. 그 이유는 그때까지만 해도 강이식이 둘째 왕제와 가까운 사이였고, 더욱이 태왕의 천수(天壽)*와 관련된 말이기 때문에 함부로 입 밖에 내기가 어려웠기 때문이라고 했다.

배달국에서 들었던 천기에 의하면 태왕께서는 명년(明年)*에 천수를 다해 붕어하시고 자신이 뒤를 잇게 되지만, 결국 대륙에 새로 들어서는 당이라는 나라에 나라를 잃게 되니 결국 자신은 망국 군주가 되는 것이 아니겠느냐는 말이었다. 사실 이 부분에 있어서는 고건무도 모르는 부분이 있었다.

그것은 태황제인 진봉민이 영류왕인 고건무가 왕좌에 오른 다음 연개소문에 의해 죽게 되고 그다음 대인 보장왕 때에 나라가 망한다는 부분은 말하지 않았기 때문에 고건무는 자신이 왕으로 있을 때에 나라가 망하는 줄로만 알고 있는 것이다.

고건무는 계속해서 말을 이었다. 어차피 천기대로 된다면 가만히 있어도 자신이 왕이 되겠지만, 망국 군주가 될 바에는 할 수만 있다면 차라리 오매불망 왕이 되고자 애쓰는 동생에게 그 짐을 떠넘기고

---

* 천수(天壽): 수명.
* 명년(明年): 내년.

싶다고 했다.

강이식은 자신이 몰랐던 내용을 들으면서 여러 차례 표정이 변하더니, 고건무가 말을 마치고 나자 침울한 목소리로 물었다.

"말씀을 듣고 보니 왕제께서 얼마나 마음고생이 심하실까 이해가 되오이다. 천기가 확실하다면 아우 분께 왕좌를 양보하려 해도 되지 않을 것이요. 그러니 가만히 계셔도 왕제께서 다음 보위를 잇는 것은 당연할 터, 그 이후에는 어떻게 하실 요량이시오?"

질문을 받고는 씁쓰레한 목소리로 내뱉었다.

"고구려를 세우신 열성조께 죄를 짓는 일이기는 하지만, 어차피 용을 써 봐도 망할 나라라고 한다면 백성들이나 고달프지 않게 해 주어야겠지요."

"역시 본관의 예상대로 배달국에 의탁하시겠다는 말씀이 아니겠소이까? 그렇다면 앞으로 약덕 공의 역할이 더욱 필요할 터인데 걱정이외다."

고건무는 강이식의 말이 끝나고도 한참 동안 말이 없었다.

침묵이 흐르는 가운데 지그시 눈을 감고, 잠시 망설이던 고건무가 허리를 곧추 펴며 입을 열었다. 그러고는 조금 전까지의 고민과 낙심하던 모습과는 달리 은연중에 위엄까지 풍겨 나왔다.

"울절께 부탁드릴 것이 있습니다. 이미 말씀드린 대로 왕이 되는 것은 별 관심이 없다는 것을 아셨을 것입니다. 그러나 배달국에서 들었던 대로 하늘의 뜻에 따라 어쩔 수 없이 왕이 된다면, 소관이 하고자 하는 일들을 도와줄 분들이 많으면 많을수록 조정이 시끄럽지 않을 것입니다. 울절께서는 그럴 경우를 대비해 주셨으면 합니다."

강이식으로서는 여태껏 자신에게 깍듯이 예의를 다해 온 고건무가 말은 부탁이라고 했지만, 거의 명령이나 다름없는 말을 하자 의아스러운 생각에 그를 쳐다보았다. 그런데 역시 자신을 쳐다보고 있던 고건무에게서는 여태껏 한 번도 느껴 보지 못했던 태산 같은 위엄이 풍겨 나오는 것이 아닌가! 강이식은 속으로 크게 놀라 '왕제에게 이런 면이 있었나?' 하는 생각이 들면서 얼떨결에 대답을 했다.

"알겠소이다. 말씀대로 따르겠소이다."

강이식은 스스로 대답을 해 놓고도 어이가 없었다. 마치 자신이 고건무의 신하처럼 대답했다는 것을 깨달은 것이다.

"고맙습니다! 잘 부탁드리겠소. 그리고 배달국에 알리는 것은 약덕 공의 처분이 어떻게 되는지 보고 나서 할 것이니 그렇게 아시면 될 것입니다."

"알겠소이다! 그럼 그렇게 알고, 주변의 눈도 있으니 우리는 이만 돌아가 보겠소이다."

두 사람과 마주한 지 사흘 후에 전격적으로 약덕은 하옥이 되었다.

고건무와 만나고 나서 강이식은 즉시 대대로인 고식을 찾아갔다. 그리고는 어수선한 조정을 안정시키기 위해서는 하루빨리 약덕에게 무슨 처벌이라도 내려야 한다는 건의를 하였다. 덧붙여 지금은 배달국과 불가침조약이 유효한 상태이니, 그 나라 벼슬을 받았다는 이유로 중벌을 내리기에는 부담이 크다는 것을 넌지시 비쳤다. 이를 받아들인 고식이 병석에 혼미한 상태로 누워 있던 태왕이 잠시 정신을 차린 틈을 타서 재가를 받아 낸 것이었다. 덕분에 약덕을 일단 하옥만 하고 최종 처분은 나중에 하기로 했을 뿐만 아니라 사신단 정사로 갔던 고건무에 대해서는 책임을 묻지 않기로 한 것이다.

약덕에게 중벌이 내려질까 걱정하던 고건무는 가슴을 쓸어내리며 안도의 한숨을 내쉬었다. 약덕이 하옥되고 나자 고구려 조정은 고건무를 따르는 자와 고대양을 따르는 자가 누구인지 극명하게 구분이 되고 있었다.

이제 배달국에 자초지종을 알려야 되겠다고 판단한 고건무는 동부대인 가문의 가신 하나를 은밀히 불렀다. 연개소문이 배달국으로 출발하기 전에 고건무를 찾아와서 연 가문의 가신 중에서 가장 믿을 수 있는 자가 누구라고 언질을 주었었기 때문에 그를 불러오게 하여 배달국 총리대신과 연개소문에게 보내는 각각 한 통씩의 서찰을 맡겨 전하게 한 것이었다.

적지 않은 숫자의 크고 작은 배들이 정박해 있는 구드래 나루에는 다른 날과 달리 군사들의 삼엄한 경계가 펼쳐진 가운데 태황제를 비롯하여 배달국의 대소 신료들이 배를 타는 통로 쪽에 모여 있었다.

황룡포 차림의 태황제 옆에는 홍룡포 차림의 강철이 서 있고, 그 앞에는 백제 상인들이 입는 비단 옷차림인 장지원과 청룡상단 단주인 국태천, 백호상단 단주인 목관효, 해적 두목이던 소중덕이 태황제를 향해 나란히 서 있었다.

태황제가 장지원의 손을 잡고는 안쓰러운 얼굴로 말을 하고 있었다.

"장지원 장군이 부득불 그 먼 길을 가겠다고 하니 보내기는 하오만, 과인의 마음이 편치를 않구려. 혹시 가 보시고 일이 생각대로 되지 않을 것 같으면 지체 없이 돌아와 주시오."

"폐하, 어차피 훗날을 위해서 누군가는 해야 할 일이옵니다. 그곳의 물정을 잘 아는 소중덕 대령도 함께 가니, 크게 염려하지 않아도 될 것이옵니다. 다만, 폐하께서 황후를 맞으시는 국혼식을 보지 못하고 떠나는 것이 못내 섭섭하고 죄스러울 따름이옵니다."

장지원의 말에 태황제는 아쉬운 표정 가운데 억지로 미소를 지으려고 애를 쓰면서, 이번에는 국태천과 목관효에게 당부를 했다.

"두 분 단주께서도 먼 길에 고초가 크시겠구려. 두 분이야 늘 하시던 일이니 그렇다 쳐도 장지원 장군은 초행길이니, 가시는 동안 두 분이 곁에서 잘 보좌해 주어야 할 것이오. 부탁하겠소."

"여부가 있겠사옵니까? 심려치 마시옵소서."

"분부 명심하겠사옵니다."

두 사람의 대답을 듣고 난 태황제가 이번에는 소중덕을 쳐다보면서 말을 건넸다.

"소중덕 대령, 귀장은 천명상단(天命商團) 부단주로서 단주인 장지원 장군을 잘 보좌해 주시오. 과인은 그대의 충성을 믿겠소."

"소신, 분부 명심하겠사옵니다."

천명상단은 백호상단 단주인 목관효가 장사 기반을 닦아 놓은 동래군에 만들어지는 점포 이름으로 배달국 연호를 딴 것이다.

물론 외형적으로는 장사를 하는 점포지만, 내용적으로는 장사와 정보를 수집하는 두 가지 일을 동시에 할 곳이었다. 그곳에서 일할 사람들은 백호상단 단주가 가려 뽑아 놓은 장사꾼 10명과 정보원이 30명, 특전군이 20명으로 오히려 정보 요원이 더 많았다. 그 이유는 장사보다는 대륙에 돌아가는 정보를 수집하는데 더 무게를 두었기 때문이었다. 그래서 그곳 책임자인 단주로는 정보를 전공했던 장지원이 자원한 것이고, 부단주 역시 해적이 되기 전까지는 그곳에서 태어나고 자란 소중덕을 임명한 것이다.

그동안 배달국에서는 여러 각도에서 소중덕을 시험하여 그가 배달국에 대한 충성심이 확고하다는 것을 확인하고 나자, 태황제는 때가 되면 그를 산동 총독에 임명하려는 생각을 하고 있었다. 그러나 그곳에는 아직 총독을 임명할 만큼 기반이 튼튼하지 않았기 때문에 보류 중이었는데, 마침 장지원이 그곳으로 가겠다고 자원하는 바람에 임시로 그에게 육군 대령의 계급을 내리고 단주인 장지원을 보좌하는 부단주로 임명하게 된 것이었다.

소중덕도 그렇지만, 정보원들 역시 지난봄에 해적들에게 잡혀가다 구출된 8명의 수나라 여인들과 그때 포로가 되었던 3백여 명의 해적들 중에 선발된 자들이었다. 특히 해적들 중에 선발된 그들은 그동안 실시되었던 정보를 수집하는 요령, 특공훈련, 충성심을 높이기 위한 정신교육 등에서 탁월한 성적을 거두었던 자들이었다.

강철은 산동 땅으로 떠나는 장지원의 손을 잡은 채, 아쉬워하는 태황제에게 넌지시 말을 건넸다.

"폐하, 아쉽지만 이제 출발을 시켜야 하지 않겠사옵니까?"

태황제가 고개를 끄덕이면서 장지원의 손을 놓고는 떠날 사람들을 쳐다보면서, 먼 길에 건강을 잘 살피라는 인사말로 그들을 환송했다. 그들 역시 태황제를 향해 절을 하면서 잘 다녀오겠노라는 인사를 하고는 배에 올랐다.

이윽고 돛을 올린 2척의 배가 백마강 하류 쪽으로 내려가기 시작했다. 멀어져 가는 배들을 한참 동안이나 바라보던 태황제는 저들이 거센 파도를 헤치며 서해 바다를 건너 산동반도에 있는 동래군까지 갈 것이라 생각하니 걱정스러운 마음을 지울 수가 없었다. 현대에서 봤던 중국을 오가던 카페리와는 비교도 할 수 없을 정도로 작은 돛배가 무척이나 불안스러워 보였던 것이다.

처음에는 청룡상단 배와 백호상단 배가 동시에 갈 계획이 없다가 갑자기 두 상단의 배가 함께 떠나게 된 데는 이유가 있었다.

얼마 전 백호상단 단주인 목관효는 산동 땅에 마련한 장원(莊園)을 지킬 사람과 그곳에 새로 점포를 열자면 장사 수완이 있는 자를 데려가야겠다는 생각에 급히 돌아온 길이었다. 그런데 천족장군인 장지원이 이참에 목관효가 가는 배편으로 그곳에 가서 대륙 상황을 지켜보겠다고 자원하고 나선 것이다. 그때 마침 공교롭게도 정보부에서는 대륙의 정보를 수집할 첩보원들을 어떻게 보낼까 궁리하던 중이었기 때문에, 장지원이 그곳으로 가겠다는 말은 너무도 반가운 소리였다. 결국 논의 끝에 그곳에 상단 점포를 내고, 정보 수집과 상업 활동을 병행하기로 결정했던 것이다.

그렇게 결정하고 보니, 배를 운행할 선원을 제외하고도 가야 할 인원이 장지원을 비롯해 60여 명에 이르렀고, 거기다가 그곳에서 판매할 상품인 비누와 연필, 오색 유리 보석, 이와 벼룩을 잡는 약, 진주 공예품도 적지 않았기 때문에 목관효의 배에 싣기에는 너무 많은 인원과 물량이었다. 그러자 청룡상단 단주인 국태천이 자신도 배를 가지고, 목관효와 함께 다녀오겠다고 하여 그 문제가 순식간에 해결되었다. 이렇게 되어 영암 상대포에 있던 국태천의 배가 구드래 나루로 오게 되었고, 오늘 2척의 배가 나란히 산동반도를 향해 떠나고 있는 것이다.

목관효가 운행하는 배는 작았지만, 청룡상단에서 운영하는 국태천의 배는 구드래 나루에 입항했을 때 모두들 크기와 위용에 놀랐을 정도로 배달국 내에서는 제일 큰 교역선이었다. 아무리 그렇다 해도 현대에서 수십 배나 더 큰 배를 무수히 보아 왔던 태황제를 비롯한 천족장군들 눈에는 연근해 정도나 다닐 기껏 150톤 정도에 불과한 작은 배일뿐이었다.

강철은 점점 시야에서 사라지고 있는 2척의 배를 안타까운 시선으로 바라보고 있던 태황제에게 보채듯이 말을 했다.

"폐하, 이제 그만 자리를 뜨시지요."

"음……."

그때서야 태황제는 신료들과 함께 인근에 있는 백호상단으로 향했다. 그곳을 들리는 이유는 상빈이 거처할 수 있도록 지어 놓은 궁전인 부국전(富國殿)을 둘러보기 위해서였다. 발걸음을 떼면서 태황제가 강철에게 말을 건넸다.

"총리대신, 계림 총독부가 추진하는 일들이 빠르게 진척되고 있는 것은 반가운 일이지만, 너무 많은 목숨을 상하게 한 것이 마음에 걸리는구려."

태황제의 말에 강철이 대꾸를 했다.

"폐하, 오죽해서 계림 총독이 그렇게 했겠사옵니까?"

"물론 그렇기는 하겠지만……."

"한다하는 자들이 배 째라는 식으로 총독부의 명을 따르지 않으니, 어쩔 수 없었다는 보고였사옵니다. 기왕지사 그렇게 되었으니 모른 척하시옵소서."

계림 총독인 김백정은 노비상한제와 토지균분제를 거부하는 귀족들 때문에 도저히 일의 진척이 없자, 그들을 모두 잡아다가 목을 치고, 그 식솔들을 노비로 삼았을 뿐 아니라 재산까지 몰수해 버리는 용단을 내렸다.

얼마나 혹독한 처분이었으면, 그나마 눈치를 보면서 마지못해 총독부가 하는 일에 따르던 자들이 '에쿠! 하마터면 날벼락 맞을 뻔했다.'고 생각하면서 안도의 한숨을 내쉴 정도였던 것이다. 그 이후부터 계림 총독부의 지지부진하던 일들이 하루가 다르게 진척을 보이고 있었다.

"흠…… 다 끝난 일이니 그럴 수밖에…… 그리고 이제 신라 땅도 우리 땅이 된 지 오래됐으니, 올 연말에는 그동안 각종 공사에 동원하던 군노들을 풀어 주어 귀향시켜야 하지 않겠소?"

"알겠사옵니다. 이제 우리가 추진하던 공사도 웬만큼 마무리되었으니, 그렇게 해도 별 문제는 없을 것이옵니다."

"그럼, 계림 총독부가 폐쇄되는 연말에 그들도 귀향시키도록 하세요. 아! 그리고 고건무가 보낸 서찰에 대해서는 내각에서 상의해 보셨소?"

"예, 그렇게 하겠사옵니다. 그리고 서찰 문제는 연개소문과 양만춘의 교육이 끝났으니, 이번 국혼식 후에 그 둘을 돌려보내기로 하였사옵니다. 그 외로도 고구려 조정에 약덕 공을 방면하라는 국서를 보내기로 하였사옵니다."

태황제가 고개를 갸웃하며 물었다.

"혹시, 내정간섭이 되지 않겠소?"

"폐하! 약덕 공은 고구려 신하기도 하지만, 폐하의 신하이기도 하옵니다. 그 이유로 하옥도 된 것이 아니겠사옵니까?"

"흠……."

그들이 대화를 나누는 사이에 어느덧 부국전 앞에 도착을 했다. 청색 기와가 올려져 있는 전각은 아담하면서도 품위가 돋보였다.

태황제가 흐뭇한 표정으로 근처에 있던 건설부 대신에게 말을 건넸다.

"은상 장군, 전각이 아주 깔끔해 보이는구려. 게다가 정원에 석등까지 세우고 작은 연못까지 파서 아기자기하게 꾸며 놓으니 참으로 보기도 좋구려. 그런데도 이렇게 빨리 완성하다니 장군의 고생이 컸어요."

"아니옵니다, 폐하! 소장은 크게 한 일이 없사옵니다. 청룡단주인 국태천 장군이 나랏돈을 축내지 않겠다고 직접 석수와 공장(工匠)들을 뽑고, 목재와 벽돌까지 구해 온 것이옵니다. 특히 지붕에 얹은 기와는 영암에 있는 월남촌에서 가져온 청와(靑瓦)라고 하옵니다."

그 말을 들은 태황제가 다시 한 번 지붕을 올려다보면서 물었다.

"흠, 청와라…… 그러면 도기 가마에서 구워 낸 기와란 말씀이요?"

태황제가 묻자, 은상이 대답을 했다.

"그렇사옵니다! 저 청와는 조영호 장군의 처가인 월남촌에서 처음으로 구워 낸 것이라 하옵니다. 소장도 생전에 저런 기와는 본 적이 없었사옵니다."

곁에 있던 강철이 덧붙였다.

"폐하, 지난 사월에 해적을 토벌하러 갔을 때, 청자나 백자 만드는 요령을 신책에서 보고 가르쳐 줬더니, 연구를 하면서 만든 모양이옵니다."

"호오! 그랬었구려. 어쩐지……."

감탄을 연발하던 태황제는 궁으로 돌아오면서 되새겨 보니, 청자나 백자 기술이 적어도 몇 백 년은 앞당겨진 것 같아 속으로 무척이나 흐뭇한 마음이 들었다.

국혼(國婚)

배달국 도성인 중천성에는 보름 전부터 전국에서 모여드는 백성들로 인산인해를 이루고 있었다. 임진강 이남에 있는 배달국 백성들에게 소원이 뭐냐고 물어본다면 거의 대다수가 도성을 구경해 보는 것이라고 말할 정도로 중천성은 그야말로 그들에게는 꿈 같은 곳이었다.

그런데 몇 달 전에 태황제 폐하께서 황후를 맞으시는 국혼 기간을 선포한다는 포고문이 촌락마다 나붙었다. 국혼 기간은 농사철이 끝나는 10월 스무날부터 동짓달 초닷새까지 보름 동안이고, 그 기간 중에는 농산물 전시회와 과거 시험, 무예 대회가 벌어지며, 새로운 병장기도 선보일 것이니, 백성들은 두루 관람해도 좋다는 내용이었다.

그렇지 않아도 번갯불로 환하게 불을 밝힌다는 도성을 보고 싶어

안달하다시피 하던 백성들은 서둘러 추수를 끝내 놓고 너 나 할 것 없이 중천성을 향해 길을 떠났다.

조정은 조정대로 먼 곳에서 온 백성들을 위하여 간단한 식사를 무료로 제공하기로 하였고, 도성 안에 살고 있는 백성들에게는 외지인들에게 숙박 편의를 제공해 주도록 도움을 청했다.

그러자 성안 백성들은 전국 각지에서 구경 온 사람들에게 방도 내어주고, 심지어는 창고나 헛간까지 내어놓았다. 그렇게 했음에도 국혼 기간이 시작도 되기 전에 성안에는 숙박할 수 있는 장소가 모두 동이 나 버렸다.

조정에서는 허겁지겁 군사들이 사용하는 귀중한 군막을 꺼내 대왕벌에 쳐주고 도성 근방에 있는 마을에도 그들이 머물 수 있게 하라는 명을 내렸다.

국혼 행사를 백성들에게 널리 알리고, 행사 기간 동안 질서유지 책임을 맡은 내정부 대신인 백기는 '휴……!' 하는 안도의 한숨을 내쉬었다. 그는 구름처럼 모여드는 백성들을 보고는 국혼식을 온 백성이 흥겨워할 수 있는 축제로 만들기로 했던 조정 방침이 성공을 거둘 것이라는 확신이 들었기 때문이었다.

국혼 기간 첫날부터 도성 안 곳곳에는 볼거리들로 흘러넘쳤다. 농산물 전시장에는 목화솜을 비롯해, 고구마, 감자, 볍씨, 옥수수, 고추 등이 전시되어 있었고, 그 작물들을 심는 법에서부터 수확하는 요령까지도 자세히 설명해 놓은 팻말까지 붙어 있었다.

특히 목화솜이 전시된 곳에는 천족장군인 김민수가 설계하여 제작한 씨와 솜을 분리하는 조면기와 조면기에서 분리된 작은 솜뭉치들을 부드럽게 풀어 이불처럼 뭉쳐 내는 타면기, 솜에서 실을 뽑아내는 물레 등도 전시되고 있었고, 만드는 요령에서부터 자세한 사용법까지 안내되어 있었다.

한편으로 무예 대회장에는 배달국 군사 중에 신청자들 뿐만 아니라 전국에서 모여든 한다하는 무인들이 예선전을 치르고 있었다.

시합이 이루어질 때마다 출전자들의 기합 소리와 고함 소리가 경기장을 메우고, 경기가 끝날 때마다 승자를 환호하는 구경꾼들의 함성이 울려 퍼졌다.

수백 명이 응시한 과거 시험은 종목별로 여러 곳에 분산되어 가장 엄격하게 치러지고 있었으며, 응시자들을 제외하고는 과거 시험장에 들어가는 것조차 허용되지 않았다.

이렇게 하루하루가 지나 드디어 국혼 기간이 시작된 지 닷새가 되는 날, 정전 앞마당에서는 전국 각지에서 모여든 촌주들이 지켜보고 있는 가운데 태황제의 혼례식이 막 시작되고 있었다.

궁 안이 넓다고는 하지만, 도성 구경을 온 1백만에 가까운 모든 백성들이 들어온다는 것은 불가능한 일이었다. 그래서 촌주 이상과 신료들의 가족만 궁 안으로 들어와 참관할 수 있게 하였다. 그 인원만해도 1천 명이 넘었다.

악공들의 취타 연주가 시작되는 가운데 집례(執禮)를 맡은 백제 국왕이던 부여장이 '백관 입취정의(百官 入就定位)!' 하고 외쳤다. 그러자 태황제의 종친(宗親)에 해당하는 홍룡포를 입은 천족장군들을 선두로 조정 신료들이 정전 마당으로 들어와 차례대로 정해진 자리에 섰다.

순서는 계속되어 이윽고, 면류관을 쓰고 황룡포를 입은 태황제와 금관 장식을 머리에 꽂고 궁장 차림을 한 황후 을지유선이 나타났다. 정전 뜰에 있던 사람들의 눈길은 모두 그들을 향했다. 그 자리에는 구림촌의 촌주와 월남촌 촌주, 그리고 특전군사령인 조영호의 장인인 사명운도 참석해 있었다.

월남촌 촌주인 사도연이 곁에 있는 구림촌 촌주인 국산해에게 작은 목소리로 소근거렸다.

"국 촌주님, 황후님의 옷차림이 어떻게 저렇듯 소박하신지 모르겠군요?"

그러자 옆에 있던 국산해가 역시 낮은 소리로 대꾸를 했다.

"내 눈에도 그렇게 보이는구려. 확실히 어젯밤에 종손녀가 하던 말이 사실인 것 같소이다. 폐하께서 말씀하시길 아무리 황후를 맞는 국혼식이지만, 궁혼식보다 화려하면 안 된다는 엄명을 내리셨다 하오."

그의 종손녀는 총리대신인 강철의 정부인인 국난영을 지칭하는 말이었고, 그가 하는 말로 미루어 총리대신의 집에서 묵고 있는 모양이었다. 그러자 곁에서 듣고 있던 사명운이 거들었다.

"제가 보기에도 미랑이의 궁혼식이 더 화려하고 성대했던 것 같습니다."

그 역시 자신의 딸인 사미랑을 거론하고 있는 것으로 보아 사위인 특전군사령인 조영호의 집에서 묵고 있는 것이 분명했다.

"그런 것 같네. 궁혼식이 더 화려했던 것으로 보아 폐하께서 그만큼 천족장군들을 아끼신다는 뜻이 아니겠는가?"

"예, 그렇기도 하지만, 태황제 폐하께서 검약하게 준비하라는 분부도 내리셨다 합니다."

"그러시니, 백성들이 다 폐하를 우러러 받드는 것이 아니겠는가?"

대화를 나누는 사이에 어느덧 벌써 여러 순서가 지나갔는지, 집례를 맡은 부여장이 혼례식의 마지막 순서인 '천단고례(天壇告禮)'를 외쳤다.

천단고례는 여태껏 그 누구도 들어 보지 못하던 절차였다. 이번 국혼식의 순서는 장지원이 산동 땅으로 떠나기 전에 정해 놓고 간 것이었다. 그는 어떻게 하면 먼발치에서라도 태황제와 황후를 일반 백성들이 볼 수 있을까 궁리하던 중에 생각해 낸 절차였다.

백성들에게는 마음을 한곳으로 모을 수 있는 상징이 필요하다는 것을 잘 알고 있는 태황제가 이미 오래전에 부소산 아래에다가 하늘에 제사를 지낼 수 있도록 천단을 조성해 놓았었다. 문득 거기에 생각이 미친 장지원은 혼례 절차 중에 나무로 만든 기러기를 초례상에 놓고 절을 올리는 전안례 대신 천단에서 하늘에 고하는 순서를 넣었다. 그렇게 함으로서 태황제와 황후가 천단까지 행차하는 동안 백성들이 두루 볼 수 있도록 한 것이었다.

일반 백성들이 황제의 혼례식을 생전에 눈으로 직접 본다는 것은 꿈도 꾸지 못할 일이었기 때문에, 그렇게 한 것만 해도 백성들의 눈에는 어마어마한 일로 비쳐졌다.

태황제와 황후가 조정 신료들과 함께 궁문을 나섰다가 천단고례를 마치고 돌아올 때까지 연도에 늘어서서 황제 일행을 바라보는 백성들의 환호 소리는 그칠 줄을 몰랐다.

그렇게 국혼식이 끝나고, 동짓달로 접어들었다. 찬바람이 소슬하니 불어오는 가운데 국혼 기간이 종반으로 치닫자, 도성 안에서 개최되고 있는 각종 행사도 막바지에 이르고 있었다.

구경 왔던 백성들이 적지 않게 고향으로 돌아갔지만, 그래도 숫자는 크게 줄어든 것 같지 않았다. 그 이유 중에 하나는 수시로 태황제가 을지 황후와 상빈을 데리고 여러 행사장을 둘러보는 모습이 너무나 보기 좋았기 때문이기도 했다. 이 시대에는 일반 백성이 왕을 가까이서 본다는 것은 하늘에서 별을 따기보다 힘들었다.

그런데 배달국 태황제는 수발하는 궁녀들이나 호위하는 수황군만을 너덧 명 정도 데리고, 거리낌 없이 백성들 사이를 유유히 다니는 것도 모자라 더러는 엎드려 절을 하는 백성들을 안아 일으키며 어깨를 토닥거려 주기도 하고, 사는 곳이 어디냐고 물어 주기도 하니 이보다 더 황송하고 고마울 데가 없었던 것이다.

오죽해서 경호 책임을 맡고 있는 수항군장인 지소패가 만에 하나 불순한 무리가 있을지도 모르는 일이니, 행차 횟수라도 줄이시라고 몇 번씩이나 아뢰어도 괜찮으니 염려하지 말라고 웃음으로 대답하는 태황제였다.

그는 오늘도 여느 날과 마찬가지로 그렇게 황후와 상빈을 데리고 행사장 중에 하나인 무예 대회장을 찾았다.

오늘은 특별히 검술 시합 최종 결승전이 있는 날이었기 때문에 그 자리에는 배달국 대소 신료들이 모두 참석하고 있었다. 태황제가 백성들을 어루만지며 행사장에 도착하자, 먼저 와 있던 신료들이 자리에서 일어나 모두 한마디씩 인사를 건넸다.

"폐하, 두 분 마마! 어서 오시옵소서."

"하하하! 먼저들 나오셨구려. 과인이 좀 늦었소이다."

웃음을 띠고 그들의 인사를 받고 난 태황제는 순간 고개를 갸웃하더니 가까이에 있던 과학부 총감인 박상훈에게 물었다.

"박 장군, 오늘은 아침부터 결승전이 이루어진다는 말을 들었는데 어째서 아직까지 시작도 하지 않는 것이오? 게다가 행사를 주관하시는 보국 공(保國公)도 안 보이고, 총리대신도 안 보이니 모두들 어디를 가신 것이오?"

보국 공은 태황제가 을지유선을 황후로 맞으면서 그녀의 부친이 되는 을지문덕에게 내린 작호였다.

태황제의 물음에 그는 대련장 옆에 세워진 천막을 가리키며 대답을 했다.

"예, 폐하! 지금 모두 저쪽에 있는 막사 안에 모여 있사옵니다. 검술과 궁술 부문 결승에 진출한 자 중에 여인이 있는데, 소장이 언뜻 듣자니 그녀의 신원이 확실하지 않은 모양이옵니다."

"오호! 시합에 여인이 출전했다는 말은 금시초문이구려. 그것도 둘씩이나?"

"아니옵니다, 폐하!"

"……?"

"여인이 출전한 것은 맞사오나, 두 명이 아니고 한 명이 양쪽 부문에 출전했다고 하옵니다. 북쪽에서 왔다고 하는 것으로 보아 배달국 백성은 아닌 것 같사옵니다만, 여하튼 그 일 때문에 지금 다들 모여서 확인 중에 있으니 곧 밝혀질 것이옵니다."

"허……! 두 부문에……? 그렇다면 일단 기다려 봐야겠군……."

혼잣말처럼 중얼거린 태황제가 마련되어 있던 의자에 좌정을 하자, 황후와 상빈도 옆자리에 앉았다. 그렇지만, 태황제는 '도대체 어떻게 했기에 결승까지 올라오도록 신원 파악도 못하고 있었단 말인가?' 하는 생각에 속이 편치를 않았다.

사실, 이 시대에는 무예를 겨루는 대회가 종종 있었다.

한 예로 고구려에서는 동맹 또는 동명이라고 부르는 제천행사를 할 때, 무예를 겨루는 시합도 함께 치러졌을 정도로 연회가 열리는 경우라든가 큰 행사시에는 그런 시합이 꼭 끼어 있게 마련이었던 것이다. 그렇지만, 천족장군들은 그런 풍토가 있다는 것을 몰랐었기 때문에 여태껏 생각지도 못하다가 보국 공인 을지문덕의 제안으로 이번에 처음으로 무예 시합을 실시하게 된 것이었다.

그렇게 얼마쯤 기다리자, 대련장 옆에 있는 천막으로부터 홍룡군 포 차림인 총리대신을 비롯해서 삼군 사령들인 우수기, 조영호, 홍석훈이 먼저 나오고, 뒤따라 현대식 군복을 입은 을지문덕이 여인 하나를 데리고 나왔다.

그들은 태황제가 와서 앉아 있는 것을 보고는 빠른 걸음으로 다가와서 군례를 올렸다.

"폐하, 황후마마, 상빈마마! 세 분은 언제 오셨사옵니까?"

황후와 상빈은 그들을 향해 미소를 지으며 고개를 살짝 숙여 인사를 대신하였고, 태황제가 환하게 웃으며 말했다.

"하하하! 총리대신, 오늘이 무예 시합의 결승전 날이라고 하기에 시간에 늦을까 봐 다른 곳은 들르지 않고 곧장 이리로 왔어요. 그런데 무슨 일로 이토록 시작이 늦은 것이요?"

태황제의 질문에 강철이 뒤에 서 있는 을지문덕을 쳐다보았다. 그러자 을지문덕은 그 의미를 알아차리고 얼른 대답을 했다.

"폐하, 소장이 말씀을 올리겠사옵니다. 예선을 거쳐 본선에 오른 자가 각 부문별로 이십 명이온데, 그들이 다시 서너 차례의 경기를 펼쳐 각 부문별로 세 명씩 최종 결선에 올랐사옵니다. 하온데 그중에 한 명이 백성패(百姓牌)가 없는 자로 밝혀져서 이를 확인하느라고 늦었사옵니다."

백성패는 배달국이 인구조사 후에 모든 백성들에게 발급한 일종의 주민등록증으로 살고 있는 촌락과 이름, 생년월일, 계급 등이 새겨진 나무로 만든 패였다.

"흠, 그렇다면 우리 백성이 아닌 자가 참가했다는 말씀이요?"

"예, 자세히 알아보니 철원에 살고 있는 고구려 백성이었사옵니다."

"그런데 어찌해서 결승이 치러질 때까지도 몰랐다는 말씀이요?"

"소장이 소홀했던 탓이옵니다. 그녀는 평소에 알고 지내던 우리 백성의 이름을 차용해서 결승까지 올라왔사온데, 막상 결승까지 올라오자 백성패를 빌려 주었던 자가 겁이 났는지 사실을 고변하는 바람에 알게 된 것이옵니다."

곁에서 듣고 있던 강철은 을지문덕의 대답만으로는 태황제가 쉽게 상황을 이해하지 못할 것이라 생각하고 얼른 보충해서 설명했다.

"폐하, 저희가 고구려와의 경계를 임진강과 속초로 정하였지만 그것은 나라 사이의 얘기일 뿐이고, 양쪽 백성들은 국경을 넘나드는 것이 다반사라고 하옵니다. 저자 역시 별생각 없이 국경을 넘어왔다가 평소 알고 지내던 자를 따라 이곳에 왔고, 이름까지 빌려 대회에 참가하게 되었다고 하옵니다."

강철의 설명을 들으니 그때서야 어떻게 된 영문인지 확실히 이해가 되었다. 국경선에 울타리를 친 것도 아니고 그렇다고 군사가 있는 것도 아니니 충분히 있을 법한 일이라는 생각에 태황제는 고개를 끄덕이며 물었다.

"저자가 두 부문 모두 본선에 올랐다는 여자 무사요?"

"그렇사옵니다. 통역을 통해 잠시 그녀와 대화를 나누어 보니, 이름은 요련청아이고, 말갈족 족장인 요련추가의 딸이라고 하옵니다. 을지문덕 장군은 요련추가라는 자가 오래전에 고구려에 귀순한 말갈족장으로서 고구려 태왕으로부터 처려근지(處閭近支)*라는 벼슬을 받았던 것으로 기억하고 있었사옵니다."

처려근지는 고구려에서 중간쯤 크기의 성에 성주를 일컫는 벼슬이었다. 고구려에서는 전국을 5개 구역으로 나누어 각 구역에서 가장 큰 성에는 욕살이 다스리고, 거기에 딸린 중간 크기의 성은 처려근지, 작은 성은 가라달이 다스렸다. 물론 군사 계급이라 해도 해당 지역의 행정까지 관장했으니 그 권한은 막강한 것이었다.

태황제는 말없이 을지문덕의 뒤쪽에 서 있는 여인을 살펴보았다. 머리 위에는 오색실로 둘둘 말아 놓은 똬리 모양의 장식용 모자가 얹혀 있었고, 머리카락 역시 오색실을 넣어 두 갈래로 길게 땋아 양

---

*현재 남아 있는 역사 기록에 고구려 무관 관직의 변천과 혼동이 많음으로 작가는 가장 일반적인 기록을 취하여 중앙 무관직은 대모달(대장군)-말객(중랑장)으로, 지방 무관직은 욕살(대성 성주)-처려근지(중성 성주)-가라달, 누초(작은 성 또는 초소의 성주)로 했다.

쪽 귀 앞에 늘어뜨리고 있었다. 가무잡잡한 얼굴은 갸름하면서 예쁘장했고, 붉은 바탕에 검은 줄이 세로로 들어간 천으로 만든 저고리와 바지 차림에 저고리 위에는 가죽으로 만든 조끼를 몸에 딱 맞게 덧입어 무척이나 날렵해 보였다.

"그래서 어떻게 하기로 했소?"

태황제가 퉁명스럽게 묻자, 보국 공인 을지문덕이 조심스럽게 대답을 했다.

"예, 무예 대회 참가 자격은 우리 백성들에게만 있다는 것이 소장의 생각이었으나, 총리대신 각하와 삼군 사령들께서는 어차피 나중에는 저자 역시 우리 백성이 될 터이고, 고구려 사람인 연개소문과 양만춘에게도 참가 자격을 주었으니 더 이상 자격을 따지지 말고, 문제 삼지도 말라 하셔서 그렇게 하기로 결정하였사옵니다."

그 말을 들은 태황제는 그제야 만족스러운지 크게 웃으며 말했다.

"하하하! 잘하셨습니다. 그런데 연개소문과 양만춘이 시합에 참가했다는 말만 들었지 실력이 어느 정도인지는 듣지를 못했는데 보시기에 어떠셨소?"

"예, 폐하! 연개소문은 검술 부문에 양만춘은 궁술 부문에서 결승에 올랐사옵니다."

"흠, 역시 그렇구려. 알겠소! 백성들이 기다리니 어서 시작해 보시오."

"예!"

대답을 한 을지문덕은 태황제를 향해 군례를 올리고는 대련장으로 가더니, 태황제와 황후, 그리고 상빈마마께서 참석하셨다는 것을 큰 소리로 알렸다.

그때부터 시작된 백성들의 만세 소리와 환호성이 그칠 줄 모르고 계속되자, 안 되겠다 싶은지 태황제가 천천히 일어나 열광에 답해 주고 나서야 백성들의 환호가 잦아들었다.

이어 오늘은 검술 시합 결승이 치러지고, 내일은 궁술 시합이 있을 것이라는 것과 심사관으로는 을지문덕 자신을 비롯해 백기 장군과 김술종, 은상 장군으로 정해졌다고 알렸다.

마지막으로 경기 규칙을 간단히 설명하고는 오늘 결승전에 오른 세 사람을 호명했다.

"고구려국 동부대인 연개소문 앞으로 나오라!"

"옛!"

"배달국 육군 부장 김유신 앞으로 나오라!"

"넷!"

"고구려국 포천 백성 요련청아 앞으로 나오라!"

"옛!"

세 사람의 이름이 불려지자, 군중들 사이에서 쑤군덕거리는 소리가 나기 시작했다. 이유는 요련청아에 대한 의구심 때문인 것이 분명했다. 이를 알아챈 을지문덕이 요련청아에 대해서 이름이 달랐던 것과 그 이유를 설명하자 그때서야 소란이 사그라졌다.

첫 시합은 대진표에 의해 김유신과 요련청아의 대결이었다. 대련장 중앙에 선 그들은 태황제가 앉아 있는 쪽을 향해 군례를 올리고 나서 목검을 마주한 자세로 섰다.

이런 경기를 처음 접하게 되는 태황제는 호기심 반 걱정스러움 반으로 요련청아라는 여 무사를 주시했다. 그녀가 아무리 산을 타고 말을 달리던 여장부라 하더라도 여자의 몸이 아니던가!

이렇게 태황제가 속으로 걱정하는 사이에 을지문덕은 '시작!'을 알렸다. 시작이라는 말이 떨어지기가 무섭게 두 사람은 목검을 마주 대고 한참 동안 대련장을 빙빙 돌면서 상대의 허점을 탐색하기에 바빴다.

그러던 두 사람이 드디어 기합 소리와 함께 목검을 찌르고 베고, 막기가 수합에 이르렀다. 일견하여 힘에 있어서는 김유신이 앞서는지 두 목검이 부딪칠 때마다 요련청아의 검이 밀려났지만, 순간적인 임기응변과 날카로운 기세에 있어서만큼은 그녀가 월등해 보였다.

수백 합이 교환되는 순간순간 그들이 펼쳐내는 검초에 모두들 손에 땀을 쥐면서 눈길을 빼앗겼다. 웬만해서는 구경하지 못할 남녀의 대결이었다.

초반에는 힘에서 밀려 요련청아가 위태로워 보이더니, 시간이 지날수록 움직임이 빨라져 검무(劍舞)를 추듯이 나풀나풀 날아다니며 목검을 휘두르는 모습은 정녕 한 마리의 나비를 방불케 했다.

목검 부딪치는 소리가 따악! 따악! 하고 날 때마다 주춤주춤 밀리던 요련청아가 갑자기 학이 날아오르듯 이단차기로 날아오르더니, 독수리가 먹이를 향해 내리꽂히듯이 아래를 향해 떨어지면서 목검을 내리 베었고, 순간 김유신도 하늘을 두 동강이 내려는 듯 목검을 올려 베었다.

"앗!"

"따악!"

태황제의 옆자리에서 흘러나오는 경악 소리와 동시에 목검 부딪치는 소리가 들렸고, 언제 그런 일이 있었냐는 듯이 어느새 멀찍이 떨어진 두 사람은 목검을 쥔 자세로 더 이상 움직이지 않았다.

"……?"

그 자리에 참석해서 지켜보던 모두가 직감적으로 승부가 끝났다는 것을 알아차렸지만, 창졸간에 일어난 일이라 누가 이겼는지를 알 수가 없었다. 이때 을지문덕이 오른손을 들어 요련청아를 가리키며 큰소리로 외쳤다.

"무사 김유신 우측 어깨 양단! 무사 요련청아 승!"

그 말이 신호이기나 한 듯이 김유신은 애써 통증을 참는 표정으로 오른쪽 어깨를 축 늘어뜨렸다. 물론 목검이니만큼 실제로 어깨가 잘라지거나 크게 다친 것은 아니지만 진검이었다면 충분히 그렇게 되었을 터였다.

그러자 아교로 입을 붙여 놓은 것처럼 쥐 죽은 듯이 조용하던 장내가 갑자기 환호의 도가니로 돌변했다.

"와아!"

"요련청아!"

"요련청아!"

승자는 당연히 저 정도쯤의 환호는 받아야 된다는 듯이, 을지문덕은 계속되는 환호성 소리가 잦아들기를 기다려 말문을 열었다.

"무사의 휴식을 위해 다음 경기는 삼십 분 후에 속개하겠소."

중간 휴식을 선언하자, 태황제는 강철의 안내를 받으며 황후와 상빈을 데리고 조금 전까지 시합이 펼쳐지던 대련장 옆의 막사로 갔다. 안에 마련된 자리에 앉자마자, 광공업부 총감인 강진영이 주변을 의식하지 않고 입을 열었다.

"폐하, 이런 시합을 가끔 가져야겠사옵니다. 정말 오랜만에 좋은 구경을 하는 것 같사옵니다."

태황제가 웃으며 대꾸를 했다.

"그러게 말이요. 과인도 같은 생각이요. 그런데 김유신은 많이 다치지나 않았는지 모르겠소."

다른 의자에 앉아 있던 강철이 대꾸를 했다.

"무사 막사에 조민제 장군이 있으니, 다쳤으면 치료를 할 것이옵니다."

"그렇다면 다행이오. 그런데 김유신을 상대로 이기다니, 그 여 무사가 참으로 대단하다는 생각이요."

"그러게 말씀이옵니다. 소장도 깜짝 놀랐사옵니다."

그 자리에 있던 장수들 모두가 시합 중에 감탄스러웠던 부분과 아쉬웠던 부분들을 거론하며 마치 어린아이들처럼 얘기들을 나눴다. 말끝에는 모두 하나같이 승리한 요련청아의 칭찬으로 매듭이 지어졌다. 그러는 사이에 심사관 막사에 있던 을지문덕이 들어와 다음 시합이 있겠다고 태황제에게 고했다.

다시 밖으로 나간 일행은 정해진 자리에 앉았고, 진행을 맡은 을지문덕이 시합을 속개하겠다는 선언과 함께 시합을 치를 연개소문과 요련청아를 대련장으로 불러내었다.

이제 연개소문과 요련청아가 대결할 차례였다. 두 사람도 역시 중앙에 대치를 했다. 막상 두 사람이 마주서니 호랑이와 토끼가 마주

한 듯 체구 차이가 너무도 컸다.

경기가 시작되자, 서로의 빈틈을 찾기 위해 눈빛을 빛내며 빙빙 도는 모습에 장내는 이미 숨소리 하나 들리지 않았다.

요련청아가 김유신을 상대로 승리하는 것을 보았지만 그래도 연약한 여인이라는데 조바심을 하는 듯했고, 미모의 여인이라는 이유 때문인지 마음속으로는 다들 요련청아를 응원하는 분위기였다.

두 사람이 검을 마주 대고 도는 속도가 차츰 빨라지기 시작했다. 먼저 검을 휘두른 것은 요련청아였다. 연개소문은 베어 오는 검을 살짝 피하고 다시 자세를 고쳐 잡았다.

서로 공격과 수비가 계속되는 가운데 1백여 합의 공방이 넘어서자, 요련청아는 두 번째 시합이라 그런지 가쁜 숨을 내쉬며, 얼굴빛이 점점 붉어진다는 것을 누구나 느끼고 있었다. 그렇지만 아직도 우열을 점치기 어려운 상황이었다.

이때 갑자기 연개소문이 상체를 옆으로 비스듬히 누이더니, 검을 아래에서 위로 원을 그리며 목검을 잡고 있던 요련청아의 손목을 올려쳤다.

구경하던 누군가 위기를 알아차리고는 '앗!' 하는 경악성을 지르는 것과 동시에 요련청아가 들고 있던 목검은 대련장 밖으로 날아갔다. 순식간에 일어난 상황이었다.

을지문덕은 연개소문이 승리했음을 선언했다. 장내에는 모두 아쉬워하는 표정이 역력했지만, 당사자인 두 사람은 마주 인사를 나눈 다음 역시 태황제를 바라보며 군례를 올렸다.

그들이 자리로 돌아가자, 을지문덕이 큰 소리로 외쳤다.

"오늘의 검술 시합에서 일등은 연개소문, 이등 요런청아, 삼등은 김유신이 차지했소. 이들에 대한 상은 폐하께서 손수 내리실 것이오. 그리고 삼등 이하 자에 대해서는 나중에 총리대신께서 상을 수여하실 것이요."

을지문덕의 말이 끝나자, 한껏 흥겨워진 태황제가 박수를 치면서 자리에서 일어났다.

"하하하! 장하시오. 세 사람은 과인 앞으로 나오도록 하시오."

세 사람이 태황제 앞으로 나와 군례를 올렸다.

우승자인 연개소문이 우렁찬 목소리로 말을 했다.

"태황제 폐하! 혹여 안전(眼前)을 어지럽히지나 않았는지 저어되옵니다."

"허허허! 아니오. 과인이 황후를 맞은 경사스러운 국혼 기간에 용사들이 펼치는 훌륭한 무용(武勇)을 잘 보았소."

"황공하옵니다."

이때 을지문덕이 세 자루의 검이 올려진 사각 상자를 태황제 옆에 가져다 놓고는 태황제에게 무엇인가 귓속말을 했다.

당시의 법도로서는 신하가 태황제 곁으로 바짝 다가가서 그렇게 귓속말을 하는 것은 있을 수 없는 행동이었지만, 태황제는 오히려 알아들었다는 듯이 을지문덕을 향해 웃으며 고개를 끄덕이는 것이었다.

그런 모습을 먼발치에서 보고 있던 백성들과 특히 태황제 바로 앞에 서 있던 연개소문은 속으로 기겁할 정도로 놀라고 있었다. 아무리 믿을 수 있는 신하라 할지라도 존체의 위험을 도외시하고, 저렇게까지 접근을 허용한다는 것은 도무지 있을 수 없는 일이었기 때문이다.

태황제가 이번 시합에 참가했던 세 사람에게 눈길을 주면서 입을 열었다.

"우선, 김유신 소령은 앞으로 나오시오."

그러자 김유신이 대답과 함께 댓 걸음 앞으로 나와 무릎을 꿇었다.

"소장, 대령했사옵니다."

태황제는 을지문덕이 집어 주는 한 자루의 검을 받아 김유신에게 내리면서 격려를 했다.

"김유신 소령, 과인에게 훌륭한 무예를 보여 주어 고맙소. 과인은 귀장에게 이 '현무검'을 상으로 내리겠소."

"황공하옵니다."

그는 검은 칼집에 현무검이라는 이름이 새겨진 검을 두 손으로 받아 쥐고는 다시 예를 올렸다.

"다음, 무사 요련청아는 앞으로 나오시오."

이미 지시가 있었는지 옆에 서 있던 연개소문이 통역을 해 주자, 그녀 역시 김유신이 하던 대로 댓 걸음 앞으로 나가 태황제 앞에 무릎을 꿇었다.

태황제가 빙그레 웃으며 말을 건넸다.

"그대는 여인의 몸임에도 과인이 감탄할 정도로 뛰어난 실력으로 훌륭한 성적을 거두었기에 이 '백호검'을 상으로 내리겠소."

그러고는 그녀에게도 역시 흰색 칼집에 든 한 자루의 검을 건네 주었다. 무릎을 꿇고 있던 그녀가 공손히 검을 받아들고는 입을 열었다.

"폐하, 소녀가 배달국 백성이 아니라 자격이 없음을 아셨음에도 끝까지 시합을 할 수 있게 해 주신 것만 해도 감읍하고 있사옵니다. 하온데 소녀의 무례를 벌하지 않으시고 이토록 상까지 내리시니, 소녀 몸 둘 바를 모르겠사옵니다."

그녀가 하는 말이 을지문덕에 의해 통역되자, 태황제는 내심 '예의까지 바르구나.' 하는 생각을 하면서 다시 말을 건넸다.

"하하하! 물론 우리 백성이었다면 더 좋았을 터이지만, 좋은 기예를 보여 준 것만으로 과인은 흡족하게 생각하겠소."

그녀는 넙죽 엎드려 절을 하고는 일어나 자기 자리로 돌아갔다.

마지막으로 연개소문이 앞으로 나왔다.

"연개소문, 그대는 빠른 시간에 한글과 군사교육까지 끝마쳤을 뿐만 아니라 검술 시합에서 뛰어난 기량으로 일등까지 했으니 참으로 장하다 아니할 수 없소. 과인이 배달국 계급을 내리고 싶은데 이미 들어서 알겠지만 과인이 내린 계급을 받고 돌아간 약덕 공이 곤경에 처했다는 것을 알고는 망설였었소. 헌데 조금 전 보국 공인 을지문덕 장군에게 들은 바 상관치 않는다고 하니, 그대를 배달국 육군 중령에 임명하고, 상으로 '청룡검'을 내리는 바이오."

하고는 태황제가 푸른색 칼집에 비상하는 용이 아로 새겨진 검을 수여하자, 그는 두 손으로 공손히 받아 쥐고는 감격스러운지 깊숙이 절을 했다.

"폐하, 소장이 비록 몸은 고구려로 돌아가겠지만, 앞으로 배달국과 태황제 폐하를 향한 충성은 변하지 않을 것이옵니다."

"하하하! 참으로 믿음직한 말씀이오."

연개소문은 배달국에 와서 생전 보지도 못했던 문물을 접하고, 교육을 받으면서 틈틈이 고구려 출신인 을지문덕과 연자발, 이문진 외에도 배달국 신료들과 대화를 나눠 왔다. 그렇게 되면서 마음은 이제 고구려 신하라기보다 배달국의 신하라고 해야 할 정도가 되었다.

그런 마음은 어쩌면 양만춘이 더한지도 몰랐다. 고구려 도성에서 명문대가의 자식으로 자라온 연개소문보다 최전방인 안시성 하급 무장의 아들인 그가 더 큰 고생을 하며 자랐고, 수나라 침입을 여러 번 겪으면서 힘 있는 나라에 대한 갈망이 남달랐기 때문이다.

태황제가 연개소문에 대한 계급 부여와 시상을 마치자, 을지문덕이 내일은 궁술 시합이 펼쳐진다는 말을 하면서 오늘의 검술 시합은 이것으로 마치겠다고 선언했다.

태황제는 을지문덕을 가까이 불렀다.

"보국 공!"

"예, 폐하!"

"오늘 시합에서 이등을 한 여자 무사가 내일 궁술 시합에도 출전한다니, 어디에 묵는지 알아보고 불편을 겪지 않도록 살펴 주도록 하시오."

"알겠사옵니다."

이때, 곁에 있던 상빈이 얼른 나섰다.

"폐하, 신첩이 부국전에서 잠시 데리고 있으면 어떻겠사옵니까?"

상빈은 태황제가 황후를 맞는 국혼식이 있기 전날, 백호상단 안에 새로 지은 궁전인 부국전으로 거처를 옮겼었다.

그 말을 듣고는 을지문덕이 깜짝 놀라며 만류를 했다.

"상빈마마, 그것은 안 될 말씀이옵니다! 그자의 근본이 대강은 밝혀졌다고는 하나 혹시라도 무슨 변고가 있을지도 모를 일이옵니다."

태황제가 상빈을 바라보며 물었다.

"상빈, 괜찮겠소?"

"폐하께서 상까지 내린 자이옵니다. 그런 자를 못미더워하는 것은 옳지 않다고 생각하옵니다."

태황제는 일리가 있다는 표정으로 고개를 끄덕였다.

"흠, 그러면 그녀의 의견도 들어 봐야 할 것이니, 보국 공이 대화를 나눠 보시고 괜찮다고 하면 부국전에서 머물게 해도 괜찮을 것 같소만……."

그래도 을지문덕은 불안한지 머뭇거리자, 곁에 있던 황후가 거들었다.

"아버님! 폐하께서도 가납하신 일이니, 일단 상빈마마 말씀대로 따르세요. 내키지 않는 부분은 제가 따로 단속을 하겠습니다."

"황후마마께서도 그리 말씀하시니 그럼 분부대로 하겠사옵니다."

을지문덕이 서둘러 물러가고 나자, 태황제가 궁으로 돌아가려다가 문득 생각이 났는지 뒤에 있던 총리대신에게 말을 건넸다.

"총리대신!"

"예, 폐하!"

"혹시, 우리 장수들의 가족 중에 먼 곳에 살고 있는 가족들이 몇 명이나 이번 행사를 구경하기 위해 왔는지 아시오?"

"……?"

"과인의 말은 이번 행사에 총리대신 처가 식구 분들도 오셨을 것이 아니요?"

"아! 예. 장인, 장모님뿐만 아니라 처 조부까지 오셔서 저희 집에 묵고 계시옵니다만, 무슨 일로 그러시옵니까?"

"실은⋯⋯."

하고 말을 꺼낸 태황제는 멀리 사는 장수들의 가족은 도성에 자주 오지도 못하는 사람들이니 이번 기회에 궁으로 불러 위로연을 열어 주는 것이 어떻겠느냐는 의견이었다.

태황제의 말을 들은 총리대신 강철은 고개를 가로저으며 말했다.

"폐하의 뜻은 알겠사오나, 적지 않은 인원도 문제지만 그렇게 되면 가족이 오지 못했거나 가족이 없는 장수들에게는 오히려 외로움만 가중시키지 않겠사옵니까?"

"허! 과인이 그 생각은 못했구려. 총리대신 말씀이 맞아요. 그럼, 없었던 얘기로 하십시다."

"알겠사옵니다."

"자! 그럼, 모두 돌아들 가시오. 과인은 부국전에 들렀다가 돌아가겠소."

하고는 상빈은 물론 황후까지 데리고 그곳으로 향했다. 혼례식을 올리기 전날 백호상단에 있는 부국전으로 처소를 옮긴 상빈과는 며칠 동안 시간을 갖지 못한 것이 미안했었다.

원래 백호상단은 구드래로 통하는 서문으로 나가서 강변을 따라 올라가야 그곳에 이를 수가 있었다. 그런데 이번에 상빈이 머물 전각을 지으면서 도성 담장을 헐고 직접 그곳으로 연결되는 문과 길을 만들어 놓았기 때문에 그들은 곧 부국전에 도착할 수가 있었다.

부국전은 백호상단 담장 안에 있기는 했지만, 상단 건물과는 분리되어 작은 문을 통해 오가게 되어 있기 때문에 별도의 건물인 셈이었다. 마당 가운데 있는 작은 연못에는 연꽃도 심어져 있었고, 곳곳에 운치 있는 나무들을 구해다 심어서 그런지 전각들이 들어차 있는 중천궁보다 오히려 조용하면서도 아기자기해 보였다.

태황제가 방으로 들어가 보료 위에 좌정을 하자, 황후와 상빈도 맞은편에 마주 앉으면서 먼저 황후가 조용한 목소리로 입을 열었다.

"상빈께서 궁에 계실 때는 제 마음이 든든했었는데, 이곳으로 나오시고 나서는 내명부의 일들이 그때만 못한 것 같아 걱정입니다."

황후의 말에 상빈이 대구를 했다.

"기껏 며칠이나 되었다고 그런 겸양의 말씀을 하십니까? 황후마마께서 지혜가 있으셔서 신첩이 내명부를 다스릴 때보다 훨씬 잘하실 것입니다. 폐하, 그렇지 않사옵니까?"

두 사람이 나누는 말을 듣고 있다가 갑자기 자신에게 질문이 날아오자 웃으며 대답했다.

"하하하! 두 분이 말씀하시다가 왜 과인을 끼워 넣는 것이요? 황후가 내명부를 어떻게 관장하는지는 아직 모르겠고, 상빈이 있을 때는 내명부가 모두 검소하게 생활했고, 심지어는 궁인들이 시간을 내서 군사들의 군복을 만들거나 연필까지 만들었다는 것도 알고 있소. 그러던 상빈이 이제 상단 일까지 하겠다고 이리로 나왔으니 참으로 그대는 못 말릴 사람이요."

태황제의 말에 상빈이 짐짓 샐쭉해지면서 대구를 했다.

"참! 황후마마의 지혜로우심을 여쭈었다가 공연히 신첩의 칭찬만 하시니, 신첩이 몸 둘 바를 모르겠사옵니다."

"하하하! 사실인 것을 어찌리오. 그런데 여기서 지내니 어떠시오?"

"예, 아직 상단 일은 손도 대지 못하고 있사옵니다. 아버님께서 산동 땅으로 떠나시면서 집사에게 맡겨 놓은 장부들을 살펴보고 있는 중이옵니다."

그 말을 들은 태황제는 책상 위에 수북이 쌓여 있는 장부책들을 힐끗 쳐다보며 입을 열었다.

"과인이 여기에 나라를 풍족하게 만드는 전각이라는 의미로 부국 전이라는 이름을 내린 뜻을 잘 알 것이요. 기왕에 상단 일을 하고 싶어서 나온 것이니, 열심히 해 보시오."

"예, 폐하!"

이때 밖에서 상빈을 수발하는 상궁이 다과상을 대령했다고 고했고, 안으로 들이라는 말과 함께 다과상이 들어왔다.

세 사람은 찻잔을 기울이며 이런저런 화제로 이야기꽃을 피웠고, 화제 중에 으뜸은 단연 요련청아의 시합 내용이었다. 태황제는 생각할수록 놀라운지 고개를 흔들며 말했다.

"아까 우리 신료들과도 그런 얘기를 했지만, 과인은 지금도 여자의 몸으로 김유신을 이겼다는 것이 믿어지지 않아요."

황후인 을지유선이 대꾸를 했다.

"폐하, 고구려에는 여자 무사가 적지 않사옵니다."

"호! 그래요?"

"예, 고구려에는 우리 배달국의 학교와 마찬가지로 각 고을마다 경당이라는 곳이 있사온데 그곳에서는 논어와 시경 같은 글도 가르치고, 승마와 활쏘기도 가르치고 있사옵니다. 그곳에서는 일반 백성들의 자제들도 공부를 할 수 있기 때문에 더러는 여인네들도 들어가 공부를 하옵니다."

태황제는 경당에 대해서는 알고 있었지만, 여자까지 들어가 공부할 수 있었다는 것은 몰랐었기 때문에 새삼 속으로 놀라고 있었다.

"그렇구려!"

을지유선은 태황제가 관심을 보이자, 계속 말을 했다.

"아까 요련청아 낭자가 폐하께 아뢰는 말을 들어 보니, 그녀 역시도 경당에서 공부를 했음이 분명한 것 같았사옵니다."

"아하! 역시 그래서 그런지 예의도 발라 보였소."

태황제가 감탄하고 있을 때 밖에서 보국 공이 대령해 있다고 상궁이 고하는 소리가 들렸다.

'듭시게 하라.'는 말이 떨어지자, 방으로 들어와 부복한 을지문덕이 대왕벌에 쳐놓은 군막에 머물고 있던 요련청아를 데려왔다고 고했다. 그렇지 않아도 그녀에 대한 얘기를 나누고 있었기 때문에 태황제는 피식! 웃음이 나오면서 들어오게 하라고 명했다.

방 안으로 들어와 부복한 그녀를 보니, 시합장에서 입었던 옷과는 달랐다. 좀 더 화사해 보이는 이국풍의 치마저고리 차림새였고, 이미 오면서 을지문덕으로부터 얘기를 들었는지 당황해하는 기색도 없었다. 그런 모습을 보고 갑자기 장난기가 발동한 태황제는 황후에게 통역을 하라 이르고는 질문을 했다.

"그래? 과인이 그대에게 상으로 준 검은 어떻게 했는고?"

"예, 폐하께서 계신 자리에는 병장기를 소지할 수 없다고 하여 문 밖에 계신 분께 맡겼사옵니다."

"그대는 고구려 백성으로 감히 배달국 도성에 들어와서 버젓이 무술 시합에까지 출전했는데 잘못되면 경을 칠 일이라는 것을 아시기나 하셨소?"

"소녀가 처음에는 한두 번 시합을 해 보고 집으로 돌아갈 작정이었사오나, 폐하께서 두 분 마마님을 모시고 도성 안을 돌아보시는 모습에 도무지 발걸음이 떨어지지 않았사옵니다. 그래서 멀리서나마 세 분 모습을 뵙는 것이 즐거워 계속 남아 있게 된 것이옵니다."

그 말에 고개를 끄덕인 태황제가 또다시 물었다.

"그대의 부친은 그대가 이곳에 온 것을 알고 있소?"

"처음에는 모르셨으나 지금쯤은 아실 것이옵니다. 오늘 새벽에 소녀가 옥에 갇히자 함께 왔던 동무가 알리러 갔다는 말을 들었사옵니다."

"……?"

태황제로서는 그녀가 옥에 갇혔었다는 것은 처음 듣는 소리였기 때문에 을지문덕에게 무슨 소리냐고 힐문하듯이 쳐다봤다.

"폐하, 이미 말씀 올린 바와 같이 남의 백성패를 사용하여 결승까지 올랐다는 고변이 있자, 형법청장인 부여사걸 장군은 즉시 그녀를 체포하여 하옥을 시켰사옵니다. 곧, 이 사실을 아신 총리대신께서 서둘러 방면하라고 명하시고, 조사할 일이 있으면 방면한 상태에서 하라고 지시하셨던 것이옵니다."

"일이 그렇게 된 것이구려. 알았어요."

태황제는 계속해서 그녀와 대화를 나누면서 그녀의 부족에 대해 많은 것을 알 수가 있었다. 원래 말갈족의 요련(遙輦) 부족은 두만강 건너에 살고 있었는데, 근처에 있던 대부족인 안차골 부족에게 늘 수탈을 당해 왔다는 것이었다. 그래서 부족장인 그녀의 조부는 참다못해 그곳을 떠나기로 결심하고 부족민을 이끌고 강을 건넜지만, 어떻게 알았는지 안차골 부족이 추격해 와서 수많은 부족민과 그녀의 조부까지 목숨을 잃었다는 것이다.

죽을힘을 다해 간신히 고구려 땅 깊숙이 들어서자 그들은 더 이상 따라오지 않고 물러갔지만, 이번에는 고구려 군사가 나타나 자신들을 포위하고 공격하려 했다는 것이다. 그러자 부족장이 된 자신의 부친이 혈혈단신으로 고구려 진영으로 가서 자초지종을 설명하고 해명을 해 봤으나, 막무가내로 고구려 도성까지 끌고 갔다는 것이다.

다행히 도성으로 끌려간 그녀의 부친은 고구려 태왕을 알현할 기회를 얻었고, 태왕은 마홀(馬忽)* 처려근지라는 벼슬을 내리면서 오늘날까지 그곳에서 살게 해 주었다는 것이다.

태황제는 자신이 장난스럽게 시작한 대화였지만, 한 부족이 걸어온 길을 알고 나니, 나라의 흥망성쇠와 크게 다르지 않다는 생각이 들었다.

이때 황후가 그녀를 향해 무슨 말인가 건넨 이후로 한동안 두 사람 사이에 대화가 오갔지만, 고구려 말이라 태황제는 알아들을 수가 없었다.

대화가 끝났는지 황후는 상빈을 보면서 말을 했다.

---

*마홀(馬忽): 경기도 포천 지역의 삼국시대 이름.

"상빈마마, 이제 그녀를 쉴 수 있도록 해 주시지요."

"예, 황후마마."

상빈은 밖에 대기하고 있던 상궁에게 그녀가 쉴 수 있도록 방으로 안내해 주라고 명했다. 그녀가 상궁을 따라 밖으로 나가자 태황제가 궁금해할 거라는 것을 알았는지 황후는 그녀와 나눈 대화 내용을 설명했다.

자신도 고구려 사람이었다는 것을 말해 주었고, 배달국에 살고 싶지 않느냐고 물었더니 그녀는 당연히 그러고 싶지만 아비의 뜻을 물어보아야 한다고 말하더란 것이었다. 특히 말갈 부족들은 부족장의 뜻을 거역하면 안 된다고 교육을 받아 왔기 때문에 그렇다는 말까지 덧붙였다.

황후의 말을 듣고 난 태황제는 이해가 되는지 고개를 끄덕이고는 한참 동안 무슨 생각을 하더니 입을 열었다.

"자, 이제 상빈도 좀 쉬어야 하지 않겠소? 궁으로 돌아갑시다."

태황제가 돌아가자고 하니 황후가 간곡하게 말했다.

"폐하, 오늘은 이곳에서 상빈마마와 함께 지내시옵소서. 신첩 혼자 돌아가겠사옵니다."

그러자 상빈이 손사래를 치며 정색을 하고 말을 했다.

"황후마마, 그것은 안 될 말씀입니다. 지금 국혼 기간 중인데 폐하께서 이곳에 계시면 다들 어떻게 보겠습니까?"

두 사람이 나누는 말을 들으면서, 태황제는 물론 동석해 있는 을지문덕도 보기가 여간 흐뭇한 것이 아니었다.

또다시 장난기가 발동한 태황제가 한마디 했다.

"흥! 두 분 모두 과인과 함께 있기가 싫은 모양이니, 비빈을 더 들여야 하겠소이다."

"예?"

"……?"

황후와 상빈은 어이가 없는지 태황제를 물끄러미 쳐다봤다.

"하하하! 왜들 그렇게 놀라시오? 과인의 말이 틀렸소?"

그러자 애교가 많은 상빈이 얼른 말을 받았다.

"폐하, 그러시어요. 신첩이 그렇지 않아도 하고 싶은 일이 있었사온데, 그 일을 하자면 일손이 모자랄 것 같았사옵니다. 기왕이면 비빈을 많이 들이시옵소서."

이번에는 태황제가 어이가 없었다. 혹 떼려다 혹을 붙인 격이 아닌가?

"허어! 아니 무슨 일이 하고 싶기에 과인이 비빈까지 들여야 한다는 말씀이요?"

"예, 실은 신첩이 상단 일을 도우면서 한편으로는……."

하고 말을 꺼낸 그녀는 자신의 생각을 말하기 시작했다.

나라를 위해 전쟁터에 보냈던 자식이 전사하면 의지할 데가 없어진 노부모들은 그 가문에서 돌봐주거나, 나라에서 전사자에 대한 보상을 하고는 있다지만 그것만 가지고는 연명하기가 쉽지 않다는 것이었다. 그래서 거둬 줄 사람도 없고 의지할 데도 마땅치 않은 노인들을 따로 모아 돌봐 줄 곳을 마련해 주고 싶다는 것이었다. 그 말을 다 듣고 난 태황제는 놀랍기도 하고 대견하기도 해서 할 말을 잃었다.

황후와 을지문덕도 놀라기는 마찬가지였다.

을지문덕이 먼저 입을 열었다.

"상빈마마! 오늘 마마의 말씀을 듣고, 전쟁터에서 수많은 장졸들을 잃어 봤던 소장으로서는 저절로 머리가 숙여지고 눈물이 나올 지경이옵니다. 그렇게 한다면 누구인들 나라를 위해 목숨을 바치기를 주저하겠사옵니까?"

자신의 부친인 을지문덕이 숙연하게 말을 하자, 황후가 입을 열었다.

"상빈께서 그런 생각을 하시고 계셨다니, 제가 부끄럽습니다. 그런 일은 상빈께서 하시기보다도 황후인 제가 나서야 마땅한 일입니다. 그래야 다른 신료 분들의 대부인들도 동참시키기가 쉬울 것입니다."

태황제가 그들의 말을 듣고는 입을 열었다.

"농담 한마디 했다가 상빈의 대견한 생각을 듣게 되어 과인은 흐뭇하오. 하하하! 그러나 상빈은 이제 갓 상단 일을 시작했으니 자리가 잡힐 때까지는 상단 일에만 신경을 쓰세요. 황후 역시 내명부를 탄탄히 다져 놓는 일이 우선이요. 그런 다음 두 분이 상의해 나가도록 하세요."

"예, 알겠사옵니다."

두 사람이 다소곳이 대답을 하자 태황제는 상빈의 입에서 또 무슨 말이 나올까 싶어 자리에서 일어나며,

"상빈만 남겨 두고 일어나자니 미안한 마음이지만 이제 돌아가 봐야겠소. 내일 궁술 시합장으로 갈 때 데리러 오리다."

하고는 상빈인 목단령만 남겨 놓고 자리를 떴다.

제국군사대학 학장을 맡고 있는 을지문덕은 자신의 집무실로 가면서 참으로 다행이라는 마음이었다. 원래 궁이라는 곳이 보이지 않는 질투와 암투가 난무하는 곳임에도 자신의 딸인 황후와 상빈이 자매처럼 지내는 것도 그렇고, 태황제도 두 여인에게 농까지 건네며 여염집 남자가 부인에게 하는 것보다 더 다정하게 대하니 그 모습이 너무나 보기 좋았기 때문이었다.

이튿날이 되었다. 태황제는 예정대로 황후와 상빈을 대동하여 남궁(南宮) 근처에 마련되어 있는 널찍한 궁술 시합장으로 갔다.

오늘 그곳에서는 두 가지 행사가 펼쳐질 계획이었다. 궁술 시합 결승전이 끝나고 나면 다음으로는 새로 개발한 무기를 비롯해서 배달국의 병장기들을 선보일 예정이었다.

먼저 시합을 주관하는 을지문덕이 오늘 궁술 시합의 결승전은 말을 타면서 화살을 쏘는 기사(騎射)와 멀리 있는 과녁을 맞히는 원사(遠射), 움직이는 과녁을 맞히는 속사(速射)로 하고, 각기 다섯 발씩의 화살을 쏘아 정확히 명중하는 숫자로 승부를 결정하겠다고 말했다. 그러고는 심사관으로는 자신과 김용춘, 부여망지, 부여사걸 장군이 맡겠다고 하고는 결승전에 진출한 자들을 호명했다.

"배달국 육군 중사 조미저리, 고구려국 조의 양만춘, 고구려국 무사 요련청아 이상 세 명의 무사는 앞으로 나오라!"

세 사람의 이름이 불리자, 구름 떼처럼 몰려 있던 구경꾼들은 열화 같은 환호와 박수를 보냈다.

시합이 선언되고 첫 번째로 멀리 있는 과녁을 맞히는 원사가 실시되었다. 세 사람이 나란히 서서 한 발 한 발 화살이 쏘아질 때마다 관중들의 환성이 떠나갈 듯이 울려 퍼졌고, 결과는 조미저리가 다섯 발 모두를 명중시켜 5점을 얻었고, 양만춘과 요련청아가 각각 4점을 획득했다. 뒤이어 움직이는 과녁을 맞히는 속사에서는 3명이 모두 네 발씩을 명중시켜 각기 4점을 획득했다. 현재까지 경기 결과는 조미저리가 제일 앞서가고, 양만춘과 요련청아가 동점으로 뒤를 따르고 있었다.

태황제는 대단한 실력을 보이고 있는 조미저리라는 무사에 대해 궁금해졌다. 저런 정도의 실력이라면 적어도 위관급 장수는 되었을 텐데, 계급이 중사라고 하니 의아한 생각까지 들었던 것이다.

그는 바로 뒤쪽에 앉아 있던 강철에게 물었다.

"총리대신, 조미저리라는 무사에 대해서는 과인이 들어 본 바가 없는 것 같은데 총리대신은 아시오?"

"예! 소장도 정보사령에게 들은 것이오나, 이 자리에서 자세히 말씀드리기는 어려울 것 같사옵니다. 간단히 말씀드리면, 원래 저자의 조부 때까지만 해도 저자의 가문은 백제에서 명문 중에 하나였다고 하옵니다. 그런데 도성을 웅진에서 부여로 옮기려는 성왕의 뜻을 반대하다가 결국 왕의 노여움을 사서 조부와 부친이 효수를 당하고 집안이 몰락했다고 하옵니다."

"어허! 저런!"

"그 이후로는 거의 천민에 가까운 생활을 해 왔다고 들었사옵니다."

"흠…… 그렇구려! 잘 알겠소."

대화를 나누는 사이에 다음 경기인 기사가 펼쳐지고 있었다. 3백 미터 거리에서 말을 타고 중간 곳곳에 놓인 5개의 과녁을 맞히고 나서 정해진 시간 안에 들어와야 하는 꽤나 어려워 보이는 경기였다.

먼저 요련청아의 순서였다. 말에 오른 그녀는 힘차게 채찍질을 하여 뛰는 말 위에서 화살을 메겨 먼 곳에 놓인 과녁과 가까이 놓인 과녁을 연달아 쏘고는 종착점에 다다랐다.

세 발이 명중했다는 발표가 있었고, 다음 순서로는 양만춘이었다. 힘차게 말의 옆구리에 박차를 가한 그는 활에 살을 메기는 것이 눈에 보이지 않을 정도로 번개같이 과녁을 향해 화살을 날렸다.

뚫어질 듯이 그의 모습을 바라보고 있던 강철은 현대에서 보았던 고구려 벽화 속에서 활을 든 싸울아비가 막 튀어나와 들판을 달리고 있는 것 같은 착각마저 들었다. 역시나 예상한 대로 다섯 발 모두를 명중시켰다는 발표가 있었다.

마지막으로 조미저리의 출전 순서였다. 그가 말을 타고 출발선에 서자, 유일하게 배달국 백성이라 그런지는 몰라도 관전하고 있던 군중들은 열광적으로 응원과 환호를 보내고 있었다. 그의 체구는 그리 크지 않았지만, 타고 있는 말이 왜소해서인지 꽤나 커 보였다. 드디어 출발을 알리는 깃발 신호와 함께 그가 탄 말은 땅을 박차고 뛰어나갔고, 역시 활시위에 메겨 쏘아진 화살은 과녁을 향해 날아갔다.

멀리 떨어져 있는 과녁에서 '턱!' 하는 소리가 들리는 것으로 보아 명중이 확실했다. 두 번째와 세 번째 그리고 네 번째 화살이 쏘아지고, 등에 메고 있는 화살통에서 마지막 다섯 번째 화살을 꺼내는 순간에 관전하던 군중들의 입에서 '저런!' '아!' 하는 신음과 탄식 소리가 흘러나왔다.

갑자기 무슨 이유에서인지 조미저리가 타고 있던 말의 앞다리가 푹! 꺾이면서 조미저리는 활을 거머쥔 채 땅에 떨어져 앞으로 고꾸라졌다.

순식간에 일어난 일이었고, 관전하던 군중들도 놀란 입을 다물 줄 모르고 멍하게 쳐다볼 뿐이었다. 경기장을 관리하고 있던 군사들이 조미저리를 부축해 출전자 막사로 데려가고 있었고, 심사관들도 협의가 필요해서인지 그들의 막사로 들어가고 있었다.

관전하던 군중들은 안타까운 마음에 계속 웅성거리며, 결과가 어떻게 될 것인지 궁금해하는 모습들이었다. 태황제도 조미저리가 크게 다치지 않았다면 다시 기회를 주고 싶다는 생각이었지만, 그것은 심사관들이 결정할 문제였기 때문에 어떤 결과가 나올지 잠자코 기다리고 있었다.

곧, 을지문덕이 간단한 설명과 더불어 1등 양만춘, 2등 조미저리, 3등 요련청아라고 결과를 발표하면서 폐하께서 시상식을 하시겠다고 말했다.

을지문덕의 말에 따르면 시합 장비는 각자가 손에 익은 것을 사용하도록 기회를 줬기 때문에 말의 관리를 소홀히 한 것도 본인 책임이라는 설명이었다. 다만, 결승점까지 들어오지는 못했지만, 심사관 모두의 의견에 따라 낙마하기 전까지 쏘았던 네 발 중 명중한 세 발은 인정하기로 하고, 종목별 점수들 합산하여 순위를 결정했다는 설명이었다. 1등을 한 양만춘이 호명되고, 앞으로 나온 그에게 태황제가 입을 열었다.

"장수 양만춘, 과인은 하늘에 있을 때부터 그대의 이름을 익히 들어 알고 있소. 과연 짐이 알고 있던 대로 명궁으로서 유감없는 실력을 보여 주어 장하게 생각하오. 그대를 배달국 육군 소령에 임명하고, 일등에 대한 상으로 '청룡검'을 내리는 바이요."

"폐하! 감읍하옵니다. 앞으로 소장은 어느 곳에 있건 폐하께서 부르시면 설사 그곳이 불속일지라도 달려가겠사옵니다."

"고맙소."

다음으로 2등을 한 조미저리가 호명되었다.

말에서 떨어지면서 다쳤는지 절름거리며 걸어 나와 태황제 앞에 무릎을 꿇은 그의 행색은 안타까운 마음이 절로 들만치 속살까지 드러나 보이는 낡아 빠지고 거친 삼베옷 차림이었다. 배달국에서 이 정도로 헐벗고 있는 백성은 이미 없어졌다고 알고 있던 태황제가 무슨 생각이 들었는지 질문을 했다.

"그대는 농사를 지을 땅은 받았는가?"

"예, 받았사옵니다."

이미 각 촌락에 파견된 강사를 통해 한글교육을 받아서인지 그는 바로 대답을 했다.

"그렇다면 농사도 지었을 터인데, 어찌 도성까지 온 자의 의복이 그 모양이더란 말인가?"

"폐하, 그것은…… 소인이 그동안 꾸었던 장리곡(長利穀)*을 갚느라고 의복을 마련할 여유가 없어서 그런 것이옵니다."

---

* 장리곡(長利穀): 부유한 농가나 토호로부터 양식(糧食)을 꾸어 먹던 제도나 꾸었던 곡식을 일컫는 말.

태황제가 나무라듯이 하는 말에 처음에는 머뭇거리던 그가 그동안 꾸어 먹었던 곡식을 갚느라고 그렇다는 대답을 하자 또다시 물었다.

"그 장리곡의 이자는 한 해에 얼마인고?"

"예, 오 할이옵니다."

"오 할?"

태황제는 오 할이라는 대답에 깜짝 놀라 되뇌고는 뒤쪽에 서 있던 총리대신인 강철을 쳐다보았다. 그도 놀랐는지 태황제 옆으로 나와 말을 했다.

"폐하, 소장이 알아보겠사오니 일단 하시던 시상을 마저 하시옵소서."

"알겠소. 허허! 아직도 우리 배달국은 멀었구려. 없는 백성들의 등을 치는 자들이 아직도 남아 있다니 말씀이요."

"……."

태황제가 허탈하게 웃으며 하는 말에 강철도 마땅히 대꾸할 말이 없었다. 이어서 조미저리를 쳐다보며 태황제는 물었다.

"말은 어떻게 된 것인가?"

"예, 소인이 틈틈이 수련했던 궁술 실력을 알아보기 위해 시합에 출전하면서, 이웃에 사는 촌민이 짐 운반에 사용하던 말을 잠시 빌려 온 것이옵니다."

어쩐지 너무 왜소해 보인다 했더니, 수레를 끌던 말이 아닌가!

"허허허! 그런 말을 타고도 궁술 시합에서 이등을 했더란 말이냐?"

"……."

어이없는 웃음을 흘리던 태황제는 소리 높여 말을 했다.

"배달국 육군 중사 조미저리는 들어라! 과인은 그대를 배달국 육군 대위에 임명하고 제국군사대학에 입교 자격을 부여한다. 아울러 이번 시합에서 보여 준 훌륭한 성적과 감투 정신을 높이 평가하여 백호검과 준마(駿馬) 한 필을 상으로 내린다. 다음에는 더 멋진 모습을 보여 주길 바라노라."

이어 태황제로부터 한 자루의 검이 하사되자 시합장은 한동안 떠나갈 듯한 환호 소리로 넘쳐흘렀다.

"폐하, 감읍하옵니다. 소인 분골쇄신하여 충성을 다하겠사옵니다."

깊게 절을 한 그가 자리로 돌아가자 이번에는 3등의 성적을 거둔 요련청아가 불려 나왔다. 그녀는 어제 검술 시합에서 2등을 하여 백호검을 받았기 때문에 준마 한 마리와 여자라는 것을 감안하여 유리 보석 장식이 상품으로 주어졌다.

이렇게 시상을 마치자, 을지문덕은 궁술 시합이 모두 끝났다는 것을 선포하면서 1시간 후에는 배달국의 병장기 공개가 있을 예정이라고 발표했다.

병장기 공개 순서를 기다리는 동안, 태황제 일행은 부여장이 살고 있는 남궁에서 잠시 휴식을 갖기로 예정되어 있어서 그곳으로 가고 있었다. 바로 그때 정보사령인 무은이 헐레벌떡 달려와서는 총리대신에게 작은 목소리로 무슨 말인가를 전했다. 고개를 끄덕인 강철이 태황제에게 다가와 역시 낮은 소리로 말을 했다.

"폐하, 예상대로 요련청아의 부친이 소녀 하나만 데리고 몰래 시합장에 들어왔는데, 시합이 끝나기를 기다려 지금 막 체포한 모양이옵니다.”

“그래요? 흠…… 일단 군막 중에 한 곳을 비워서 그들을 요련 낭자
와 함께 있도록 하시고, 우리의 병장기 공개도 보게 하세요. 행사가
모두 끝난 다음, 편전에서 그들을 만나 보겠소. 총리대신과 보국 공
도 함께 말씀이요. 가능한 정중하면서도 불편하지 않게 해 주라고
하시오.”

“알겠사옵니다.”

대답을 한 강철은 멀찍이 서서 기다리던 무은을 불러 낮은 소리로
지시를 내리자, 무은은 또다시 쏜살같이 사라져 갔다.

백제 국왕이던 부여장과 왕자이던 부여의자가 거주하고 있는 남궁
에는 처음 와 보는 태황제였다.

“폐하, 황후마마, 상빈마마, 어서 오시옵소서!”

“사비 공, 공의 집에는 과인이 처음 와 보는구려.”

“예, 이렇게나마 폐하를 모실 수 있어 광영이라 생각하옵니다.”

“자자! 다들 앉으십시다.”

태황제가 먼저 대청에 자리를 잡자, 황후와 상빈 그리고 신료들도
자리를 잡고 앉았다.

“오면서 보니 주변 경관이 참으로 수려하구려.”

“그렇사옵니다. 그래서 한때 소장은 이곳 근처에 연못을 만들어
보려는 생각도 했었사옵니다.”

그 말을 들은 태황제와 몇몇 천족장군들은 ‘아하! 왕이었던 부여
장이 저런 생각을 하고 있었으니 현대에서는 남궁은 없어지고, 이
자리에 궁남지라는 인공 연못이 있었던 것이로구나.’ 하는 생각이

문득 스쳤다.

이때, 사비 공의 식솔들이 나와 차례로 문후 인사를 했다.

부여장이 처인 선화라고 소개하자, 그녀는 조심스럽게 절을 했다. 그녀는 나이가 들었음에도 소문대로 대단한 미인이었다. 이어 자식들을 소개하면서 문후를 올리게 했는데, 장남인 부여의자 외에 4명의 딸과 마지막이 아들 교기였다. 나중에 들은 말이지만, 그들 중에 딸 하나만 선화 대부인의 소생이고, 나머지는 반역행위로 효수된 사택 황후의 소생들이었다.

그들이 예를 올리는 중에 태황제의 눈에 뜨인 사람이 있었다. 언뜻봐도 선화 대부인을 쏙 빼닮은 부여장의 셋째 딸이었다.

"사비 공, 셋째 여식이 부여낭낭이라고 했던가? 아주 조신해 보이고 미인인데, 나이는 어떻게 되오?"

"예, 폐하! 소신의 여식을 그토록 어여삐 보아 주시니 감읍하옵니다. 금년 열여섯이옵니다."

"흠, 혼처는 정하셨소?"

"아니옵니다. 첫째만 혼처를 잡았고, 아래로 아직 둘째가 남아 있어 셋째에 대해서는 그런 생각을 못하고 있었사옵니다."

"그렇다면 다행이오. 과인이 월하빙인이 되어 볼까 하는데 괜찮겠소?"

태황제가 뜬금없이 중매를 서겠다는 말에 좌중은 눈이 휘둥그레졌다.

"폐하! 황공하게도 폐하께서 그렇게까지 말씀하시는데, 어찌 소장이 따르지 않을 수 있겠사옵니까?"

"그럼, 약조한 것이요. 나중에 딴 말씀 없기요?"

"여부가 있겠사옵니까."

태황제는 공주에 있는 과학부에서 밤낮없이 기술 연구에만 골몰하는 박상훈을 염두에 두고 꺼낸 말이었지만, 그 속을 알 길이 없는 신료들은 모두 궁금해할 수밖에 없었다. 그런 눈치를 알아챈 태황제는 빙그레 미소를 지으며 슬며시 화제를 바꿨다.

"여러분들은 조금 전에 궁술 시합에서 일등을 한 양만춘 소령을 어떻게들 보셨소?"

한쪽 구석에 앉아 있던 알천이 얼른 말을 받았다.

"가장 어렵다는 기사에서 다섯 발 중 다섯 발 모두 명중을 했으니 신궁이라고 해도 과언이 아닐 정도였사옵니다. 앞으로 훌륭한 장수가 될 재목이 분명하옵니다."

그러자 그 옆에 앉아 있던 내정부 대신 백기가 자기 의견을 말했다.

"소장은 조미저리 대위도 양만춘 소령에 못지않다고 봤사옵니다. 양만춘 소령은 고구려에서 이미 체계적인 무예 수업을 받은 것으로 알고 있지만, 조미저리 대위는 혼자 수련을 하여 그 정도의 실력을 보여 주었사옵니다. 그런 것을 감안하면 절대 뒤지지 않는다고 생각하옵니다."

태황제가 무릎을 치면서 고개를 끄덕였다.

"백기 장군이 잘 보셨소. 과인은 지금도 어이가 없는 것이 글쎄 짐이나 나르던 형편없는 말로 경기에 출전하고도 이등을 했다는 것이요. 허참! 그런 거 보면 아직도 재주와 실력을 가진 사람들이 나라 곳곳에 묻혀 있음을 알 수 있소. 이 점을 다들 명심해 주시오."

"분부 명심하겠사옵니다!"

"뿐만 아니라 지금도 백성들의 어려운 처지를 이용해서 사리사욕을 채우는 자들이 있다고 하오. 총리대신은 내각을 총동원해서라도 그런 자들을 찾아내 응분의 대가를 치르게 하시오."

"알겠사옵니다!"

"허허! 말을 하다 보니 과인이 화기애애하던 분위기를 망친 것 같아요. 미안하오."

태황제의 말을 이해하는지 백제 국왕이던 부여장이 대꾸를 했다.

"아니옵니다. 구구절절 지당하신 말씀이옵니다."

"그렇게 생각해 주신다면 고맙소."

이때, 이휘조가 들어와 준비가 끝났다고 보고를 했다.

그렇지 않아도 분위기를 썰렁하게 만들어 미안하던 태황제는 얼른 자리를 털고 일어났다. 그는 신료들과 함께 병장기를 선보일 행사장으로 자리를 옮기면서 총리대신인 강철을 가까이 불렀다. 강철도 무슨 말이 있을 것이라고 예상했었는지 미소를 띠며 다가왔다.

"총리대신이 보기에는 사비 공의 셋째 여식이 어떻소?"

"폐하, 보는 눈이야 다 같지를 않겠사옵니까? 삼현오미(三賢五美)로 입에 오르내릴 정도인데 말해서 무엇하겠사옵니까? 그런데 누구에게 중매를 서시려고 그러시는 것이옵니까?"

"아, 과학부 총감인 박상훈 장군을 생각했소만, 그런데 삼현오미라는 것은 또 무슨 말씀이요?"

"예, 우리 배달국에 있는 세 명의 지혜로운 여인과 다섯 명의 미인을 일컫는 말이라고 하옵니다."

"호오! 삼현은 누구고, 오미는 또 누구란 말씀이요?"

"하하! 폐하께서도 관심이 있으시옵니까? 황후마마께서 삼현과 오미에 모두 속해 있고, 상빈마마 역시 삼현 중에 한 분이시옵니다."

"또 한 사람은?"

"예, 소장의……."

"아하! 총리대신의 대부인도 삼현 중에 한 분이시구려."

"허허! 그냥 떠도는 소문일 뿐이옵니다."

"그러면 오미는 또 누구요?"

"예, 황후마마와 지난번에 신라에서 보낸 공녀(貢女) 중에 자미라는 여인, 그리고 오늘 보신 사비 공의 여식인 부여낭낭, 공업청에 봉직하고 있는 장하성의 여식인 장아연 그리고 특전군사령인 조영호 장군의 정부인이옵니다."

그 말을 들은 태황제는 강철의 소매를 잡아당겨 입을 귀에 대고는 작은 소리로 속삭이듯이 말했다.

"우리가 도둑놈들 아니요? 나라 안에 현녀와 미녀는 모두 우리가 꿰찬 것 같으니……."

강철은 주변을 의식해서인지 아무 대꾸도 하지 않고 고개를 끄덕이며 소리 없이 웃기만 하더니 입을 열었다.

"폐하, 하오나 국혼식 중인데 또 궁혼식을 한다면 한해에 몇 번씩 혼례행사를 갖는다는 것이……."

"하하하! 그 말이 나올 줄 알았어요. 그래서 다음 번 궁혼식은 내년쯤에 합동으로 해 줄 생각이니 걱정하지 않아도 될 것이요."

"그러시다면야……."

대화를 나누는 사이에 행사장에 도착했다.

자리에 좌정을 하고 행사장을 살펴보니, 좌측 첫줄에는 기관단총을 든 특전군들이 10명씩 2열 횡대로 서 있었고, 그다음 줄에는 다발로 묶인 원통형 쇠 파이프가 설치된 다섯 대의 수레에 각 5명씩의 군사가 붙어 있었다.

그것은 태황제도 처음 보는 것이었지만 신기전을 발사하는 화포라는 것을 금방 알아보았다. 또 그다음 줄에는 철마포라고 이름을 고쳐 부르고 있는 탱크가 대기해 있었고, 마지막에는 공격용 비조기가 땅 위에 착륙해 있었다.

그들 장비가 위치한 반대쪽을 바라보니, 5백 미터쯤 되는 지점에 궁궐 대문만큼이나 큰 과녁이 하나 놓여 있었고, 그다음 1천 미터쯤 되는 지점에 2개의 과녁이 횡으로 놓여 있었으며, 마지막 2킬로미터 정도 떨어진 곳에도 과녁들이 3개나 옆으로 놓여 있었다.

행사장에는 1만에 가까운 제국군들과 도성에 와 있던 백성들이 모두 다 모였다고 해도 과언이 아닐 정도였다.

이윽고, 진행을 맡은 육군사령인 우수기가 마이크를 잡았다.

"국혼 기간 중인 오늘 태황제 폐하를 모신 자리에서 우리 배달국의 병장기 중에 몇 개를 공개적으로 선보이기로 하였소. 이중에는 하늘에서 가져온 것도 있지만, 배달국에서 만든 것도 있다는 것을 밝히는 바이요. 그럼, 첫 번째로 기관단총 사격 시범을 보이겠소."

말이 끝나자, 좌측 맨 앞에 2열 횡대로 서 있던 특전군들이 앞줄은 앉아쏴 자세를 뒷줄은 서서쏴 자세를 잡더니, '사격!' 신호와 함께 그들의 앞쪽에 놓여 있는 첫 번째 과녁을 향해 기관단총을 발사하기 시작했다.

일부러 소음기를 빼서인지 콩 볶을 때 나는 소리처럼 요란한 소리와 함께 과녁에는 구멍이 숭숭 뚫리고 있는 것이 뚜렷이 보이고 있었다.

뒤쪽에 앉아 있던 강철이 입을 열었다.

"폐하, 지금 쏘아지고 있는 총탄은 이번에 새로 만든 것이옵니다."

"흠…… 우리가 가져온 것과 큰 차이를 모르겠구려."

"예, 소장이 보기에도 많이 개량된 것 같사옵니다."

이때 사격 중지를 지시하는 우수기의 명령에 따라 사수들은 줄을 맞춰 빠져나갔고, 백성들은 무엇이 그렇게 좋은지 고래고래 만세 소리를 질러 댔다. 그 사이에 첫 번째 놓여 있던 너덜너덜해진 과녁이 치워졌다.

우수기는 만세 소리가 잦아들기를 기다려, 다음으로는 신기전 화포 사격이 있겠다고 말을 했다. 그 말이 떨어지자, 군사들이 5대의 신기전 화포를 굴려서 기관총 사수들이 있던 자리에 세웠다.

발사 준비가 완료된 것을 확인한 우수기는 손에 든 깃발을 힘차게 내리면서 '발사!'를 외쳤다. 그와 동시에 '쉭! 쉭!' 소리를 내면서 몸통에 화약통을 달고 있는 수백 개의 화살이 연기를 꼬리처럼 달고 날아갔다.

이윽고 새까맣게 하늘을 덮으면서 날아간 화살들은 2개의 큰 과녁에 꽂히면서 '펑! 펑!' 소리를 내며 폭발하기 시작했다.

두 번에 걸친 신기전 발사로 이미 과녁은 형체조차 남아 있질 않았다. 구경하던 백성들은 너무 놀랐는지, 입만 크게 벌린 채 아무 소리도 내지 못하고 있었고, 태황제와 강철 역시도 신기전의 위력에 크게 감탄하고 있었다.

강철이 고개를 저으며 먼저 입을 열었다.

"폐하, 소장도 저 정도인지는 몰랐는데 위력이 대단하옵니다."

"그러게 말씀이오. 과학부에서 정말 큰일을 해냈구려."

그들의 대화가 끝났을 때에야 백성들이 배달국 만세와 태황제 만세를 외치기 시작했고 놀랐던 만큼 만세 소리는 그칠 줄을 몰랐다.

진행이 늦어지자 아무래도 안 되겠던지, 우수기는 다음 순서인 철마포 사격을 진행하겠다고 말했다. 배달국에서는 탱크라는 말이 외래어이기 때문에 철로 만든 말에 대포를 달고 있다는 의미로 탱크를 철마포로 부르고 있었다.

우수기는 이어서 이번에는 천둥 소리가 나기 때문에 어린아이와 임산부는 놀랄 우려도 있으니, 입을 벌리고 귀를 막는 것이 좋을 것이라고 여러 번에 걸쳐 안내까지 하는 것이었다. 오히려 그 말은 더욱더 구경하는 사람들의 호기심을 부채질했다.

사실, 천족장군들을 제외하고는 신료들도 철마포 사격은 처음 보는 것이기 때문에 모두 그 병장기의 움직임에 눈길이 쏠리고 있었다.

대기하고 있던 철마포는 천천히 앞으로 나가 신기전 화포가 있던 자리에 멈춰 섰고, 앞서와 마찬가지로 우수기의 깃발 신호와 동시에 발사가 되었다.

"꽝!"

귀청을 때리는 포 소리는 그곳에 모여 있는 인파를 압도하고도 남음이 있었고, 날아간 포탄에 멀리 서 있던 표적 하나가 산산이 부서져 나가는 것이 보였다. 포탄을 쏘고 난 철마포는 끼룩거리는 소리를 내며 쏜살같이 앞으로 달려 나가 이미 박살난 표적 위를 다시 한 번 짓뭉개 놓고는 멀리 돌아서 그곳을 빠져나갔고, 연이어 요란한 소리와 함께 하늘로 떠오른 비조기가 마지막 남은 표적판에 기관총탄 세례를 퍼부어 박살을 내놓고는 역시 유유히 행사장에서 사라져 갔다. 군중들은 정신이 하나도 없었다.

이제 태황제 폐하의 말씀이 있겠다는 우수기의 진행에 따라 자리에서 일어난 진봉민은 힘찬 목소리로 입을 열었다. 누차 말해 왔듯이 삼한 땅은 물론이고, 왜국과 수나라가 있던 대륙뿐만 아니라 더 멀리 있는 나라들까지 우리 배달국 앞에 머리를 숙이게 만들겠다고 선포를 하면서 간단하게 인사말을 마쳤다.

그것이 더 효과가 있었는지, 태황제와 신료들이 그 장소를 떠나 궁으로 돌아올 때까지 구경하던 백성들은 자리를 뜰 줄을 모르고 만세와 환호를 지르며 열광하고 있었다.

또 하나의 포석

총리부에는 배달국 신료들이 모두 모여들었다. 병장기 시범을 보고 난 신료들이 흥분된 마음을 가라앉히지 못하고, 하나같이 총리부로 모여든 것이었다.

총리대신인 강철이 박상훈을 쳐다보며 밝은 목소리로 말했다.

"박 장군! 정말 과학부에서 큰일을 해냈소. 신기전 화포의 성능은 본관도 예상 밖이었소. 폐하께서도 그렇게 흐뭇해하실 수가 없을 정도였으니 말씀이요. 기관총탄도 본장에게 말했던 것보다 훨씬 뛰어나던데 어찌된 일이요?"

"예, 발명청장인 석해 대령이 만들어 낸 신기전은 쓸 만하다고 생각합니다만, 총탄은 여러 번 개량을 했는데도 아직까지 만족스럽지 않습니다."

강철은 그 자리에 있는 사람들 모두가 들으라는 듯이 크게 웃으면서 대꾸를 했다.

"하하하! 박 장군이야 성에 차지 않는지 모르겠지만, 그것은 우리가 하늘에 있을 때 얘기고, 여기서야 그 정도면 잘 만들어 낸 것이요."

이때 듣고 있던 을지문덕이 아직도 흥분이 되는지 격앙된 목소리로 말을 받았다.

"소장은 지금도 조금 전에 본 것이 꿈속에서 본 것이 아닌가 하는 의심이 들 정도입니다. 신기전 화포가 대량으로 생산되고 있다는 말씀을 들었는데, 그렇다면 이제 저희 군사대학에서도 그 병장기를 다루는 법을 가르쳐야 하겠습니다."

강철이 고개를 끄덕이며 대꾸를 했다.

"보국 공의 말씀이 당연하십니다. 신기전은 그동안 검이나 창으로 무장을 하던 육군에게 우선 보급을 할 것이요. 물론 당분간 개인 병장기는 그대로 사용해야겠지만 집단 공용화기인 신기전으로 보강해 준다면 육군 전력이 훨씬 강화될 것이요."

그 말이 떨어지기가 무섭게 부여장이 거들었다.

"휴우! 오늘 우리 제국의 병장기를 보고 나니, 소장이 태황제 폐하께 나라를 바친 것이 천만다행이라는 생각이 듭니다. 행여나 쓸데없이 만용이라도 부렸더라면 어떻게 됐을까 생각만 해도 등골이 오싹해집니다."

부여장이 새삼스럽게 안도의 한숨을 내쉬며 하는 말을 들은 강철이 미소를 지으며 대꾸를 했다.

"그거야 사비 공께서 현명하시기 때문이 아니겠습니까? 본관은 사비 공의 그 의연하던 모습을 지금도 기억하고 있소이다. 나라를 바치면서도 결코 비굴하지 않았고, 백성이 다칠까 봐 그런다고 하실 때의 그 당당하던 모습이 지금도 눈앞에 생생합니다."

"하하하! 각하께서 소장을 너무 추켜세우시는 것 같습니다. 그것은 폐하께서 소장을 사내로서 대등하게 대해 주신 이유도 있었습니다."

강철은 사비 공의 말에 손사래를 치면서 대꾸를 했다.

"어이쿠! 추켜세운다니 천만에 말씀입니다. 하기야 태황제 폐하께서도 체포되셨던 사비 공을 아무 조건도 달지 않고 돌아가라고 하시긴 하셨지요. 참으로 두 분 모두 대단하셨습니다."

강철과 부여장의 대화를 듣고 있던 연개소문과 양만춘은 느끼는 바가 컸다. 두 사람 모두 이번 무예 대회에서 배달국 계급을 받기는 했지만, 배달국 신료들과 자연스럽게 어울리기에는 아직 어색할 수밖에 없는 그들이었다. 그럼에도 그 자리에 있었던 것은 병장기 공개가 끝나면 고구려로 돌아가기로 예정되어 있었기 때문에 강철에게 고별 인사차 와 있었던 것이다.

부여장에게 말을 끝낸 강철이 문득 생각이 났는지 을지문덕을 쳐다보면서 입을 열었다.

"그리고 보국 공께서는 오늘 이등을 한 조미저리 대위가 군사대학에 입교를 하게 되면 눈여겨봐 주시오. 폐하께서 각별한 관심을 갖고 계시니 드리는 말씀이오."

"알겠습니다, 각하!"

"아, 그건 그렇고 박상훈 장군!"

부여장과 대화를 하던 강철이 갑자기 자신을 호명하자, 박상훈이 얼떨결에 대답을 했다.

"예!"

강철이 빙긋이 웃으며 물었다.

"장군은 아까 남궁에서 본 사비 공의 셋째 여식이 어떠셨소?"

"어떻다니요? 오죽했으면 폐하께서 중매를 서시겠다고 하셨겠습니까? 소장이 보기에도 참으로 천하절색에 인성도 참해 보였습니다만……."

대답을 하면서 문득 왜 하필 자신에게 묻는 것인지 이상한 생각이 들자 말끝을 흐렸다.

"그렇게 생각하고 있다면 됐소. 본장 생각이지만, 폐하께서는 사비 공의 여식을 박 장군과 짝을 맺어 주시려는 것 같소."

태황제의 말을 들어 다 알면서도 혹시나 싶어 짐짓 자기 추측인 양 말을 해 놓고 부여장과 박상훈의 표정을 번갈아 살폈다.

"……!"

"……!"

두 사람 모두 놀라는 것은 당연했지만, 부여장은 노골적으로 흐뭇하다는 표정을 감추지 않았고, 원래 조용한 성격에 부끄러움을 잘 타는 박상훈은 입 꼬리가 살짝 올라가면서 얼굴 역시 보일 듯 말 듯하게 붉어졌다.

"흠, 흠! 본장이 폐하의 의중도 정확히 모르면서 쓸데없는 말을 한 것 같소이다. 이제 본관은 잠시 편전에 가 봐야 할 것 같소. 정보사령! 그들을 편전으로 데려오시오."

"예, 알겠습니다."

하는 대답과 함께 정보사령인 무은이 밖으로 나가는 것을 바라본 강철은 을지문덕과 구석에 앉아 있던 연개소문 쪽을 향해 말을 했다.

"그리고 보국 공과 연개소문 중령, 양만춘 소령은 본관과 함께 가십시다. 자! 그럼, 바쁘신 분들은 할 수 없지만 그렇지 않으신 분들은 본관이 다녀올 동안 이곳에서 환담이나 나누고 계시기 바랍니다."

강철은 을지문덕과 연개소문, 양만춘을 대동하고 편전으로 향하면서 잠시 생각에 젖었다. 이제는 당연한 일로 받아들이고 있지만, 어찌됐든 자신이 이곳에 와서 고구려 명장들을 휘하에 거느리고 이렇게 활보할 수 있다는 사실 자체만으로도 피가 끓어오르는 것은 여전했다.

편전에 도착하자, 반갑게 맞는 태황제에게 깊숙이 예를 갖추고 난 그들은 앉으라고 권하는 태황제의 말에 자리를 잡고 앉았다.

"하하하! 이렇게 늦은 것을 보니, 아마 총리부에 신료들이 여럿 들었던 모양이요?"

태황제의 말에 총리대신인 강철이 송구스럽다는 표정으로 대답을 했다.

"예, 오늘 병장기 시범을 보고 나서 모두들 통쾌한 기분으로 모였사옵니다. 특히, 사비 공이 손국을 하길 천만다행이라고까지 말할 정도였사옵니다."

"허허! 과인은 이따금씩 사비 공이 참으로 대단하신 분이라는 생각이 들곤 하오. 수백 년 이어온 사직을 내놓는다는 것이 어디 쉬운 일이겠소? 그만한 도량을 갖추고 계시니, 앞으로 왜국 통치를 그에게 맡길 생각이오."

듣고 있던 을지문덕이 놀란 표정으로 물었다.

"폐하, 하오면 왜국을 도모하시려는 것이옵니까?"

"그렇소! 마음 같아서는 당장이라도 그러고 싶지만, 아직 두 가지가 미진하여 결행하지 못하고 있는 것이요."

"두 가지라고 하시면?"

"하나가 과인이 하늘에서 보냈던 군선이 아직 도착하지 않았고, 두 번째가 고구려 문제를 결정하지 못한 이유요."

을지문덕은 그래도 이해가 가지 않는지 다시 물었다.

"폐하, 소장은 아직도 폐하께서 염려하시는 이유가 무엇인지 알아듣지를 못하겠사옵니다. 상세히 말씀해 주실 수는 없겠사옵니까?"

"하하! 보국 공께서 몹시도 궁금하신 모양이구려."

이때 밖에 있던 기 상궁이 정보사령과 요련 부녀 일행이 대령해 있다고 고하는 소리가 들렸다.

"듭시게 하라."

말과 함께 정보사령인 무은 소장이 세 사람을 뒤에 세우고 들어와 부복하여 예를 올리고는 아뢰었다.

"폐하, 저들은 이번 궁술 시합에서 삼등을 한 요련청아와 그 아비가 되는 요련추가 그리고 양녀 요련영영이옵니다."

하고 말하고는 그들을 향해 폐하께 예를 올리라고 명했다.

그들은 무은이 하던 대로 부복을 하여 절을 올리면서 자신들의 이름을 말하고는 자리에서 일어나 말없이 서 있었다. 그러자 지켜보던 을지문덕이 낮지만 냉랭한 목소리로 말을 하고 있었다.

태황제와 강철은 을지문덕이 무슨 말을 했는지 알 수가 없었지만, 그들이 다시 세 번 무릎을 꿇고 아홉 번 이마를 바닥에 대는 삼궤구고(三跪九叩)를 하는 모습을 보고 나서야 고개를 끄덕였다.

그들을 자리에 앉게 한 태황제는 요련추가와 요련영영을 자세히 뜯어보았다. 요련추가는 길게 딴 머리를 늘어뜨리고 있었고, 얼굴은 약간 붉은 빛을 띠었으며 의복은 일부러 티를 내지 않으려고 그랬는지 일반 백성들이 걸치고 있는 옷과 크게 다르지 않았다.

그런데 뒷자리에 앉아 있는 요련영영이라는 소녀를 쳐다보고는 눈이 번쩍 뜨였다. 세상에 저런 미인이 또 있구나 싶을 정도로 경국지색이라고 모두가 인정하는 황후와 비교해도 결코 뒤지지 않을 얼굴이었다.

태황제는 얼른 표정을 갈무리하고 물었다.

"요련추가라고 했소? 그대는 고구려 장수임에도 함부로 국경을 넘은 것도 모자라 우리 도성까지 들어왔단 말이오? 그 죄는 죽임을 당해도 마땅하지 않겠소?"

을지문덕에 의해 통역이 된 그의 대답은 소박했다.

"소인은 고구려 장수로서 나라의 경계를 넘어 이곳에 온 것이 아니옵고, 아비로서 딸애를 찾기 위해 왔을 뿐이옵니다."

"흠, 그렇다면 죄가 없다는 말인가?"

"아니옵니다. 소인이 국경을 넘은 것도 사실이고, 타국의 도성을 범한 것도 분명하니 여하한 벌을 내리신다 해도 달게 받겠사옵니다. 다만, 딸아이들은 아직 어려 국경을 넘는 것이 큰 죄인 줄도 모르고 그렇게 한 것이오니 돌려보내 주시기를 간곡히 청하옵니다."

태황제는 빙그레 웃으며, 연개소문을 쳐다보고 물었다.

"연개소문 중령, 그대는 저자를 어찌 처분해야 한다고 생각하오?"

"예! 아뢰옵기 황공하오나, 저자는 아비로서 자식을 찾아 국경을 넘었다고는 하지만, 그 이전에 고구려 마홀을 지키는 처려근지로서 자신의 본분을 잊고 국경을 넘었으니, 백번 죽임을 당해도 마땅하옵니다."

연개소문의 대답을 듣고 난 태황제가 이번에는 양만춘에게도 물었다.

"양만춘 소령도 같은 생각이오?"

"예, 소장도 같은 생각이옵니다."

두 사람의 말을 들은 태황제는 물끄러미 요련추가를 바라보다가 을지문덕에게 의견을 물었다.

"보국 공의 생각은 어떠시오?"

을지문덕은 자기 사위인 태황제가 부드럽게 자신의 생각을 물어오자, 미소를 지으며 대답을 했다.

"폐하! 물론 고구려국 처려근지인 요련추가가 극형을 받을 죄를 저지른 것은 사실이지만, 폐하께서는 생명을 아끼시고 또한 인재를 아끼신다는 것도 소장은 잘 알고 있사옵니다. 이미 국경을 넘은 요련 낭자를 용서하시고 시합까지 계속하게 하여 상까지 내리셨으니, 그 아비에게도 살길을 열어 주실 것이라 여기옵니다."

"하하하! 보국 공께서는 사위인 과인에게 그들을 살려 주라고 은근히 겁박을 하시는 것 같소이다."

"어찌 그렇게 황공하신 말씀을 하시옵니까? 소장 두려워 몸 둘 바를 모르겠사옵니다."

"하하하! 수나라의 백만 대군을 우습게 보시던 천하의 보국 공께서 두려우시다니요? 오히려 농을 건넨 과인이 무안해집니다."

"황공하옵니다, 폐하!"

태황제를 가까이에서 지켜보고 있는 연개소문과 양만춘은 시간이 지날수록 놀랍다는 생각밖에는 할 수가 없었다. 신하와 귓속말을 나누는 것도 그렇고, 지금처럼 국경을 넘은 죄인을 앞에 놓고도 화를 내야 당연한데도 신하와 농을 주고받으며 웃을 수 있는 여유로움은 너무나 생소하면서 놀랍게 생각되는 것이었다.

"요련추가 처려근지, 그대가 들어오기 전에 과인이 신료들과 나누던 대화가 있었소. 그 대화를 마저 끝내고 나서 그대들의 처분을 결정할 것인즉, 잠시 그대로 앉아 있으시오."

"……예."

"정보사령은 이들이 앉아 있노라면 불안하고 지루할지도 모르니, 우리가 나누는 대화 내용을 통역해 주도록 하시오."

"알겠사옵니다."

그렇게 말한 태황제는 을지문덕을 쳐다보며 물었다.

"우리가 나누던 대화가 왜국 평정을 미루고 있는 두 가지 이유를 얘기하다가 중도에 그친 것으로 아는데 맞소?"

을지문덕이 고개를 끄덕이며 대답을 했다.

"그렇사옵니다. 하나가 폐하께서 하늘에서 보냈던 군선이 아직 도착하지 않았고, 두 번째가 고구려 문제를 결정하지 못한 이유라고 하셨사옵니다."

"아! 그렇구려. 군선은 지난번에 여러분이 보고 크다고 놀랐던 청룡상단 교역선보다 스무 배나 큰 것이고, 이곳 상단이 쓰고 있는 배에 사람을 싣듯이 한다면 일천 오백 명의 군사도 너끈히 탈 수가 있을 것이요."

을지문덕이 믿기지 않는지 반문을 했다.

"군사 일천 오백 명이 탄다는 말씀이옵니까? 그래서 홍석훈 수군 사령께서 당성과 장항에 그토록 커다란 나루터를 만드신 것이옵니까?"

"바로 그렇소! 몇 달 내로 그 큰 배가 들어오기 때문에 급한 마음에 홍석훈 장군이 직접 공사를 지휘했던 것이요."

"소장은 철로 만든 병선(兵船)이 크다는 말만 들었지, 그 정도인지는 몰랐사옵니다. 그런 병선이 있다면야 왜국을 병탄하는 것쯤은 여반장일 것이옵니다. 하온데 고구려 문제라는 것은 또 무슨 말씀이시옵니까?"

을지문덕의 질문에 연개소문과 양만춘은 태황제가 하는 대답을 한마디라도 놓칠세라 귀를 쫑긋 세웠다.

"흠, 보국 공께서는 이미 오래전에 과인에게 들은 바가 있으시지만, 얘기를 하자면 천기를 입에 담아야 하니 그렇다는 것만 아시는 것이 좋을 것이요."

강철을 제외하고, 그 자리에 있던 사람들 모두가 어떤 대답이 나올까 싶어서 잔뜩 촉각을 곤두세우고 있다가 태황제가 천기누설이라며 입을 다물어 버리자 크게 실망하는 기색이었다.

그런 분위기를 눈치챈 강철이 은근한 목소리로 입을 열었다.

"폐하! 천기를 누설하는 것은 분명하지만, 기왕에 좌중을 궁금하게 만드셨으니 말씀을 하시는 것이 좋을 듯싶사옵니다."

"허허! 아까는 국구이신 보국 공이 겁박을 하시더니, 이번에는 총리대신이 말을 꺼냈으니 책임지라는 투로 겁박을 하시는구려."

"하하하! 그렇게 들리셨사옵니까?"

"암, 그렇고 말고! 과인이 신하들에게 겁박을 당하면서도 계속 태황제를 해야 하겠는가? 요련 낭자가 대답해 보라."

태황제는 무예 대회에 출전했던 요련청아가 대답하리라 예상했는데, 정보사령인 무은이 통역을 듣고는 요련영영이 곧바로 대답을 했다.

"태황제 폐하! 미령한 소녀가 무엇을 알겠사옵니까? 하오나 소녀 생각에는 폐하께서 신하들을 아끼시고 자애롭게 대하시니, 신하들이 마음의 문을 열고 충성을 다하기 때문이라 여기옵니다."

대답을 들은 태황제는 큰 소리로 웃으며 대꾸를 했다.

"하하하! 꿈보다 해몽이 더 좋구나. 태황제를 가벼이 여기기 때문에 그렇다는 해몽이 나왔더라면 두 사람을 크게 벌하려 했는데 다행이 해몽이 좋아 두 사람이 큰 벌을 면했다. 하하하!"

태황제의 말에 편전 안은 웃음바다가 됐다.

"하하하!"

"허허허!"

"자, 그럼 총리대신이 권하니 자세히 말해 드리겠소. 대륙에 있는 수나라는 지금쯤 망했을 것이요. 그리고 새로 당이라는 나라가 들어섰을 것이고, 고구려는 당이라는 나라의 침략을 받아 망하게 되어 있소. 그러면 우리 배달국은 고구려를 침탈한 당나라를 쳐서 그 땅을 다시 빼앗을 계획이었소."

"......!"

도무지 믿기지 않는 경천동지할 얘기를 들으면서 참석자들은 숨소리조차 죽이며 귀를 기울이고 있었다.

"그런데 얼마 전에 이곳을 다녀간 고구려 태왕의 아우인 고건무 공이 고구려 사직을 보존할 길이 없겠느냐고 물었지만, 고구려라는 이름이 없어지는 것은 하늘의 뜻이기 때문에 과인도 그것만은 어쩔 수 없는 일이요."

"......!"

"과인이 왜국 병탄을 지금껏 미루고 있는 이유가 바로 거기에 있소."

거기까지 말하자 연개소문이 참지 못하고 조심스럽게 물었다.

"폐하, 황공하오나 고구려가 망하는 것과 배달국에서 왜국을 병탄하는 것과 무슨 관계가 있는 것이옵니까? 소장이 우매하여 이해를 못하겠사옵니다."

연개소문의 질문에 태황제는 짐짓 심각한 표정을 지으며 설명을 했다.

"지금쯤 고구려 태왕인 고대원은 국사를 돌보지 못할 만큼 병이 깊어졌을 것이요. 몇 달 남지 않은 고대원의 수명이 다하면 고건무가 왕위를 물려받게 되어 있소. 그는 필연적으로 고구려가 망한다는 것을 알고 있고, 쓸데없이 전쟁을 치루면서 백성들을 죽거나 다치지 않게 하려면, 우리 배달국과 나라를 합치는 길밖에는 없다는 것도 알고 있소. 그러니 혹시라도 그가 나라를 합치겠으니 백성이나마 건사해 달라고 청하면 과인으로서는 거절할 수가 없는 노릇이요. 그럴 경우 그들을 보호해 줄 군사를 준비해 둬야 하기 때문에 왜국으로 군사를 보내야 하나 말아야 하나 고민을 하고 있는 중이요."

을지문덕은 망명할 당시에 이미 들었던 내용이지만, 이렇게 자세한 내용과 태황제의 고민은 들은 바가 없었다. 그래서인지 그가 입을 열었다.

"폐하, 소장 생각에는 고건무가 태왕이 된다고 하더라도 조정 신료들의 반대 때문에 쉽사리 나라를 합치지는 못할 것이옵니다."

"그럴 것이 확실하다면야 과인이 무슨 걱정이겠소? 그렇다면 우리는 느긋하게 왜국으로 군사를 출병시킬 수가 있을 것이요. 그러나 우리 군사를 왜국으로 출전시키고 나서, 고구려에서 나라를 합치겠다고 하면 그 땅을 지켜야 할 우리 군사가 없으니 낭패가 아니겠소?"

이때 총리대신인 강철이 무슨 걱정이냐는 듯이 말을 했다.

"폐하, 우리로서는 왜국을 평정하는 것이 우선이옵니다. 그래야 뒤쪽을 걱정하지 않고 대륙을 공략할 수가 있을 것이옵니다. 하오니 고구려 조정이 엄연히 있는데, 벌써부터 우리가 고구려 백성들까지 걱정해 줄 필요는 없다고 생각하옵니다."

강철의 말이 일리는 있었지만, 태황제는 고개를 흔들며 대꾸를 했다.

"총리대신의 말씀은 과인의 생각과 다르오. 고구려가 당나라에 패망하더라도 그 땅을 우리가 도로 찾을 터인데, 그리되면 그곳 백성들도 모두 배달국 백성들이 아니겠소? 그러니 가능하면 과인은 그들에게 전쟁의 고통을 겪게 하고 싶지 않은 것이요."

태황제의 말이 끝나고 잠시 침묵이 흐르는 사이에 양만춘이 연개소문에게 무슨 말인가 소곤거렸다. 계속 두 사람은 들릴 듯 말 듯한 목소리로 대화를 나누더니 이윽고 연개소문이 결심이나 한 듯이 입을 열었다.

"폐하, 외람되오나 소장이 한 말씀 올려도 되겠사옵니까?"

"말해 보시오."

"왜국에 군사를 보내신다면 언제쯤일지 말씀해 주실 수 있으시옵니까?"

"흠, 내년 이월이면 군선이 이곳에 도착하니, 언제쯤 출전할지는 귀장이 추측을 해 봐도 될 것이요."

"하오면, 황공한 말씀이오나 소장을 믿어 보시고, 고건무 왕제께서 태왕에 오르실 때까지만 출전을 미뤄 주실 수 있겠사옵니까?"

태황제가 기다리던 대답이었다.

역사에서 보면 왕이 된 고건무를 죽이고 정권을 잡는 연개소문이기 때문에 혹시라도 그런 일이 재현될까 봐 두 사람을 단단히 결속시키려는 의도로 태황제는 여태껏 장황스럽게 말을 했던 것이다. 그렇다고 금방 반색을 할 수는 없는 일이기 때문에 짐짓 뜸을 들이며 한동안 생각과 고민하는 표정을 지었다.

"흠……?"

"……."

"그렇다면 매월마다 고구려 조정의 움직임과 수나라와 접하고 있는 접경 지역의 정세를 파악하여 이곳으로 알려 줄 수 있겠소?"

"분부대로 하겠사옵니다."

"좋소! 그렇다면 과인이 연개소문 중령과 양만춘 소령을 믿어 보겠소."

"황송하옵니다."

"자! 그럼, 오랫동안 기다리게 한 세 사람에 대한 처분을 결정하겠소."

"……?"

태황제가 요련추가와 그의 두 여식에 대한 처분을 결정하겠다고 말하자, 세 사람은 겁이 덜컥 나면서 긴장이 되었다.

잠시 동안이지만 태황제가 신하들과 나누는 말들이 쉽사리 들을 수 있는 예삿말들이 아니었고, 아까 봤던 무서운 병장기들의 모습을 생각해 봐도 하늘에서 내려온 천장들이라는 소문이 사실이라는 확신이 들었기 때문이었다.

"요련추가 공!"

"예!"

"과인은 귀장의 죄를 더 이상 묻지 않는 대신 두 가지를 약조를 받았으면 하오."

"두 가지 약조라 하시면?"

"하나는 이 자리에 있는 고구려 동부대인 연개소문 공은 내일 고구려로 돌아갈 것이니 앞으로 그의 지휘를 받으라는 것이요. 다음으로 공의 두 여식을 과인에게 맡겨 주었으면 하오. 어떠시오?"

태황제의 말이 떨어지자, 강철은 그럴 줄 알았다는 표정이었고 나머지 모두는 의외라는 표정을 감추지 못하고 있었다.

“두 딸을 맡기라 하심은 무슨 뜻이옵니까?”

“왜 불안하시오? 그대의 여식들이 비록 여인의 몸이지만, 과인이 배달국의 인재로 요긴하게 쓰고 싶기 때문이요.”

태황제의 말이 통역이 되었고, 요련추가는 금방 대답하기가 망설여졌다.

이때, 요련영영이 요련추가를 향해 자신의 의중을 비쳤다.

“아버님, 소녀는 폐하의 말씀대로 이곳에 있고 싶사옵니다.”

그러자 옆에 앉아 있던 요련청아도 덩달아 자신의 생각을 얘기했다.

“아버님! 소녀 역시 이곳에서 살아 보고 싶은 마음이 있었는데, 다행히 영영 언니까지 그러겠다고 하니 소녀도 그렇게 하겠사옵니다. 허락해 주세요.”

두 딸을 남의 나라에 맡긴다는 것이 도무지 내키지 않아 갈등하던 요련추가는 오히려 자식들이 모두 이곳에 있고 싶다는 말을 하자 마지못해 허락을 하지 않을 수 없었다.

“폐하, 소장은 폐하의 분부대로 따르겠사옵니다. 외람된 말씀이지만, 이것은 처벌이 두려워서라기보다 백성을 사랑하신다는 것을 알았기 때문에 믿음이 갔기 때문이옵니다.”

옆에서 그 말을 듣고 있던 강철은 속으로 저 정도의 대담한 인물이나 되니 타국인 고구려에 들어와서도 자신의 부족을 온전하게 보존한 것이구나 하는 생각이 들었다.

“하하하! 과인이 그대에게 그렇게 보였다니 다행이요. 잘되었소. 이제 총리대신만 남고 모두들 나가 보셔도 좋소. 아, 잠시…… 보국 공!"

을지문덕이 황급히 대답을 했다.

"예, 폐하! 분부가 있으시옵니까?"

"분부라기보다는 국구께 부탁이 있어서요. 여기 있는 두 낭자를 양녀로 삼으시면 어떻겠습니까?"

을지문덕이 갑자기 무슨 소린가 하여 되물었다.

"양녀라고 하시면……?"

"여식이 황후가 되었으니 집안도 적적하실 것 같고, 고구려에서 온 두 낭자가 한글을 깨우칠 동안 대화를 나누기도 편할 것 같아 부탁 드리는 것입니다. 시간 나시는 대로 예의범절과 무예도 가르쳐 주시면 소일거리도 되시리라고 보는데 괜찮으시겠습니까?"

을지문덕이 환하게 웃으며 대답을 했다.

"폐하, 괜찮다 뿐이겠사옵니까? 소장에게 생각지도 않은 어여쁜 딸들이 생겼는데요. 오히려 소장이 폐하께 감읍해야 마땅할 일이옵니다."

그들의 대화 내용을 들은 요련추가는 마음 한구석에 남아 있던 찜찜함까지 한꺼번에 날아가는 기분이었다. 그도 고구려에서 살아왔으니 살수대첩의 영웅인 을지문덕에 대해서는 귀가 따갑게 들어오던 터였다. 그런 분이 자신의 자식들을 수양딸로 삼겠다고 하니, 오히려 자신이 데리고 있는 것보다 백배천배 잘된 일이었다. 그런 생각이 들수록 태황제에게 감복하는 마음이 드는 것은 당연할 수밖에 없었다.

"하하! 그럼 되었어요. 이제 나가들 보세요."

그들이 나가고 편전에는 태황제와 강철만 남았다.

"폐하, 소장이 생각하기에도 연개소문에 대한 처리는 잘된 것 같사옵니다."

"하하! 그러게 말이요. 총리대신이 과인의 뜻을 바로 알아채고 손발을 맞춰 준 덕이 아니겠소? 이제 연개소문과 양만춘, 요련추가를 고건무에게 꽉 묶어 두었으니 한결 마음이 놓이오. 고건무에게는 약덕을 포함해서 이제 다섯 명의 확실한 우군을 만들어 준 셈인가? 하하하!"

"그렇사옵니다. 하온데 폐하께서 말씀하신 대로 사실, 왜국도 장악할 계획을 세워야 되지 않겠사옵니까?"

"물론이요. 총리대신은 언제 사비 공에게 귀띔을 해 놓으시오. 왜국에 대해서는 출전에서부터 통치까지 그에게 전권을 줄 생각이오만……."

태황제가 총리대신인 강철에게 의견을 물었다.

"사비 공은 충분히 해낼 것이옵니다. 게다가 딸까지 박상훈 장군과 혼례를 시킨다면 그의 충성심은 더욱 확고해지리라고 믿사옵니다."

"하하하! 그러게요. 그런 의도로 그들의 혼례를 주선할 생각을 한 것은 아니었는데, 지금 생각하니 그런 셈이 되었구려."

"폐하, 오늘 요련추가에 대한 일은 소장도 감탄했사옵니다. 그자를 어떻게 연개소문에게 붙여 줄 생각을 하셨사옵니까? 게다가 두 딸까지 배달국에 있으니 딴 마음도 품지 못할 것이고…… 하온데 그의 양녀라는 요련영영 낭자 말씀이옵니다. 황후마마 다음으로 소장

생애에 두 번째로 놀라게 한 미인이었사옵니다."

강철의 말에 태황제가 빙긋이 웃으며 말을 건넸다.

"하하하! 왜? 총리대신이 욕심이 나신 게요?"

"아이쿠! 무슨 말씀이시옵니까? 소장은 지금 있는 사람으로 족하옵니다. 어제는 요련청아 낭자도 꽤 미인이라는 생각이 들었었지만, 요련영영 낭자와 같은 자리에 놓고 보니 비교가 되지 않았사옵니다."

"사실, 그렇기는 했소. 과인은 그녀의 행실을 봐서 홍석훈 장군이나 산동 땅으로 건너간 장지원 장군과 짝을 지어 주면 어떨까 했소. 요련청아는 외궁에 있는 상빈의 호위 무사로 생각해 봤고……."

태황제의 말에 강철이 크게 웃으며 말했다.

"하하하! 폐하께서 이제 팔을 걷어붙이고 중매에 나서신 것 같사옵니다."

"허허! 그렇게 된 건가? 아마 나라가 제자리를 잡아 가니 마음에 여유가 생긴 모양이오. 천족장군들이 총리대신이나 조영호 장군처럼 스스로 알아서 하지 못하니 과인이 나설 수밖에……."

"하하! 소장도 가만히 있을 걸 그랬사옵니다. 그랬더라면 폐하께서 어련히 미인을 안겨 주셨을 텐데 말씀이옵니다."

"허, 저런! 이젠 놀리기까지 하시는 게요? 아, 연개소문이 돌아가기 전에 선물도 좀 챙겨 주시고, 고구려로 보냈던 한글 강사들을 잘 활용하라고 일러 주시오. 아, 한 가지 더 부탁드리겠소. 고구려에 추정국과 소부손, 고정의라는 장수가 있는지 찾아보라고 하시오."

"알겠사옵니다!"

태황제는 잠시 생각하더니,

"총리대신, 지금 우리 군사가 칠천 삼백 명이 맞소?"

"네, 그렇사옵니다. 수황군이 삼백, 특전군 이천, 육군 삼천, 수군이 이천으로 총 칠천 삼백이 맞사옵니다. 그런데 어째서 그러시옵니까?"

"오늘 신기전 공개 시범을 보고 나서 문득 생각이 난 것이요. 군사에 대해서는 총리대신이 더 잘 아시니, 지금 우리 군사 숫자가 적정하기는 한 것이요?"

"폐하! 그거야 이미 오래전에 조영호 총장도 증원이 필요하다는 말을 했사옵니다만, 아무리 우리가 현대 무기로 무장을 하고 있다 하더라도 왜국으로 보낼 군사와 고구려 쪽으로 보낼 군사를 생각하면 증원이 늦은 감도 없질 않사옵니다."

"흠…… 그렇다면 얼마나 늘이면 적당하겠소?"

"특전군에 일천, 육군 삼천, 수군 일천 정도를 더 늘이면 어떨까 하옵니다."

"그렇다면 오천을 늘인다는 말인데…… 그럼, 일만 이천 삼백 명이 되겠군. 흠…… 그렇다면 국세청장과 상의해서 과연 그만한 군사를 유지해도 예산에 차질이 없는지 알아보시고 증원을 검토해 보도록 하세요."

"알겠사옵니다. 더 이상 특별한 말씀이 없으시면 소장도 이제 물러가 보겠사옵니다."

"그러시구려."

강철이 물러가고 나서, 태황제는 궁청장인 변품을 불렀다.

그에게 오늘 일을 간단히 설명해 주면서 을지문덕의 식구가 늘었으니, 필요한 것이 있는지 알아보라고 일렀다. 그 외로 신라에서 보냈던 공녀 중에 자미라는 여인이 안락원에 있는 모양인데, 그곳을 관장하고 있는 궁청장이 그녀의 성품이 어떤지도 살펴보라고 명했다.

그 말을 들은 변품은 이미 그녀에 대해 알고 있는 것을 자세히 고했다. 배달국으로 오기 전에는 어땠는지 모르겠지만, 이곳에 오고 나서는 미모도 뛰어나고 품성이 고울 뿐 아니라 특히 예의가 바르기 때문에 안락원에 있는 나이 많은 상궁들도 그녀의 말을 잘 따른다는 것이었다.

태황제는 좀 더 자세히 살펴보라는 말과 함께, 지금 공업청에 봉직하고 있다는 장하성이라는 자의 여식에 대해서도 은밀히 알아보도록 명했다.

드디어 국혼 기간의 마지막 날이 왔다.

그 기간 동안 가장 고생을 한 사람 중에 하나가 과거 시험을 주관한 제국종합대학 학장인 이문진이었다. 과거 시험은 목공 분야, 금속 분야, 의료 분야 심지어는 악기를 다루는 음악 분야에 이르기까지 10여 종이 실시되었다. 분야별로 시험 장소도 달랐고, 방법도 다양했기 때문에 이문진은 시험장마다 뛰어다니며 살펴보느라 부르튼 입술에서 피까지 배어나올 정도였다.

그런 그가 편전으로 들어와 태황제 앞에 과거 시험 결과를 보고했다. 그 자리에는 특별한 경우 외에는 잘 나서지도 않고 말수도 적은 조민제도 웬일로 총리대신과 함께 들어와 있었다.

태황제는 이문진을 쳐다보며 안쓰러운 마음이 들었다.

"이번 과거 시험을 총괄한 이문진 학장이 입술이 헐은 것을 보니, 참으로 고생이 컸던 모양이구려. 혼자 감당하기 벅찬 일을 떠맡긴 것 같아 과인은 미안한 마음을 금할 수 없소. 고생하셨소."

태황제가 안타까운 마음으로 위로하자, 이문진은 오히려 몸 둘 바를 몰라 하면서 대답을 했다.

"폐하, 황공하옵니다. 소장을 믿으시고 이런 큰일을 맡겨 주신 것만 해도 더할 바 없이 기쁜 일이온데 미안하다고까지 하시니 소장 몸 둘 바를 모르겠사옵니다."

"아니오. 과거에 응시한 자가 천여 명에 입격한 자가 오십여 명이라니, 이렇게 많은 인재를 찾아낸 것은 장군의 고생 덕분이요. 정말 애쓰셨소."

이문진은 거듭되는 태황제의 칭찬에 그동안의 고생이 봄눈 녹듯이 사라지는 것을 느꼈다.

"황공하옵니다. 다른 장군들이 도와주어 가능한 일이었사옵니다."

편전으로 들어와 있던 강철도 이문진을 위로하는 말을 했다.

"폐하, 이문진 학장이 근 보름 동안 눈도 제대로 붙이지 못하면서 자신이 맡은 소임을 해냈으니, 응당 칭찬을 받아 마땅하옵니다. 그리고 이번 과거 시험은 정말 잘 실시한 것 같사옵니다."

강철의 말이 끝나자마자, 평소에는 거의 말이 없는 조민제가 입을 열었다.

"폐하, 이번 과거 시험에서 저희 보건 분야는 의약 부분과 의료 부분으로 나누어 시험을 보았사옵니다. 그런데 소장도 전혀 기대하지 못했던 두 사람의 특출한 인재가 발견되었다는 말씀을 올리기 위해 일부러 왔사옵니다."

"오호! 그래요?"

"예, 의약 분야에서 특출한 능력을 보인자는 반약향이라는 자인데, 조부인 반량풍은 약초를 채집하던 채약사로 백제에서 시덕이라는 벼슬까지 받았고, 왜국으로 건너가 약초학을 가르쳤다고 하옵니다. 그리고 의료 분야에서는 물갈찬이라는 자인데, 그자 역시 가업을 이은 것이라 하옵니다. 그자의 중조부인 물오부는 백제의 의박사를 지냈다고 하옵니다."

조민제의 말을 모두 들은 태황제는 백제에서 채약사나 의박사로 불릴 정도면 나라에서도 인정하는 수준이라는 것을 잘 알고 있었기 때문에 반색을 하면서 대꾸를 했다.

"하하! 그래서 조 장군이 그토록 환한 얼굴이었구려. 그렇지 않아도 보건청장을 임명하지 못하고 있었는데 그런 인재들을 찾아냈다니 다행한 일이요. 그들에게 조민제 장군의 의술을 가르친다면 금상첨화가 아니겠소?"

"예, 소장이 시험이 실시되는 동안 내내 물갈찬이라는 자를 주의 깊게 살펴보았사온데, 침술만큼은 소장도 배워 보고 싶을 정도였사옵니다."

"그게 다 우리 배달국의 복이 아니겠소? 총리대신! 이문진 장군이 큰 고생을 해 가며 뽑아 놓은 인재들을 적재적소에 배치하여 더욱 능력도 함양하게 하고 나라와 백성들을 위해 일할 수 있게 하시오."

"알겠사옵니다."

"아, 참! 그런데 상빈의 거처인 부국전 청기와를 구워 낸 조영호 장군의 처가 마을에는 입격한 자가 없소?"

이문진이 합격자가 기록된 문서를 들여다보면서 대답을 했다.

"폐하, 조영호 사령의 처가가 있는 영암 월남촌에서 자기(磁器) 분야 장원이 나왔사오며, 총리대신 각하의 처가인 구림촌에서 선장술(船匠術)* 차상이 나왔사옵니다."

"허! 그렇소? 그릇 굽는 기술은 도기와 자기 분야로 나누었나 보구려. 청기와를 보고 좋은 결과가 있으리라 예상은 했지만, 일등인 장원이 나오고 게다가 이웃 마을인 구림촌에서도 배 만드는 기술에서 이등을 했다니 역시 천족장군들이 장가는 잘든 것 같소. 하하하!"

태황제가 놀리듯이 하는 말에 총리대신인 강철이 겸연쩍어 하며 대꾸조차 하지 못하고 있을 때, 내정부 총감인 조민제가 굳은 안색으로 입을 열었다.

"폐하, 소장 생각을 한 말씀 올려도 되겠사옵니까?"

"조 장군, 얼마나 어려운 말씀이기에 그러시오? 편히 말씀해 보세요."

"폐하, 아무리 좋은 기술이 있으면 무슨 소용이겠사옵니까? 죽을 때까지 자기 혼자만 알고 있다가 죽을 때나 간신히 전수해 주는 판이니, 그 전에 갑자기 불의의 사고라도 당하면 그 기술은 영영 사라지게 되옵니다. 그것에 대한 대책이 없다면 기술 발전도 한계가 있

---

* 선장술(船匠術): 배 만드는 기술.

을 뿐이옵니다."

옳은 말이었다. 태황제인 진봉민은 문득 고려청자나 조선백자 기술이 후대까지 제대로 전수되지 못했던 것을 기억하고는 중요한 문제라는 생각이 들었다.

"말씀을 꺼냈으니, 혹시 조 장군에게 좋은 생각이 있으시오?"

"폐하, 소장은 문제점이 크다는 것만 알았지 특별한 대안이 있는 것은 아니옵니다. 다만 몇 가지 생각해 본 것이 있다면 독창적인 물건이나 기술에는 창안자의 이름을 붙이게 하여 다른 사람이 사용하더라도 창안자의 명예가 살아 있게 하는 방법도 있을 것이옵니다."

"오! 그것 참 좋은 방법 같소. 또 생각한 것이 있으시오?"

"예, 강제적일지 모르지만, 새로운 기술은 세 사람 이상에게 의무적으로 전수하게 한다면 갑자기 기술이 사라지는 경우도 없을 것이고, 그 외로 조상의 가업을 이어나가는 것을 자랑으로 여기는 풍토도 조성할 필요가 있을 것이옵니다."

"모두 하나같이 좋은 의견이요. 총리대신!"

"예, 폐하."

"조민제 장군의 제안을 내각에서 검토하고, 보충하여 하루라도 빨리 태황제 칙령으로 반포토록 해 보세요."

"알겠사옵니다."

이렇게 되어 얼마 후에는 각종 물품이나 기술에 자신의 이름을 붙일 수 있게 되고, 농사를 제외하고 아비가 하던 일을 아들이 물려받아 계속하면 매 세대마다 일정액의 세금을 감면해 주는 칙령이 반포되었다.

그 이후로 호미나 도자기에도 '갑동이 호미'라던가 '을동이 도기' 같은 이름이 붙게 되었고, 만든 자들은 그것을 큰 영예로 알게 되었다. 게다가 자신의 이름을 붙일 물건이기 때문에 만드는 데도 정성을 기울이게 되어 품질도 월등히 높아진 것은 당연했다.

대리청정(代理聽政)

어느덧 해가 바뀌고 여섯 달이 지났건만, 세월의 흐름을 아는지 모르는지 녹음이 우거진 금수산을 감돌아 굽이치는 대동강은 아침 햇살을 받아 은빛 비늘처럼 아른거리며 눈을 어지럽히고 있었다.

이토록 무심해 보이는 산천과는 달리, 제각각 생각과 이유를 가진 인간들은 오늘도 자신들의 영욕을 따져 가며 하루를 시작하고 있었다.

고구려를 다스리는 영양태왕이 평소에 신료들과 국사를 논하는 곳은 장안성의 깊숙한 곳에 위치한 조당(朝堂)이었다. 그러나 그곳에 태왕의 모습이 비치지 않은 지는 꽤 오래되었고, 계단 위에 놓인 옥좌 역시 비어 있었다. 대신 옥좌 바로 앞에는 그보다는 작지만 그래도 금빛 삼족오가 조각된 의자가 하나 놓여 있었다.

대행왕좌(大行王座)!

지난해부터 노환에 시달려 온 영양태왕이 하루에도 몇 번씩 정신이 오락가락하더니, 해가 바뀌면서 제정신이 드는 시간이 하루에 1시간도 되지 않을 정도였다. 그러자 조정 신료들 사이에서는 태왕을 대신할 대행왕(大行王)이라도 정해 막중한 국사를 살피게 해야 한다는 의견이 나오기 시작했다.

그렇지만 자식이 없던 영양태왕이었기 때문에 결국 동생들 중에 대행왕이 정해질 수밖에 없는 처지였고, 태왕의 바로 아랫 동생인 고건무나 둘째 동생인 고대양이 그 대상이었다.

신료들 사이에서 대행왕을 세워야 된다는 말이 처음 나오기 시작했을 때만 해도 누구나 고대양이 다음 대의 태왕이 될 것이라고 믿어 의심치 않았다.

그 이유는 세월을 좀 더 거슬러 올라가서 당시에 고구려 중신들이었던 대대로인 연태조나 울절인 을지문덕, 강이식 등이 백성들을 위해 수나라와 화친을 하자고 주장하는 고건무보다 수나라와 싸워야 한다는 의견을 가진 고대양을 더 선호했기 때문이었다. 물론 그것은 무장들이 내세우는 외형적인 명분이었고, 속을 들여다보면 고건무가 너무 똑똑했기 때문이기도 했다.

그런 조정 여론과 흐름을 만들어 낸 중심에는 무소불위의 권력을 누리고 있던 조정의 최고 수장인 연태조가 있었다. 그의 입장에서는 우둔한 태왕이 들어서면 자기 뜻대로 그를 조종해 가면서 권력을 휘두를 수 있지만, 똑똑한 태왕이 들어선다면 그것이 여의치 않다는 것을 알기 때문에 애국심 하나로 사는 순진한 무장들에게 화친을 주장하는 고건무는 나약하다고 부추겨 대세를 고대양 쪽으로 몰아갔던 것이다.

그러나 삼한 땅에 혜성처럼 등장한 배달국이라는 나라에 사신으로 갔던 을지문덕이 망명하고 뒤이어 권력의 중앙에 서 있던 연태조마저 죽자. 고구려 조정의 분위기가 조금씩 변하기 시작했다.

그 시발점은 연태조가 죽은 후, 장수들의 중심이 되고 있던 강이식이 배달국을 다녀온 고건무와 가깝게 지내기 시작하고 나서부터였다.

위기를 감지한 고대양 쪽에서는 고건무와 함께 배달국을 다녀온 약덕이 배달국의 벼슬을 받았다는 이유를 내세워 일대 반격을 시도했지만, 배달국에 가 있다가 서둘러 귀국한 연개소문이 동부가문을 등에 업고 고건무를 비호하고 나서자 세력 판도는 단숨에 변해 버렸다.

판세를 읽었는지 중립에 가까웠던 대대로인 고식도 강이식이나 연개소문의 의견을 적극적으로 받아들이게 되면서, 영양태왕이 잠시 정신이 든 순간에 고건무를 대행왕으로 천거하여 허락을 받기에 이르렀다.

이렇게 대행왕에 오른 고건무는 울절 관등인 강이식을 대장군에 임명하여 고구려의 군사권을 총괄하게 하고, 자신을 따르다가 고대양 편으로 갔던 고구려 세 번째인 주부 관등에 있던 연휘만을 파직시켜 버렸다. 그리고 동부대인 연개소문을 그 자리에 앉히면서 내장관까지 겸직하게 했다. 내장관은 왕명의 출납과 나라의 기밀을 다루는 요직인 것이다.

그뿐만 아니라, 하옥되어 있던 약덕을 석방하여 5등관인 대사자에 임명하여 외교를 총괄하게 하고, 조의이던 양만춘을 6등관인 대형으로 올려 도성 방위를 책임지는 장안성 대모달을 삼았다. 또한 처려근지라는 지방 군사직에 있던 요련추가를 역시 6등관인 대형에 임명하여 연개소문을 돕도록 했다.

그야말로 고구려 조정은 일대 지각변동이 일어난 것이다. 그렇다고 기존에 조정을 구성하고 있던 신료들의 반발이 없었던 것은 아니었지만, 그런 자들은 며칠 지나지 않아 사고를 당해 죽거나 아니면 원인도 모르게 반신불구가 되어 조정에서 사라졌다.

이런 과정을 거치면서 고구려의 모든 권력은 고건무를 정점으로 강이식과 연개소문이 장악하게 되었고, 차츰 안정을 찾아가고 있었다.

오늘도 국정을 논하는 조당 안에는 빈 옥좌가 놓인 채, 바로 밑에 있는 대행왕좌에는 고건무가 앉아 있고 대대로인 고식과 울절인 강이식, 주부 연개소문, 대사자인 약덕을 비롯한 신료들이 좌우에 시립해 있었다.

고건무가 신하들을 내려다보며 물었다.

"벌써 유월하고도 보름이 지났구려. 대소 신료들 중에 하실 말씀이 있으신 분은 기탄없이 말씀해 보시오."

그 말이 떨어지기가 무섭게 먼저 강이식이 한 발 앞으로 나와 입을 열었다.

"각하, 수나라에 정탐을 보냈던 간자들의 보고에 의하면 수나라 양제가 지난해 삼월 열하룻날에 죽었다고 하옵니다."

대행왕인 고건무는 각하라고 호칭이 되고 있었다. 그것은 아직 영양태왕이 죽지 않은 상태에서 폐하라는 호칭을 쓸 수 없자, 연개소문이 건의한 대로 각하라는 호칭을 사용하게 한 것이다.

강이식의 말을 들은 고건무와 조정 신료들은 크게 놀라고 있었다.

"허! 역시 배달국 태황제께 들었던 대로 일이 그렇게 되었구려. 그렇다면 지금쯤 당이라는 나라가 개국을 했을 법도 한데……."

"그렇사옵니다. 이미 당왕 이연이 황제가 된다는 것은 중원 천지에서 모르는 사람이 없다고 하옵니다. 배달국 태황제께서 하셨다는 말씀이 한 치도 어긋남이 없이 맞아떨어지고 있는 것이옵니다."

강이식의 말에 고건무는 더욱 안색이 어두워지면서 걱정스럽게 말을 받았다.

"그 말은 결국 우리 고구려의 명운도 얼마 남지 않았다는 말씀이 아니요? 준비된 것은 아무것도 없는데 걱정이요. 약덕 공, 지난 번 배달국에 보냈던 서찰에 대한 답변은 왔소?"

대행왕 고건무의 물음이 있자, 약덕이 앞으로 나와 고했다.

"그렇지 않아도 아뢰려던 참이었사옵니다. 어제 도착한 배달국 국서에는 '국서로 답할 말은 없다. 다만 그 이유는 별도로 연개소문 공에게 전할 것이다.' 라는 답변밖에는 없었사옵니다."

약덕의 답변에 고건무가 연개소문을 쳐다보며 물었다.

"그렇다면, 연 공에게는 무슨 서찰이 왔소?"

"예, 각하! 배달국 총리대신 각하의 서찰을 받았사옵니다. 그 내용은 배달국의 결정을 고구려 조정에서 따르겠다고 약조하지 않는 한, 태황제 폐하께서는 고구려 국정에 간여하시기를 원치 않으신다는 내용이었사옵니다."

고구려 대행왕인 고건무는 앞으로 고구려가 어떻게 하면 좋을지 알려 달라는 국서를 배달국에 보냈던 것이었고, 국서를 받아 본 배달국에서는 고구려 조정이 엄연히 존재하고 있는데 이래라저래라 한다면 남의 나라 내정에 간섭하는 꼴이 된다고 판단하여 그와 같은 답변을 보낸 것이었다.

"흠, 역시 기다리면 맛있게 먹을 수 있는 감을 익기도 전에 따서 떫은 감을 씹을 이유가 없다는 뜻이겠지……."

고건무는 혼잣말처럼 중얼거렸지만, 듣지 못한 신료들은 1명도 없었다. 대부분의 신료들은 말없이 강이식이나 연개소문의 눈치를 살피고 있었다.

이때 양만춘이 입을 열었다.

"각하, 소관 생각에는 고구려를 위해 백성들과 함께 끝까지 싸우다 죽든가, 아니면 고구려가 망하는 것은 하늘의 뜻이니 아등바등할 것 없이 배달국에 합치고 백성들이나 고역을 면하게 해 주든가 둘 중에 하나를 택할 때가 되었다고 생각하옵니다."

양만춘의 말을 들은 고건무는 침울하게 대꾸를 했다.

"누가 그것을 몰라서 이러는 것이요? 고구려 사직이 무너지는 것은 하늘의 뜻이라고 하는데, 죽음으로 싸워 봤자 무슨 소용이 있겠소? 그렇다고 배달국에 합치자는 것도 태왕 폐하께서 계신데 쉽게 결정할 문제도 아니고, 설사 그렇게 결정한다 하더라도 아무것도 모르는 백성들과 변경에 있는 성주들이 반발하리라는 것은 자명한 일이 아니요?"

그 말에 연개소문이 고개를 가볍게 저으며 말을 받았다.

"소관이 양만춘 공이나 요련추가 공과 함께 배달국 태황제 폐하와 대화를 나눠 봐서 압니다만, 고구려 신민(臣民)들이 반발을 한다면 설사 우리 조정에서 원하더라도 절대 나라를 합치려 하지 않으실 분이옵니다."

대행왕인 고건무가 고개를 끄덕였다.

"그것은 본관도 알고 있소. 그러니 이 일을 어쩐단 말이요?"

"……."

오랜 침묵이 흘렀다.

좌우를 살피며 머뭇거리던 약덕이 침묵을 깨고 입을 열었다.

"각하, 일단 우리가 나갈 방향은 정할 수 있지 않겠사옵니까? 죽음을 각오하고 싸우기로 한다면 전쟁 준비를 시작해야 할 것이고, 나라를 합치기로 한다면 서서히 백성들을 설득해 나가면 되지 않겠사옵니까?"

솔깃해진 고건무가 내쳐 물었다.

"전쟁 준비는 해 보던 일이니 그렇다 치고, 나라를 합치기로 했을 때 백성들을 어떻게 설득해 나간다는 말씀이요?"

"여러 가지 방법이 있을 것이옵니다. 우선 백성들이 배달국에 대해 고마운 마음을 갖도록 만드는 것이 첩경이옵니다. 그러자면, 그동안 수나라와 전쟁으로 힘들었던 백성들에게 세곡을 깎아 주고, 남쪽에 주둔해 있는 군사들을 남김없이 북쪽 접경으로 돌리고 나서, 공을 배달국으로 돌리는 것이옵니다."

그 말에 납득이 가지 않는지 대대로인 고식이 물었다.

"그렇다면 중원에 새로 들어섰다는 당이라는 나라가 갑자기 쳐들어오면 어떻게 막을 것이오?"

약덕이 웃으면서 답변을 했다.

"우리가 백성들에게 세곡을 깎아 주면서, 그렇게 하는 것은 모두 대국인 배달국이 권해서 하는 일이라고 하면 백성들은 배달국에 대해 호의적으로 변할 것이고 그런 정보들은 배달국에서도 알게 될 것입니다. 그러면 당이 쳐들어올 때 배달국에서 가만히 두고만 보겠습니까?"

"흠……."

고건무가 고개를 끄덕였다.

"좋은 방안 같기는 하오."

"각하, 또 있사옵니다. 소관이 배달국 벼슬을 받아 곤경에 처했었지만, 이제 고구려를 대표하는 대행왕께서도 배달국 벼슬을 청하실 때가 되었사옵니다. 벼슬을 받고 나시면 그런 사실을 백성들에게도 알려서 배달국이 대국이라는 것을 은연중에 인정하게 하고, 배달국에도 이렇게 하는 이유를 상세히 알린다면 우리를 절대 외면하지는 않을 것이옵니다."

고건무가 다른 신하들의 의향은 어떤지 물었다.

"혹시 또 다른 생각이 있으신 분은 말씀해 보시오."

고건무의 말에 말없이 듣고만 있던 요련추가가 의견을 냈다.

"소관은 연개소문 공이나 양만춘 공처럼 배달국에 오래 머문 것이 아니라 한나절 동안 머물면서 그들의 병장기를 볼 기회가 있었는데, 졸도를 하다시피 하였사옵니다. 배달국에 청해서 도성 백성들에게라도 그 병장기를 볼 기회를 준다면 조정에서 어떤 결정을 내리더라도 따를 것이옵니다."

요련추가의 말은 양만춘으로부터 적극적인 호응을 받았다.

"각하, 약덕 공의 제안과 요련추가 공의 제안은 즉시 시행해도 될 듯하옵니다. 우리가 청하는 대로 배달국이 하늘에서 가져온 병장기들을 이곳 도성에서 백성들에게 보여 주기만 한다면 우리 걱정도 반은 덜 것이옵니다."

비조기까지 타고 토벌 작전에도 함께 참전했던 고건무도 같은 생각이었다.

연개소문도 입을 열었다.

"우리가 배달국에 병장기 사격 시범을 보여 달라고 하려면 연말까지는 나라를 합치겠다는 약조를 해야 할 것입니다."

"흠, 동부대인의 말씀대로 하기 위해서는 일단 우리 조정 신료들의 의견이 한데 모아져야 할 것이요. 말이 나왔으니 서 계신 순서대로 각자의 생각을 말씀해 보도록 하시오."

고건무의 의도는 신료들의 의견을 듣는데 시간이 많이 걸리더라도 나중에 딴말을 하는 자가 없도록 하기 위한 고육지책이었다.

서 있는 순서대로이니 당연히 대대로인 고식이 첫 번째로 자신의 생각을 밝혀야 하는 것이 순서였다. 물론 그는 요사이 강이식의 의견에 전적으로 의존하고 있었기 때문에 이의가 있을 턱이 없었다. 그렇게 고식을 시작으로 조당에 모여 있던 모든 신료들의 의견을 들었다.

조의두대형인 고정의와 젊은 신료들 중에 몇 명은 와병 중에 있는 태왕이 언제 쾌차해 다시 국정을 살피게 될지도 모르는 상황에서 사직의 운명을 바꾸는 일은 좀 더 숙고를 해야 되지 않겠느냐는 주장이었지만, 대부분은 나라를 합쳐야 한다는 쪽이었고, 오히려 서두르자는 의견이 많았다.

오랜 시간 동안 신료들의 의견을 모두 들은 고건무는 힘들게 결론을 내렸다.

"모든 신료들이 빠짐없이 의견을 밝혀 주셔서 고맙게 생각하오. 오부대인을 포함한 신료들의 의견을 종합해 볼 때 배달국과 나라를 합치자는 의견이신 것 같소. 이것이 조정의 의견이라고 결론지어도 되겠소?"

"……."

고건무는 자신의 물음에 아무도 나서는 자가 없자, 조당 안을 다시 한 번 둘러보고는 큰 소리로 말했다.

"그럼, 올해 말까지 고구려를 배달국에 합치는 것으로 결정하겠소. 이후에 딴소리를 하는 신료가 있다면 본관과 조정을 능멸한 죄로 다스리겠소."

대행왕인 고건무가 단호한 어조로 매듭을 짓자, 연개소문은 태황제와의 약조를 지켰다는 생각에 가슴을 쓸어내리며 안도의 한숨을 내쉬고 있었다.

이렇게 조회가 끝나고, 고건무가 임시 집무실로 사용하고 있는 수군부 별관에는 강이식과 연개소문, 약덕, 양만춘, 요련추가가 별도로 다시 모였다.

고건무를 중심으로 탁자에 둘러앉은 그들은 조당에 있을 때보다 한결 표정들이 밝아 보였다.

연개소문이 고건무를 바라보면서 입을 열었다.

"각하, 오늘 노고가 크셨사옵니다. 크게 시끄러울 줄 알았는데 예상 밖으로 수월하게 결론이 나다니, 참으로 다행이옵니다."

고건무가 미간을 찌푸리며 대꾸를 했다.

"그렇기는 하오만, 고정의 조의두대형이 계속 말썽이구려. 사사건건 물고 늘어지니……."

연개소문이 역시 동의한다는 표정으로 고개를 끄덕였다.

"각하, 사실 소장도 같은 마음이오나 배달국을 떠나올 때 총리대신께서 그자와 소부손, 추정국은 태황제께서 관심을 두는 사람들이라고 귀뜸까지 하셔서 여태껏 그냥 놔두고 있는 것이옵니다."

연개소문은 총리대신의 말을 듣고 귀국하자마자 고대양 편에 서 있던 고정의를 제외하고 두 사람을 급히 수소문했다.

다행히 소부손은 오골성 하급 무장으로, 추정국은 박작성 하급 무장으로 있다는 것을 알게 된 연개소문은 그들을 도성으로 불러 궁궐을 지키는 가도위사라는 벼슬을 받게 했다.

그 이후 그들은 연개소문의 손과 발이 되어 험한 일도 마다하지 않았고, 어떠한 지시가 떨어져도 소리 소문 없이 완벽하게 해내고 있었다.

"흠, 태황제께서 관심을 두신다면 함부로 할 수도 없는 노릇이고……."

이때 양만춘이 거들었다.

"그럼, 소관이 만나서 단판을 지어 보는 것이 어떻겠사옵니까?"

연개소문이 고개를 흔들었다.

"아마 소용없을 것이요. 그자는 양만춘 공보다 나이도 그렇고 관등도 위에 있으니, 오히려 콧방귀를 뀔 사람이요."

말을 꺼낸 양만춘도 충분히 그럴 가능성이 있어서인지 별 대꾸가 없었다.

이때 강이식이 말을 꺼냈다.

"그렇다면 본장이 만나 보는 것은 어떻겠소? 설득이 될는지는 모르겠지만, 본장의 말을 무시하지는 못할 것이요."

연개소문은 썩 내키는 표정이 아니었지만, 강이식이 나서겠다는데 만류하기도 뭐한지 대꾸를 했다.

"울절께서 나서신다면야 그자가 함부로 대하지는 못할 것입니다. 기왕에 만나셔서 말씀을 꺼내실 요량이시면 넌지시 이번이 마지막 기회라는 언질을 주시는 것이 좋을 것입니다. 그자가 어째서 아직까지 목숨이 붙어 있는지 알 까닭이 없으니 참으로 답답한 일입니다."

"알겠소! 본장이 만나 보리다."

고정의를 설득하는 것은 강이식이 맡기로 하자, 고건무가 입을 열었다.

"사실, 오늘 본관이 하려던 말은 북방에 있는 각 성주들 중에 조정의 결정을 반대하고 나설 자들을 어떻게 처리하면 좋을지에 관한 문제였소."

고구려에서는 각 성을 다스리는 성주들의 힘이 막강했다. 심지어는 조정에서 결정한 지시까지 따르지 않는 경우가 있을 정도였다. 게다가 그들에게는 휘하 장수를 임명하는 권한까지 가지고 있었기 때문에 성안 백성들은 성주의 결정을 무조건 따른다고 봐도 과언이 아니었다.

그 말을 들은 약덕이 한 가지 방안을 내놓았다.

"각하, 소관이 아까 조당에서 말씀드린 것과 일맥상통하는 방안이옵니다만, 압록수* 이남의 군사들을 접경지에 있는 각성으로 나누어 보내면서 지휘 장수를 우리 쪽 사람으로 보내면 어떨까 하옵니다."

"오오! 그것도 한 방법이겠군. 좋은 의견인 것 같소."

이번에는 연개소문이 제안을 했다.

"다행히 배달국에서 병장기 사격 시범을 허락하면 그날에 맞춰 각 성의 성주들을 소집하는 것이 어떻겠사옵니까? 성주들의 회합도 갖고, 천병기까지 볼 수 있게 한다면 그들도 느끼는 바가 있을 것이옵니다. 그 이후에도 조정 의견에 반발하는 성주는 부득불 제거해야 할 것이옵니다."

"그렇게 하십시다. 성주들을 소집하는 것은 군사를 총괄하시는 강이식 울절께서 맡아 주시고, 그다음 어쩔 수 없이 제거해야 할 성주가 생긴다면 동부대인과 요련추가 대형이 처리해 주시오. 각 성에 나누어 보낼 압록수 이남의 군사와 장수는 양만춘 대형께서 알아서 처리해 주시고, 배달국에 보내는 국서는 약덕 대사자께서 작성해 주시오."

참으로 아이러니한 일이 아닐 수가 없었다. 진봉민과 강철 일행이 이 시대로 오지 않았다면 반대로 고건무 자신이 연개소문에게 피살될 운명이라는 것을 알 리가 없는 그는 태연히 반대파들을 제거하라

---

*압록수: 압록강.

고 지시하고 있는 것이다.

근래 들어, 고구려 국정의 중요한 사항들은 조당이 아니라 이처럼 막후에서 의논되어 처리되고 있는 실정이었다.

그날은 천명 3년(단기 2952년, 서기 619년) 8월 10일이었다.

태황제는 총리대신인 강철과 함께 군용 자동차인 험비에 몸을 싣고, 아침 햇살을 받으며 기벌포라 불리던 항구인 장항으로 향하고 있었다. 밖에는 기관단총으로 무장한 수황군들이 말 위에 올라앉아 군장인 지소패 소령의 지휘를 받으며 차량의 앞뒤를 오가며 호위를 하고 있었다.

흔들리는 차에서 창밖을 내다보던 태황제는 문득 오늘 있을 행사가 치러지기까지의 지난 일들이 머릿속에 주마등처럼 스쳐 지나갔다.

6개월 전인 지난 2월 7일! 그날은 바로 현대에서 이 시대로 떠나오면서 2년 후에 도착하도록 박상훈이 보냈던 화물선이 당성 앞바다에 도착할 날이었다. 박상훈이 말한 시간에 맞춰 그곳에 가 있던 자신을 비롯한 배달국 장수들은 과연 배가 제대로 도착할 것인지 가슴을 졸이며 지켜보지 않았던가!

그런데 어느 순간 물속에서 솟구치듯, 하늘에서 떨어지듯 대양호라는 이름조차 선명하게 쓰여진 육중한 배가 당성 앞바다에 나타났을 때의 그 감격은 지금도 잊을 수가 없었다. 천족장군들은 안도의 한숨을 내쉬고 있었고, 다른 장수들은 어마어마한 크기의 배를 보고는 기절하다시피 놀라던 모습이 지금도 눈에 선했다.

서해함대의 구축함 함장이던 홍석훈과 조타 장교이던 박영주는 이

시대로 오자마자, 갖은 고생을 하면서 지난 2년 동안 당성 근처의 전곡과 기벌포라고 부르던 장항에 배를 댈 수 있는 군항 시설을 만들어 놓았었고, 틈틈이 배를 움직일 수군까지 육성해 놓은 터였다.

전곡항에 정박시킨 배 안을 샅샅이 둘러보고 난, 홍석훈과 박영주는 군함으로 사용하기 위해서는 구조 변경이 필요하기 때문에 조선소가 있는 장항으로 가져가야겠다고 태황제인 자신에게 보고를 했었다.

다행히 화물칸에는 석유가 담긴 드럼통이 넉넉히 있었기 때문에 당분간 연료 걱정은 없었다. 하지만 과학부 총감인 박상훈은 시간이 걸리더라도 수선을 하는 김에 갑판 위에 실려 있는 탄소 연료 엔진으로 교체해야 한다고 주장하여 그렇게 하기로 결정했었다.

이렇게 되어 장항으로 이동한 배는 지난 반년 동안 엔진 교체와 더불어 대대적인 구조 변경이 이루어졌고, 오늘에야 비로소 취역식을 갖게 된 것이다.

지난 기억을 더듬던 태황제가 창밖을 내다보며 혼잣말처럼 웅얼거렸다.

"한여름이라 그런지 들판에 보이는 백성들이 많지를 않구려."

그러자 운전을 하고 있던 조영호가 옆자리에 앉아 있는 태황제를 슬쩍 보고는 대꾸를 했다.

"예, 별로 눈에 띄지는 않사옵니다."

이때 뒷자리에 앉아 있던 강철이 물었다.

"폐하, 비포장도로라 불편하지 않으시옵니까?"

"아니요. 오랜만에 털털거리는 비포장도로를 달려 보니, 옛날 생각도 나고 그런대로 기분도 괜찮구려."

"그래도 비조기로 가셨으면 편하실 것을…… 쯧쯧, 부득불 새로 만든 도로로 가 보시겠다고 하시니……."

강철이 혀까지 차면서 말을 하자, 태황제가 빙긋이 웃으며 대꾸를 했다.

"오히려 총리대신이 편치 않으신 모양이구려. 내가 괜히 고집을 부려서 두 분만 고생시키는 것 같소."

"아니옵니다. 소장이야 원래 이 차를 타고, 작전 지역을 누비던 사람이 아니옵니까? 그때도 쩍하면 비포장도로를 다니곤 했었사옵니다."

태황제가 그랬을 거라는 표정으로 고개를 끄덕였다.

"하긴…… 그런데 총리대신, 고구려 도성으로는 언제 출발할 생각이요?"

"예, 이달 보름날 우리 병장기 사격 시범을 보여 주겠다고 통보했으니, 이틀 전쯤 출발해도 될 것이옵니다."

"흠! 그럼, 십팔일이나 되어야 돌아오시겠구려."

"아마 그렇게 될 것이옵니다."

고구려 대행왕에 앉아 있는 고건무가 국서를 보내온 것은 지난달이었다. 국서 내용은 연말까지 나라를 합치겠다는 약속과 함께 배달국 벼슬을 청하면서, 병장기 사격 시범을 고구려 도성에서 보여 줬으면 좋겠다는 것이었다.

그와는 별도로 연개소문도 서찰을 보냈는데 현재 고구려 조정의 분위기와 자신들이 어떻게 움직이고 있는지에 대해서도 자세히 적고 있었다.

국서와 서찰을 받은 배달국에서는 그들이 원하는 대로 해 주기로 결정하면서 총리대신이 직접 사신단을 이끌고 고구려 도성을 방문키로 한 것이다.

"이제 임진강 이남은 완전히 기틀이 잡혔지만, 고구려까지 통합하면 또다시 한 일 년 동안은 나라가 어수선해지겠구려."

"폐하, 그것은 크게 염려하지 않으셔도 될 것이옵니다. 우리가 지난번에 계림 총독부를 운영했던 것처럼 고건무를 평양 총독으로 임명해 통치를 맡긴다면 문제가 없을 것이옵니다."

"흐음…… 지금으로서는 그 방법밖에 없긴 하지만, 문제는 서쪽 지역이 당나라와 국경을 맞대고 있고, 두만강 북쪽이 말갈족과 국경을 맞대고 있다는 것이 신라와는 크게 다른 점이요."

"하기는 그렇기도 하옵니다만…… 소장이 듣기로는 압록강을 건너면 요동반도가 있고, 그곳을 벗어나는 지점쯤에 안시성과 요동성 같은 큰 성들이 있기 때문에 방어에는 별문제가 없다고 알고 있사옵니다."

강철의 말이 끝나자, 태황제는 예상 외라는 표정으로 고개를 돌려 뒤에 있는 그를 한 번 쳐다보고는 대꾸를 했다.

"오! 많이 알고 계시는구려. 고구려 안시성에서 탁군(涿郡)*으로 가는 도중에 영주라는 성이 있소. 내 생각에는 적어도 그 영주성은 고구려에서 장악하고 있을 줄 알았는데 보국 공께 들어 보니 그렇지를 않았소."

---

*탁군(涿郡): 현대의 중국 수도 북경(北京)의 수나라 때 이름, 당나라 때는 유주라고 했음.

옆자리에서 운전을 하고 있던 조영호가 물었다.

"탁군이라면 어디를 말씀하시는 것이옵니까?"

"흠, 현대 지명으로 말하면 중국의 수도인 북경(北京)이오."

"아하!"

이번에는 강철이 궁금한지 물었다.

"영주가 그렇게 중요한 성이옵니까?"

"나는 그렇게 생각하오. 군사전략에 관해서는 두 분이 더 잘 아실 테니, 내가 그렇게 생각하는 이유를 말해 보리다. 안시성이나 요동성 앞에는 요하(遼河)라는 강이 흐르고, 강을 건너면 넓은 습지가 끝없이 펼쳐져 있소. 그 습지를 넘어서야 비로소 영주성에 다다르게 되는 것이요. 그런데 지난 이십여 년 전에, 고구려 강이식 장군이 요하를 건너 영주까지 진격하여 그 성을 빼앗고도 성을 버리고 철수했다는 것이었소."

잠자코 듣고 있던 강철이 자기 생각을 말했다.

"고구려 입장에서는 습지나 강 때문에 그곳까지는 보급이나 군령의 전달이 어렵다고 판단해서 그랬던 것이 아니겠사옵니까?"

"맞소! 바로 그 이유요. 그런데 역사에서 보면 수나라나 당나라가 고구려를 쳐들어올 때는 그 성을 전진기지로 삼았다는 사실이요. 전략상으로 볼 때, 그 점을 어떻게들 생각하시오."

"폐하, 그런 성이라면 최전방 요충지가 아니겠사옵니까? 소장 생각에는 그런 귀중한 성을 점령했다면 절대 넘겨주지 말았어야 하옵니다."

"과인도 같은 생각이요. 그래서 수나라가 망하고 당나라가 새로 들어서는 어수선할 때인 지금이 영주성을 점령할 적기라는 생각이요."

강철을 태황제의 말을 곱씹어 보며 잠시 생각에 잠겼다.

고구려에서 영주를 점령하여 당나라에 보이지 않는 압박을 가하면 당나라가 그곳에 촉각을 곤두세울 것이고, 그렇게 되면 장지원이 가 있는 산동 쪽이 활동하기가 훨씬 편해질 거라는 의도가 분명했다.

그런 생각이 들자, 강철이 입을 열었다.

"소장이 이번에 고구려로 가서 병장기 사격 시범을 마치면, 고건무 를 배달국 평양 총독으로 임명하고 나서 그들과 전략회의를 해 보겠 사옵니다."

그의 말에 태황제가 간단하게 대답을 하고 나서는 화제를 바꿨다.

"그렇게 해 보시오. 그런데 더러 옥수수가 보이는 것을 보니 이제 옥수수는 재배가 본격화된 것 같구려."

"예, 다행히 현대에서 가져왔던 씨앗을 지난 이 년 동안 파종하여, 이제는 백성들에게 충분히 종자를 나눠 줄 수 있을 정도로 늘였사옵 니다. 그동안 김민수 장군과 농어업부에서 고생이 심했사옵니다."

"그러게 말이요. 김민수 장군도 그렇지만, 천족장군들이 하나같이 몸을 사리지 않고 나랏일을 하고 있으니 고마울 따름이요. 그런데 시간을 보니 이제 반쯤은 온 것 같소만……."

"예, 아직도 한 시간은 더 가야 하옵니다."

운전대를 잡고 있는 조영호의 대답이었다.

"역시 비포장도로라 그런지 시간이 꽤 걸리는구려. 그런데 산동에 서 온 유세철 장주도 오늘 취역식에 참석하는 것이요?"

지금 배달국에는 산동 땅으로 건너갔던 청룡상단 단주와 백호상단 단주가 돌아와 있었고, 그들이 돌아오면서 그 지방의 유명 인사인 유세철을 데리고 왔다. 그는 백호상단 단주인 목관효가 산동 지방의 큰 도시 중에 하나인 동래군에 상단 기반을 만들 때에 많은 도움을 준 사람이었다.

"예, 그에게 보여 주는 것도 좋을 것 같다 싶어서 외교청장인 알천 공에게 그가 불편하지 않도록 친절히 안내해 주라고 했사옵니다."

"잘 하셨소. 조금 더 두고 봐야겠지만, 오양 공의 말씀대로 사람이 참으로 똑똑해 보이긴 했소. 앞으로 산동 땅에 가 있는 장지원 장군 과 소중덕 대령에게 많은 도움이 될 사람으로 보이오."

태황제의 말에 강철과 조영호가 동감이라는 표정으로 고개를 끄덕였다.

그 시간 장항에서는 기술자들이 바쁘게 움직이는 가운데 배달국의 첫 대형 군함의 취역식 준비가 거의 끝나 가고 있었다. 처음에 써져 있던 대양호라는 이름을 바꿔 무적함으로 명명될 이 배는 길이가 110미터, 폭이 25미터나 되는 큰 배였다.

지금 배 옆으로 길게 도로처럼 뻗어 있는 잔교(棧橋)*는 바다 수면 위로 5미터쯤 높게 수심이 깊은 바다 안쪽까지 돌로 쌓아져 있었다.

길이는 언뜻 봐도 3백 미터는 넘게 보였고, 승선장과 방파제 역할 까지 겸하고 있었다. 또한 잔교 중간 중간에는 배를 묶어 놓기 위한 원통형 쇠말뚝이 박혀 있었고, 그중 하나에는 이번 행사를 위한 오

---

*잔교(棧橋): 해안선이 접한 육지에서 직각 또는 일정한 각도로 돌이나 콘크리트 등으로 만든 교량 모양의 시설로 보통 양쪽에 배를 댈 수 있다.

색 비단천이 묶여 대양호의 선수루(船首樓)*와 연결된 채 늘어져 있었다.

승선장에서 배를 올려다보고 있던 수군사령인 홍석훈이 배에서 내리고 있는 과학부 발명청장인 석해를 향해 물었다.

"석해 청장! 중기관포와 신기전 화포가 제대로 고정됐는지 확인했나?"

강철이 석해를 의동생으로 삼은 이후, 천족장군들도 그를 동생처럼 편히 대하고 있었다.

"예, 선두와 선미에 중기관포 각 일 문, 좌우 측면에 설치한 신기전 화포 이십 문 모두 갑판에 이상 없이 고정된 것을 확인했습니다."

이때 근처에 있던 박상훈이 다가오면서 말을 붙였다.

"홍 사령, 그렇게 며칠 동안 눈도 안 붙이고, 그러다 병이라도 나면 어쩌려고 그러시나? 오늘 취역식이 끝나면 며칠 푹 쉬시게."

"뭐…… 나만 못 잤나? 자네는 더 했으면서…… 하여튼 그동안 과학부 기술자들을 총동원해 주는 바람에 이나마 빨리 취역할 수가 있었네. 그런데 말썽을 부리던 발전기는 더 이상 문제가 없겠는가?"

"음, 염려 말게. 이제 엔진과 발전기는 완벽할 걸세."

"휴! 그렇다면 다행이군. 그저께 시험 운행 중에 말썽을 부렸을 때는 배를 수리 도크에서 괜히 빨리 빼냈나 하고 얼마나 내가 후회를 했는지 아나? 정말 미치는 줄 알았네. 하여튼 일 년이 걸려도 될까 한 일을 과학부와 광공업부에서 해냈어. 정말 자네에게 고맙다는 말

---

*선수루(船首樓): 배의 앞부분에 누각처럼 만든 시설로 배가 높은 파도에도 견딜 수 있도록 하기 위한 것이다.

밖에는 할 말이 없군."

박상훈이 껄껄껄 웃으며 손가락질을 해댔다.

"하하하! 하여튼…… 사람하구는…… 알기는 아는군. 떼를 써도 유분수지 일 년에도 어려운 일을 육 개월에 끝내 달라고 떼를 쓰더 니만……."

"어허! 그러니 미안하달 수밖에…… 그래도 해냈잖은가? 게다가 지금 전곡항에 정박시켜 놓은 군함까지 수선하려면 자네를 몇 달 더 고생시켜야 되니, 내가 아부를 해야지 별수 있겠나? 하하하!"

"그래도 그것은 이 배보다 작은 천 오백 톤급이니, 내가 보기에는 훨씬 쉬울 것 같던데…… 들어낼 엔진도 작으니 이번처럼 고생도 안 할 테고……."

"그렇기는 할 거야……."

원래 박상훈이 현대에서 보냈던 배는 2척이었다. 화물선은 2년 후 에 도착하게 했었고, 러시아에서 구입한 퇴역 군함 1대는 2년 반 후 에 도착하게 했었는데, 화물선을 개조하는 동안, 군함도 이미 당성 앞바다에 도착해 있는 것이다.

이때, 궁청장인 변품이 다가와 홍석훈에게 군례를 올리며 말했다.

"폐하께서 각하와 함께 곧 도착하신다는 연락이 왔습니다."

그러자 알겠다고 대답을 한 홍석훈은 육군사령인 우수기를 불렀다.

"우수기 장군! 폐하께서 총리대신과 함께 곧 도착하신다고 하니, 취역식을 시작할 수 있도록 군사들을 도열시켜 주시오."

"예, 알겠습니다."

군함의 취역식이 거행될 이곳에는 도성을 지키는 몇몇 군사를 제외하고, 배달국의 모든 군사가 집결해 있었다. 그동안 배달국에서는 군사의 증원이 이루어져 수황군이 3백, 특전군 3천, 육군 6천, 수군이 3천으로 총 1만 2천 3백 명으로 늘어나 있었다.

지난 연말에 군노들을 귀향시키고, 인력이 부족해진 배달국에서는 군사들을 군함 개조 작업에 동원했었다. 덕분에 특히 수군 병사들은 배의 구조를 비롯해서 장비를 다루는 요령까지 자연스럽게 실습해서 별도의 실습교육이 필요 없을 정도였다.

이윽고 태황제가 탄 차가 군항 영내로 들어와 멈춰 섰다.

차에서 내린 태황제와 총리대신인 강철은 미리 와 있던 궁청장의 안내로 먼저 높다랗게 돌로 쌓아 만든 위령탑으로 향했다. 그곳은 군항 공사를 하면서 죽은 군노들의 영령을 위로하기 위한 제단이었다. 태황제는 순직한 그들을 향해 속죄하는 마음으로 절을 했다.

신라 군사로 배달국에 쳐들어왔다가 포로가 되었던 그들은 군노가 되어 공사장에 투입되었고, 그들 중에 적지 않은 숫자가 공사 중에 사고로 죽었다. 이런 사실을 알게 된 태황제는 전곡항 군항 공사가 끝나고 준공식을 하겠다는 수군사령인 홍석훈의 보고가 있자, 공사를 하다가 사고로 속절없이 죽어 간 그들의 영령을 위로하는 위령탑을 만들라고 명했다.

그러고 나서 준공식이 거행되는 자리에 참석한 태황제가 위령탑을 향해 머리 숙여 절을 하자, 참석한 백성들과 장수들은 이해할 수 없는 태황제의 행동에 기절초풍하지 않을 수 없었다.

이 시대에 노비는 사람이 아니라 짐승이었다. 그러니 노비가 죽는 것은 일반 백성들조차도 대수롭지 않게 여기는 판인데, 공사하다 죽은 군노비들을 위해 탑까지 쌓아 주는 것도 모자라 거기다가 백성들이 하늘에서 내려왔다고 철석같이 믿고 있는 태황제가 무릎을 꿇고 머리까지 숙였으니 이해가 되었겠는가?

그러나 태황제의 이러한 행동은 자연스럽게 인간은 평등하다는 생각을 백성들의 마음속에 심어 주었고, 사람 대접을 받는다고 느낀 군노들은 어려운 일에도 몸을 돌보지 않고 나서게 되었다.

그 일 이후에 만들어진 이곳 장항군항은 전곡군항보다 훨씬 더 컸음에도 공사 기간이 훨씬 짧게 소요되었고, 몇 배나 탄탄하게 만들어졌던 것이다. 또한 그 이후부터는 지위 고하를 막론하고 위령탑에 참배하는 것을 당연하게 받아들이게 되었다.

먼저 참배를 끝낸 태황제는 행사장으로 가면서 주변을 한 바퀴 둘러보았다. 그가 군항 공사 준공식에 왔을 때보다 건물과 시설이 많이 늘어나 있었고, 특히 현대에서나 보던 어마어마한 기중기가 2개씩이나 수리 도크에 설치된 것을 보고는 지금이 삼국시대가 맞나? 하는 착각이 들 정도였다.

배달국 최초의 군함 취역식인 만큼 행사 규모와 절차는 요란뻑적지근했다. 태극이 그려진 국기와 태황제의 깃발인 오족황룡기가 휘날리는 가운데 수군사령인 홍석훈의 경과보고가 끝났다.

이어서 배의 이름이 무적함으로 선포되었고, 초대 함장으로 수군사령인 홍석훈을 임명한다는 태황제의 발표와 축사가 이어졌다. 그리고 마지막 순서로써 군함이 공식적으로 첫 출항한다는 것을 상징적으로 알리는 절차가 진행되었다.

태황제는 홍석훈이 건네주는 황금 도끼로 군함과 육지를 형식적으로 연결해 놨던 오색 비단천을 절단함으로써, 이제 실제로 배를 타고 근처 바다를 한 바퀴 돌아오는 일만 남은 것이다.

태황제는 배로 오르기 위해 홍석훈의 안내를 받으며 잔교를 따라 걸어갔다. 잔교 위를 걸어가던 태황제는 인간의 힘이 무섭다는 생각이 절로 들었다. 군노들이 아무리 인원수가 많았다고는 하지만, 제대로 된 중장비나 도구도 없이 깊은 바닷속에서부터 돌을 쌓아 올려 이것을 만들었다고 생각하니, 한편으로는 고생했을 그들에게 미안한 마음도 들었고 또 다른 한편으로는 인간의 무한한 가능성에 경이로움까지 느껴졌다.

잠시 동안 그런 생각을 하며 걷고 있던 그는 얼른 정신을 추스르고, 신료들과 함께 잔교와 배 사이를 연결해 놓은 널 위를 지나 군함에 승선했다.

배는 전곡군항에서 처음 볼 때와는 전혀 딴판으로 변해 있었다. 짐을 싣던 화물선이었기 때문에 앞쪽 갑판 위에 배를 조종하는 곳인 선교(船橋)만 덜렁 있었는데, 지금은 아파트처럼 올린 3층의 객실과 뒤쪽에는 비조기가 착륙할 수 있는 착륙장도 마련되어 있었다.

배의 앞뒤 갑판에는 1문씩의 기관포가 설치되어 있었고, 좌측과 우측에도 신기전 화포가 각각 10문씩 설치되어 있었다. 그중에 기관포는 현대에서 가져온 것이지만, 신기전 화포는 배달국에서 만든 것이었다.

초대 함장이 된 홍석훈의 설명을 들어 가며 군사를 실을 수 있는 객실과 배의 아래쪽에 있는 기관실까지 둘러본 태황제는 뿌듯한 기분이 들었다. 그것은 비단 태황제만이 아니었다. 홍석훈의 설명을 들을 때마다 배달국 신료들은 모두 감탄을 연발하며 직접 보면서도 실감이 나지 않는다는 표정들이었다.

태황제가 마침 뒤따라오던 석해를 발견하고 미소를 지으며 말을 건넸다.

"발명청장!"

"예, 폐하!"

"과인을 처음 만났을 때, 철선을 만들어 보겠다고 했지?"

"예, 그렇사옵니다."

"하하하! 그래, 그토록 소원하던 철선을 본 소감이 어떤가?"

"폐하, 소장은 지난 반년 동안 수리를 하느라고 매일같이 이 배에 있었으면서도 긴가민가하는 마음뿐이었사옵니다. 그것은 지금도 매한가지이옵니다."

"하하! 그런가? 이 배는 하늘에서 가져온 것이지만, 앞으로 우리는 스스로 이런 배를 만들어야 하니 열심히 기술을 연마하게."

"예, 알겠사옵니다."

이때 함장인 홍석훈이 다가와 군례를 올리며 보고를 했다.

"폐하! 군함 안은 다 둘러보셨으니, 이제 출항을 하겠사옵니다. 폐하께서도 조타실인 함교로 가시는 것이 어떻겠사옵니까?"

태황제는 옆에 있던 강철을 쳐다봤다.

"그럽시다! 총리대신도 함께 가십시다."

"예!"

함교로 안내하고 있는 홍석훈에게 태황제가 물었다.

"그런데 지금 출항해서 연도라는 섬을 한 바퀴 돌아오는 것이요?"

"예, 그렇사옵니다."

"돌아오자면 시간은 얼마나 걸리오?"

"여기서 연도까지는 왕복 오십 킬로미터쯤 되니, 약 한 시간 남짓 소요될 것이옵니다."

"알겠소."

그들이 조타실로 들어가자 안에 있던 박영주와 수군 소장인 연자발이 자리에서 일어나 그들을 향해 군례를 올렸다.

"폐하, 어서 오시옵소서!"

"아, 역시 두 분께서 여기에 계셨구려. 자, 자, 앉으십시다."

그들이 자리를 잡고 앉자, 함장인 홍석훈은 몇 가지 장치들을 조작하더니 자동차 핸들처럼 생긴 조타륜을 잡았다.

뿡……! 뿡……! 두 번의 뱃고동 소리와 함께 서서히 움직이기 시작한 배는 곧 선착장을 벗어나 파도를 헤치며 깊은 바다를 향해 나아갔다.

강철이 조타륜을 잡고 있는 홍석훈에게 물었다.

"홍 함장!"

"예, 각하!"

"하하! 오랜만에 홍 함장이라고 불러보니 새삼스럽소. 그런데 이 배의 속도는 어느 정도나 되는 것이요?"

"원래 엔진을 바꾸기 전에는 최대 십팔 노트였는데, 엔진을 바꾸고 나서, 당성에 있는 전곡군항까지 시험 운항을 해 보니 이십오 노트까지 무난히 나왔습니다. 그런데 그때 발전기가 속을 썩이는 바람에 최대로 올려보진 못해 봤지만, 소장이 보기에는 이십팔 노트까지도 충분히 나올 것 같습니다."

　그 말을 옆에서 들은 태황제가 머리를 갸웃하면서 물었다.

　"그 정도 속도라면 어느 정도 빠른 것이요?"

　"예, 소장이 노트라는 용어가 입에 붙어서 그렇사옵니다만, 일 노
트는 일점 팔오 킬로미터이옵니다. 그러니 시속 오십 킬로미터 정도
라고 이해하시면 될 것이옵니다."

　"시속 오십 킬로라면 썩 빠른 것은 아니잖소?"

　태황제의 말을 듣자마자 홍석훈은 그렇지 않다는 듯이 고개를 흔
들었다.

　"폐하, 아니옵니다. 바닷길에서 그 정도의 속도라면 쾌속에 가깝사
옵니다. 우리 상단 배들이 오 노트 정도라면 이해가 되시겠사옵니
까?"

　"허! 그렇소?"

　"예, 소장도 이번에 처음 보는 것이지만, 과학부 총감인 박상훈 장
군이 만든 탄소 연료 엔진은 그저 놀랍다는 말밖에는 나오질 않사옵
니다. 스크루가 망가질까 봐 최대 속도를 올리기가 겁이 날 정도이
니 말씀이옵니다."

　"흠…… 그럼, 이 배를 쓰는데, 문제점은 없겠소?"

　"이 배는 파도가 사, 오 미터가 되더라도 운항에는 크게 지장이 없
사옵니다. 다만, 물에 잠기는 깊이가 커서 육지 가까이로는 접근하
기가 곤란하고, 우리가 만든 항구 이외로는 정박시키기가 어렵다는
문제점이 있사옵니다."

　"흠…… 그렇겠구려."

"예, 아까 갑판 벽에 세워 놓은 것을 보셨겠지만, 그런 이유로 물에 띄워 육지나 작은 배와 연결하기 위한 부교가 여러 개 있는 것이옵니다."

대화를 나누는 동안에도 배는 쏜살같이 파도를 헤치며 나가고 있었다.

"배를 조정하기에도 바쁘실 텐데 과인이 궁금한 것을 자꾸 묻고 있으니, 여기에 오래 있으면 방해만 되겠구려. 갑판에 나가 신료들과 함께 바람이나 쏘여야겠소."

강철도 자리에서 일어나며 따라나섰다.

밖으로 나와 보니, 갑판에 있던 배달국 신료들은 모두 들뜬 얼굴로 싱글벙글거리며 넘실대는 파도와 불어오는 바닷바람을 맞으며 삼삼오오 모여 대화를 나누고 있었다.

"하하하! 무슨 얘기들을 그렇게 재미있게 나누시오?"

태황제가 먼저 그들을 향해 말을 건네자, 을지문덕이 고개를 숙이며 말을 받았다.

"하하하! 폐하, 어서 오시옵소서. 소장은 살수 전쟁 이후로 오늘처럼 통쾌했던 날이 없었사옵니다. 이 군선 위에서 서쪽을 바라보니, 저 바다 건너에 있는 대륙이 마치 우리 배달국의 손안에 있는 것처럼 느껴진다는 얘기를 나누고 있었사옵니다."

50이 넘은 나이임에도 붉은색 얼굴에 어글어글한 눈빛과 긴 수염에서는 수나라 군사를 질타하던 장군의 풍모가 아직도 언뜻언뜻 엿보였다.

"허허! 보국 공께서 무척이나 흡족하신 모양이구려."

"흡족하다 뿐이겠사옵니까? 태산처럼 큰 배가 화살처럼 빠른데다가 군사들이 들어갈 방조차도 벽을 철판으로 둘렀으니 불화살인들 두렵겠사옵니까? 이름대로 천하무적이옵니다."

태황제는 빙그레 웃음으로 답하면서 신료들을 향해 입을 열었다.

"자, 이제 그만 선실 안으로 들어가 보십시다."

"예!"

대답을 한 신료들이 태황제를 따라 선실 안으로 들어섰을 때, 부여장이 강철에게 말을 붙였다.

"각하, 지난번에 소장에게 언질을 주셨던 왜국 출정은 언제쯤이면 할 수가 있겠습니까?"

강철은 옆에 서 있는 태황제를 한 번 쳐다보고 나서 입을 열었다.

"글쎄요? 지금 당장이라도 출정을 했으면 좋겠지만, 아직 탄약과 신기전이 충분히 만들어지지 않은 상태라서 정확히 언제라고는 말씀드리기는 어렵소. 다만, 이제 군사를 싣고 갈 무적함도 취역을 했으니 준비를 서둔다면 곧 가능하지 않겠소?"

부여장이 고개를 끄덕이며 대답을 했다.

"아, 예!"

그 대화를 듣고 있던 태황제가 웃으며 물었다.

"하하하! 사비 공께서 빨리 출정하고 싶으신 모양이요?"

부여장은 멋쩍은 표정으로 입을 열었다.

"예, 이 배를 보고 나니 한시바삐 출정해서 전장(戰場)을 누벼 보고 싶사옵니다. 폐하를 모시게 되면서 깨닫게 된 사실이지만, 전에는 같은 민족인 신라나 고구려와 서로 피를 흘리는 전쟁을 벌여 왔다는 생각을 하면 쥐구멍에라도 들어가고 싶은 심정이 되곤 하옵니다. 한편으로는 그런 과오를 왜국 정벌을 통해 속죄하고픈 마음이기도 하옵니다."

태황제가 그 심정을 이해한다는 표정으로 고개를 끄덕이며 대꾸를 했다.

"그거야 한 핏줄이라는 생각을 못해서 그러신 걸 어쩌겠소? 사실 민족끼리 전쟁을 일삼아 왔다고 과인이 사비 공이나 계림 공을 나무라기는 했지만, 같은 핏줄이라도 나라가 다르고 서로 국경까지 맞대고 있으면 자연히 분쟁이 일어나기 마련이라는 것을 과인도 잘 알고 있소. 그렇기 때문에 우선 이 삼한 땅에 있는 세 나라를 하나로 일통시켜야만 하는 것이요. 나라를 합치지 않는 한, 같은 핏줄이라는 사실만으로 전쟁이 일어나지 않을 것이라고 기대하는 것은 무척이나 어리석은 생각이기 때문이요."

"지당하신 말씀이옵니다."

"궁청장과 감찰군장에게는 말한 바가 있지만, 우리가 하늘에서 내려오지 않았다면 백제를 부모의 나라라고 섬기며 문물까지 얻어 가던 왜국 역시도 훗날에는 그런 은공도 잊어버리고 이곳 삼한 땅에 쳐들어와서 36년 동안이나 속국으로 삼아 이 땅에 사는 백성들을 괴롭힌다는 것을 알기 때문에 과인은 그 싹을 없애려고 정벌을 하려는 것이요."

신료들 대부분이 처음 듣는 말이었기 때문에 크게 놀란 표정을 짓는 가운데 부여장이 다시 물었다.

"왜가 이 땅을 속국으로 만드는 것이옵니까?"

"그렇소. 과인과 천족장군들이 내려오지 않았다면 앞으로 천 사백 년 후에 분명히 그런 일이 있게 되오."

태황제의 대답을 들은 부여장은 어이없어 하는 탄식 소리를 입 밖으로 뱉어 냈다.

"허어! 어떻게 그런 일이?"

그런 부여장의 모습을 보고 있던 태황제가 이번에는 시선을 돌려 강철을 쳐다보면서 물었다.

"총리대신! 왜국 정벌에는 군사를 얼마나 동원할 계획이요?"

"육군 오백과 특전군 오백 명 정도를 예상하고 있었사옵니다."

"흠……."

태황제는 말없이 고개만 끄덕였다.

그것은 깊은 생각을 할 때 나오는 그의 버릇이었다.

이번에는 을지문덕이 불쑥 한마디를 했다.

"각하, 그렇다면 왜국 정벌은 아직 시간 여유가 있으니, 이번 고구려에 갈 때 이 군선을 가져가 보여 주면 어떻겠습니까? 이 무적함에 있는 병장기도 실험해 볼 겸해서 드리는 말씀입니다만……."

그 말에 듣고 있던 태황제가 반색하는 표정으로 대꾸를 했다.

"보국 공의 제안이 아주 그럴듯하구려. 어차피 고구려 쪽 바다 사정도 알아 둬야 하니 좋은 기회가 될 것 같소만, 총리 생각은 어떠시오?"

강철 역시도 같은 생각이 들었다.

"배의 속도가 오십 킬로라고 하니, 열 시간이면 그곳에 도착할 수가 있을 것이옵니다. 문제는 배를 정박시킬 곳이 없을 터라, 바다에 떠 있어야 된다는 말인데 그 문제는 홍석훈 함장의 의견을 들어 봐야 할 것 같사옵니다."

"당연히 그래야겠지요."

그런 대화를 나누는 가운데 어느덧 배는 속도를 낮추어 작은 섬 하나를 가운데 두고 빙 한 바퀴를 돌아 다시 장항을 향하고 있었다.

그런데 갑자기 배가 출렁거린다는 느낌이 들자, 깜짝 놀란 강철이 뛰다시피 선실을 나갔다가 잠시 후에 돌아왔다.

"총리대신 도대체 무슨 일이요?"

"하하하! 참, 홍석훈 함장이 최고 속도를 알아보려고 배의 속도를 높였던 모양이옵니다. 삼십사 노트까지 높여 봤다는데, 역시 애당초 군함으로 제조된 것이 아니라 이십오 노트 정도가 적당하다는 말이었사옵니다."

무슨 일인가 싶어 인상을 찌푸리고 있던 태황제가 그 말을 듣고서야 비로소 인상을 펴면서 한마디 했다.

"허 참! 과인은 혹시나 배가 잘못된 줄 알았잖소."

"하하하! 소장도 그랬사옵니다. 그리고 홍 함장의 말이 고구려에는 대동강으로는 못 들어가고, 선착장이 없어도 남포 앞바다 적당한 곳에서 며칠쯤은 떠 있을 수 있다고 하옵니다."

"그렇다면 무적함을 가지고 가는 것도 검토해 보시오."

"알겠사옵니다."

그렇게 배달국 최초의 군함은 무사히 첫 취역 항해까지 끝마쳤다.

—5권에 계속

영주(조양) ●

탁군(천경) ■

임유관 ●

정양 ●

태원 ●

돈
황

낙주 ●

배

동래군(내주) ●

제군(제주) ●

북해군(청주) ●

항
돈
장
성

개봉 ●

대흥(장안) ■

낙양 ●

당

항
주

요동성

원산

비사성(대련)   장안성(평양)

남포

부소갑(개성)   익현현(속초)

칠중성(파주)

달   국   만노군(진천)

당성(화성)   국원성(충주)

웅진성(공주)

중천성(부여)

서라벌(경주)

기벌포(장항)

월나(영암)

대마도(두섬)   이도성

탐라

국지성